古典文獻研究輯刊

十二編

曾永義 主編

第2冊

三晉文化與唐代文學（中）

智宇暉 著

國家圖書館出版品預行編目資料

三晉文化與唐代文學（中）／智宇暉 著 — 初版 — 新北市：
花木蘭文化出版社，2015〔民104〕
目 2+168 面；19×26 公分
（古典文學研究輯刊 十二編；第 2 冊）
ISBN 978-986-404-400-9（精裝）
1. 先秦史 2. 文化研究 3. 唐代 4. 中國文學
820.8   104014978

ISBN- 978-986-404-400-9

9 789864 044009

古典文學研究輯刊
十二編 第 二 冊   ISBN：978-986-404-400-9

三晉文化與唐代文學（中）

作　　者　智宇暉
主　　編　曾永義
總 編 輯　杜潔祥
副總編輯　楊嘉樂
編　　輯　許郁翎
出　　版　花木蘭文化出版社
社　　長　高小娟
聯絡地址　235 新北市中和區中安街七二號十三樓
　　　　　電話：02-2923-1455／傳真：02-2923-1452
網　　址　http://www.huamulan.tw 信箱 hml 810518@gmail.com
印　　刷　普羅文化出版廣告事業
初　　版　2015 年 9 月
全書字數　508644 字
定　　價　十二編 26 冊（精裝）新台幣 48,000 元

三晉文化與唐代文學(中)

智宇暉　著

目

次

第三章　龍興之地與唐代文學（上）

　　河東道在唐代佔有極高的政治地位，在貞觀十道中，其政治地位僅次於
關內道和河南道，太原成為與東都、西京並列的北京。原因有以下幾點：第
一，太原作為李淵起兵奪取天下的的發迹之所，理所當然被視為龍興之地。
開元十一年，唐玄宗巡幸北都，《并州置北都制》云：「我國家以神武聖德，
應天受命，龍躍晉水，鳳翔太原。建萬代之模，為億兆之主，猶成湯之居亳，
有周之興岐。」〔註 1〕第二，唐太宗、武則天、唐玄宗三位帝王的個人生平
與河東道密切相關。唐太宗少年時隨父在并州，從起兵後至唐初，他在河東
道留下了戎馬生涯的輝煌足迹。武則天籍貫河東文水，其父武士彠早年結識
李淵，晉陽起兵時任大將軍府鎧曹參軍，屬唐王朝開國元勳，貞觀朝曾先後
任揚州大都督府長史、荊州都督、利州都督。武則天雖未生長於河東，然桑
梓故土，宗族所繫，即位後改文水縣為武興縣，太原為北都，並在文水修建
宗廟。唐玄宗亦視河東道潞州為龍潛之地，武則天退位，中宗李顯復位，景
龍二年，為避免諸皇子對皇位構成威脅，紛紛出任外州。臨淄王李隆基任潞
州別駕，一年多以後，中宗行郊祀大典，李隆基被詔還京。景龍四年，與太
平公主聯合發動政變，誅殺韋后和安樂公主，擁立睿宗李旦復出，為自己順
利登基鋪平了道路。第三，河東道本身重要的戰略地位，決定了其政治地位。
河東道左山右河，崇關險隘，遍佈全境。北據長城阻游牧民族之侵擾，南下
直指都城長安，東向以太行山為屏障控帶河北，是唐王朝在黃河以北最重要
的行政區。唐朝建立初期，與劉武周的河東爭奪戰和抗擊突厥南進的戰爭顯
示了河東道戰略地位之重要性。武德二年初，劉武周得突厥騎兵之援助，由

〔註 1〕董誥，《全唐文》，北京：中華書局，1983 年，258 頁。

馬邑南下入侵河東道，不到半年時間，兵鋒所向，幾乎佔有河東全境。時天下未平，李淵欲棄河東一地。出手敕云：「賊勢如此，難與爭鋒，宜棄大河以東，謹守關西而已。」〔註2〕李世民抗表云：「太原，王業所基，國之根本；河東富實，京邑所資。若舉而棄之，臣竊憤恨。願假臣精兵三萬，必冀平殄武周，克復汾、晉。」〔註3〕同年十月，李世民統兵渡河，至武德三年四月，消滅劉武周，收復河東，爲全國統一奠定基礎。之後，唐朝北部邊疆受到東突厥帝國的巨大威脅，從武德初至貞觀二年，一直遭受侵擾，戰事頻發。突厥入侵的戰線很長，西起河套，東至幽州，但其入侵的主要路線是從河東道北部馬邑南下進犯太原。因此，太原就成爲唐朝抗擊匈奴的前方重鎮。貞觀三年，以李靖爲統帥的諸路大軍對突厥的決定性戰役，就是以太原爲後方基地發動的，此役徹底消滅東突厥勢力。歷數整個唐朝，河東道在歷史的轉折點均顯示了其重要的戰略地位。安史之亂發生後，朔方節度使郭子儀首先從河東道北部收復失地，先後攻拔靜邊軍、大同、馬邑，解除了太原以北的威脅，河東成爲反擊安史叛軍的根據地。李光弼至德二載的太原保衛戰，成爲平定安史之亂的一個重要轉折點。《資治通鑒》卷219載，其年春正月，「史思明自博陵，蔡希德自太行，高秀巖自大同，牛廷介自范陽，引兵共十萬，寇太原。」〔註4〕其時李光弼率不足萬人之地方武裝，堅守一個多月，最後出奇制勝，太原解圍。自此，唐軍由守勢變攻勢，終奪取最後之勝利。至唐末，河東不再爲唐王朝中央所控制，唐朝遂走向衰亡。

河東道獨特的政治地位，留下了帝王們政治活動的足迹，屢屢巡幸河東，巡幸過程中伴隨著帝王及其文學侍從之臣的創作，產生了河東道地域比較獨特的帝王文學。此處帝王文學指兩方面的含義：一是帝王的創作，一是關於帝王的創作。河東道因其特殊的政治地位，在貞觀十道中，是除關內道，河南道外產生帝王文學的地域，主要因帝王的巡幸發生。在唐代，有四位帝王先後巡幸河東，唐太宗、高宗、武則天、唐玄宗。太宗巡幸一次，高宗、武則天一次，玄宗兩次。高宗、武則天之巡幸並沒有相關的文學創作活動。因此，河東道帝王文學主要指圍繞唐太宗唐玄宗的巡幸而發生的文學創作。

以下略述二帝巡幸經過，再討論相關的文學創作。

唐太宗少年時隨李淵出鎮河東，並於太原起兵奪取天下，對太原懷有特

〔註2〕 司馬光，《資治通鑒》，北京：中華書局，1996年，5868頁。
〔註3〕 司馬光，《資治通鑒》，北京：中華書局，1996年，5868頁。
〔註4〕 司馬光，《資治通鑒》，北京：中華書局，1996年，7015頁。

殊的感情。貞觀十五年，太宗定於十六年二月至泰山行封禪之禮，「并州僧道及老人等抗表，以太原王業所因，明年登封以後，願時臨幸」〔註5〕。太宗特於武成殿賜宴，向并州故老垂詢政教得失和百姓疾苦，並回憶自己「少在太原，喜群聚博戲，暑往寒逝，將三十年矣」，表達對於太原的懷戀之情：「飛鳥過故鄉，猶躑躅徘徊；況朕於太原起義，遂定天下，復少小遊觀，誠所不忘。」但預定的封禪大禮因天象不利而取消，太宗特意撰《存問并州父老璽書》以慰問故舊百姓。至貞觀十九年十二月，李世民東征高麗返京途中，特意繞路太原，長住三月之久，貞觀二十年三月返回長安。時值年末，太宗雖然征伐勞頓，興致卻高，作《征遼還宴賜父老詔》、《於太原召侍臣賜宴守歲》、《謁并州大興國寺》、《詠大興國寺佛殿前幡》等詩和《晉祠之銘並序》一文。在并州期間，特下詔曲赦并州，賜粟帛，免徭役，報父老之情。此次巡幸，未見隨從官員的創作。

　　唐玄宗之巡幸第一次在開元十一年，第二次在開元二十年。第一次巡幸緣於地方官重修唐王室在太原的寢廟，開元十年《幸并州制》云：「今屬宗廟改修，博崇昭事，永言配享，必在躬親。又眷彼晉陽，是稱重鎮，將陳詩以問俗，式安邊而訓武。」〔註6〕同時恢復了北都建制〔註7〕，其《并州置北都制》云：「經邦創制，建都設險。必因時順人，統物立極。我國家以神武聖德，應天受命。龍躍晉水，鳳翔太原，建萬代之模，為億兆之主。……今王業正興，宮觀猶在。列於邊郡，情所未安。非所以恢大聖之鴻規，展孝思之誠敬。其并州宜置北都，改州為太原府，刺史為尹，司馬為少尹，太原、晉陽為赤縣，諸縣為畿縣，官吏品第，視京洛兩府條理。」〔註8〕此次巡幸十一年正月從洛陽出發，上太行，過潞州，幸北都，祠后土，三月初回到長安，前後兩個月時間。巡幸中內容豐富。據《舊唐書·玄宗本紀上》云：「己巳，北都巡狩，敕所至處存問高年、鰥寡煢獨、征人之家；減流、死罪一等，徒以下放免。庚辰，幸并州、潞州，宴父老，曲赦大辟罪已下，給復五年。別改其舊宅為飛龍宮。辛卯，改并州為太原府，官吏補授，一準京兆、河南兩府。百姓給復一年，貧戶復二年，元從戶復五年。武德功臣及元從子孫，有才堪文武未有官者，委府縣搜揚，具以名薦。上親製《起義堂頌》及書，

〔註5〕劉昫，《舊唐書》，北京：中華書局，1975年，52頁。
〔註6〕董誥，《全唐文》，北京：中華書局，1983年，257頁。
〔註7〕武則天載初三年并州置北都，中宗復位後取消北都之制。
〔註8〕董誥，《全唐文》，北京：中華書局，1983年，258～259頁。

刻石紀功於太原府之南街。戊申，次晉州。……壬子，祠后土於汾陰之脽上，昇壇行事官三品已上加一爵，四品已上加一階，陪位官賜勳一轉。改汾陰爲寶鼎縣。」〔註9〕整個巡幸中是赦免、給復、舉賢、賞賜、遊觀、祭祀，展示盛世的恩典，皇帝的威德。此次巡幸文學創作非常豐富，君臣共創作詩歌47首，文27篇，賦19篇，主要內容是唱和、頌德、祭祀。

玄宗第二次巡幸在開元二十年冬，路線與第一次相同。《舊唐書・玄宗本紀上》云：「（二十年）冬十月……辛卯，至潞州之飛龍宮，給復三年，兵募丁防先差未發者，令改出餘州。辛丑，至北都。癸丑，曲赦太原，給復三年。十一月庚午，祀后土於脽上，大赦天下，左降官量移近處。內外文武官加一階，開元勳臣盡假紫及緋。大酺三日。十二月壬申，至京師。」〔註10〕第二次巡幸中不見有文學創作流傳。

圍繞著太宗和玄宗的巡幸，產生的文學作品雖不多，卻有著多方面的豐富內容。在帝王的創作中，豐沛情結和述德頌功主題是相輔相成的兩個方面；巡幸中君臣之間的唱和形成了在旅遊過程中一次不同於宮廷應制的特殊文學活動，其詩作表現了與一般宮廷應制詩不同的特點；后土祭祀的郊廟歌辭屬於樂府文學和祭祀文學的範疇，是唐代帝王在京都以外的又一大型廟堂文學活動，后土情結成爲玄宗獨特的心理印記；張說和潘炎關於唐玄宗在潞州祥瑞的創作，鮮明地體現了張說以文學粉飾盛世的文學主張。

第一節　帝王創作中的兩大主題

河東道既是龍興之地，帝王們屢屢巡幸，留下了獨具特色的詩文，其中豐沛情結和述德頌功是河東道帝王創作的兩大基本主題。

一、豐沛情結

唐朝基業肇始太原，故自高祖以來的諸帝皆視河東爲其故土。李淵《赦晉潞等州詔》云：「朕發迹太原，陳師汾澮，底定皇室，廓清函夏。惟彼晉魏，事等豐宛。」〔註11〕晉於溫，魏於亳，漢高於豐，光武於宛，皆稱帝後不忘

〔註9〕劉昫，《舊唐書》，北京：中華書局，1975年，185頁。
〔註10〕劉昫，《舊唐書》，北京：中華書局，1975年，198頁。
〔註11〕董誥，《全唐文》，北京：中華書局，1983年，28頁。

鄉梓，李淵舉以類己。唐太宗《議於太原立高祖寢廟詔》中再申「太原之地，肇基王迹，事均豐沛，義等宛譙」的地位。

唐太宗與玄宗的豐沛情結分別以駢文和詩歌的形式來表達，各有特色。

唐太宗《存問并州父老璽書》和《征遼還宴賜父老詔》是兩篇公文，但完全擺脫了一般應制文的虛詞套語，內容充實，感情真切。

貞觀十五年，太宗定於十六年二月行封禪大典，并州父老即上表請求順路巡幸太原。因故未能成行，太宗特意作《存問并州父老璽書》一封以示撫慰，以帝王之尊行人情之常，難能可貴。具引如下：

> 昔隋末喪亂，百姓凋殘。酷法淫刑，役煩賦重，農夫釋耒，工女下機，徵召百端，寇盜蜂起。人懷怨憤，各不聊生，水火之切，未足為喻。先朝不忍塗炭，思濟黎元。朕稟承神算，奮劍南起，與彼境英雄，同心協力，不顧軀命，以拯蒼生。爰自晉陽，興兵立義，雄鋒接刃，櫛風沐雨。除凶去暴，布德行仁，天下乂安，戎車止息。九夷八狄，莫不來庭，以至於今，二十餘載。豈予一人，所能致此，實賴天地之靈，宗社之福，賢人君子，為朕股肱。文士盡其才智，武夫宣其武力，朕端拱無為，庶幾王道。然漢祖悲歌，嘗思豐沛，晉皇吟詠，唯在溫原，此人情也。況并部之地，創業之基，與諸父老首立大事，引領北望，感慕兼深。思與父老一日敘舊，懷之在心，所不忘也。但海內殷曠，萬幾事多，巡省四方，未獲周悉。父老宜約勤鄉黨，教導後生親疏子弟，務在忠孝，必使風俗敦厚，異於他方。副朕此懷，光示遠邇，使旌表門閭，榮寵家國，書名竹帛，豈不美乎。夏序甚熱，想各平安，善自頤養，動靜聞奏。故有此敕，想見朕心。〔註12〕

唐太宗第二篇《征遼還宴賜父老詔》是貞觀十九年年底巡幸太原時，賜宴并州父老時所作。文云：「太原之地，興運所階，全晉之人，義深惟舊。自朕恭膺寶曆，二紀於茲，何嘗不飫辰長懷，想崤陵之風雨；臨軒遠感，念大麓之風雷。當於此時，乃忘身而拯溺，實賴同德，並贏糧而樂推。役不逾年，遂清區域。諒由成都之眾，謳訟闡虞帝之功；戰牧之徒，歌舞興周王之業。仗茲協力，竟至昇平，懷彼勤勞，何忘晷刻。既因垂拱之暇，再省創業

〔註12〕吳雲、冀宇編注，《唐太宗集》，西安：陝西人民出版社，1986年，443～444頁。

之方。周歷郊原，宛如疇昔，訪其父老，已多長謝。不見所識，魏後遂以興嗟；恤彼故人，漢皇因而式宴。前王是日，哀樂交懷，在朕深衷，義符於此。是用具陳廣樂，共申高宴，取譬還譙之賞，同彼幸代之情。」〔註13〕

兩篇文章共同的主題是故土故人之思，文風卻有所不同。《存問并州父老璽書》是一封書信，形式較爲自由，全文以四言句式爲主，間雜以不嚴格的駢文。全文循時間順序，先回顧隋末民生之凋殘，晉陽英雄戮力討平天下，得文武賢才之助而致「天下乂安」，自然轉接入對起義之地的懷念之情，宛敘不能巡幸之由，最後向并州父老致以殷切之囑託，教化一方，名垂青簡。語言樸實眞誠，無帝王的驕矜之態，凌人之氣，宛如家人絮語，無造作之詞，在帝王書信中爲不可多得之作。《征遼還宴賜父老詔》與前《書》不同，作者已回到故土，與父老相見。一爲書信，一爲詔令，感情之基調有所變化，少了親切從容，多了興奮自信，公文氣味更濃厚一些。首先表現在文體上，採用朝廷應制文的標準駢文格式，對感情的表達形成了一種無形的束縛。全文內容分兩個部分，感舊功與敘桑梓，雖爲駢體，而節奏明快，屢用前代帝王還鄉典故，榮歸故里的自信表露於字裏行間。并州是太宗少年時生活戰鬥過的地方，眞誠樸實成爲他豐沛情結的基調。

唐玄宗雖也對於河東有特殊的感情，但與太宗有別。他巡幸河東，重在兩地，潞州與太原。潞州是玄宗登基前唯一外任過的地方，視之爲龍潛之地；太原只是祖上創業之地，與太原無風土之親。因此玄宗的豐沛情結繫於兩地而各有不同。於太原，他的感情更多出於孝思展禮的成分。《并州置北都制》云：「今王業正興，宮觀猶在，列於邊郡，情所未安。」〔註14〕《起義堂頌序》云巡省并州是「禮不忘本，樂殊其德」〔註15〕。開元二十年再巡幸時，《幸北都制》云：「西漢高皇，永懷於沛邑；東京數帝，每幸於春陵。豈不遠思喬木，無忘敬梓。況境乃近壤，城唯列都，既行幸是常，亦情禮兼遂。」〔註16〕唐玄宗心目中的太原是政治上的故鄉，他的感情通過五言詩《過晉陽宮》表達出來。詩云：「緬想封唐處，實惟建國初。俯察伊晉野，仰觀乃參虛。井邑龍斯躍，城池鳳翔餘。林塘猶沛澤，臺榭宛舊居。運革祚中否，時遷命茲符。顧循承丕構，恍惕多憂虞。尚恐威不逮，復慮化未孚。豈徒勞轍

〔註13〕吳雲、冀宇編注，《唐太宗集》，西安：陝西人民出版社，1986年，379頁。
〔註14〕董誥，《全唐文》，北京：中華書局，1983年，258頁。
〔註15〕董誥，《全唐文》，北京：中華書局，1983年，446頁。
〔註16〕董誥，《全唐文》，271頁。

迹，所期訓戎車。習俗問黎人，親巡慰里閭。永言念成功，頌德臨康衢。長懷經綸日，歎息履庭隅。艱難安可忘，欲去良踟躕。」整首詩敘事議論爲主，寫景只有「林塘猶沛澤，臺榭宛舊居」兩句，感歎懷想先人遺迹。晉陽宮作爲先人的居所給唐玄宗帶來的是對歷史業績的追憶和當代治國的憂誠之思。按：晉陽宮爲隋煬帝楊廣在太原的行宮。隋末，李淵爲太原留守，晉陽宮副監裴寂力勸李淵早日起兵，密以晉陽宮人侍寢於李淵，並趁機向李淵進言：「二郎密纘兵馬，欲舉義旗，正爲寂以宮人奉公，恐事發及誅，急爲此耳。今天下大亂，城門之外，皆是盜賊。若守小節，且夕死亡；若舉義兵，必得天位。」〔註17〕李淵在裴寂的激勸下同意發動起義〔註18〕，故晉陽宮頗具歷史象徵意義。詩歌前六句敘晉陽之地理方位，緬懷先人創業立國。「緬想封唐處，實惟建國初」，「封唐」二指，一指周代周成王桐葉封弟的典故，唐國第一代諸侯叔虞的封地在晉陽；一指李淵於隋代封爲唐國公。他曾私下對李世民說：「唐故吾國，太原即其地焉。今我來斯，是爲天與。與而不取，禍將斯及。」〔註19〕「運革祚中否」八句言自己在唐室中亂之後繼承人統，憂懼恩威不隸，教化不潼，此次巡幸志在整訓太原軍事，鞏固邊防。「運革祚中否」指武周革命和韋后亂政。最後八句，言自己省風俗，撫黎元，頌功德，徘徊晉陽宮，悵思王業艱難。整首詩沉浸於感傷的氣氛中，詩人過先人舊居，充滿歷史的沉思。

　　玄宗的另一首《巡省途次上黨舊宮賦》則洋溢著榮歸故里的帝王豪氣。在玄宗眾多的詩作中，這一首是少數附有詩序的篇章，足見詩人感情所寄。序與詩相輔相成，茲全錄如下：

　　　　朕昔在初九，佐貳此州。未遇扶搖之力，空俟海沂之詠。洎大橫入兆，出處斯易，一揮寶劍，遠履瑤圖。承曆數而順謳謠，著天衣而御區夏。嗟乎，向時沉默，駕四馬而朝京師；今日逍遙，乘六龍而問風俗。爰因巡省，途次舊居，山川宛然，人事無間，忽其鼎革，周遊館宇，觸目依然。雖迹異漢皇，而地如豐沛，擊築慷慨，酌桂流連，空想大風，題茲短什。

〔註17〕劉昫，《舊唐書》，北京：中華書局，1975年，2286頁。
〔註18〕此段歷史，史家頗有質疑之處，認爲李世民篡改歷史，突出自己在太原首義中的重要作用。此處縱有僞造，李世民尚不至於以宮女事醜詆乃父，應屬於裴寂一時的權宜之計。
〔註19〕〔唐〕溫大雅，《大唐創業起居注》，上海：上海古籍出版社，1983年，2～3頁。

　　三千初擊浪，九萬欲搏空。天地猶驚否，陰陽始遇蒙。存貞期歷試，佐貳佇昭融。多謝時康理，良慚實賴功。長懷問鼎氣，夙負拔山雄。不學劉琨舞，先歌漢祖風。英髦既包括，豪傑自牢籠。人事一朝異，謳歌四海同。如何昔朱邸，今此作離宮。雁沼澄瀾翠，猿岩落照紅。小山秋桂馥，長阪舊蘭叢。即是淹留處，乘歡樂未窮。

　　如果說，《過晉陽宮》是玄宗關於先人創業史的沉思，《巡省途次上黨舊宮賦》則是自我發迹史的炫耀。詩序云「朕昔在初九，佐貳此州。未遇扶搖之力，空俟海沂之詠」，說自己還未登帝前任潞州別駕。「初九」，《易・乾》：「初九，潛龍勿用。」〔註20〕「海沂之詠」用晉代王祥典，王祥任徐州別駕，政化大行，時人歌「海沂之康，實賴王祥。邦國不空，別駕之功」〔註21〕。「泊大橫入兆」以下六句，言自己由靜而動，由處而出，入京平定韋后之亂，順應民意，繼承帝位。據《舊唐書・玄宗本紀上》，玄宗景龍二年四月出任潞州別駕。「四年，中宗將祀南郊，來朝京師。將行，使術士韓禮筮之，著一莖子然獨立。韓禮驚曰：『著立，奇瑞非常也，不可言。』時屬中宗末年，上常陰引材力之士以自助」〔註22〕。當年六月李隆基即聯合太平公主平定韋后之亂，睿宗復位。庸懦的睿宗，沒有執掌朝政的能力，主動讓位於玄宗。序中「大橫入兆」，用漢文帝典。據《漢書・文帝紀》，文帝入京即帝位前曾請術士占卜，得吉兆云：「大橫庚庚，余為天王。夏啓以光。」〔註23〕玄宗以此暗指自己由潞返京前的吉祥之筮。「順謳謠」，用《孟子・萬章上》典故，說堯崩，「謳歌者不謳歌堯之子而謳歌舜。」〔註24〕玄宗非睿宗長子，因功得帝位，故云順應民意。「向時沉默」，「今日逍遙」的人生飛躍使全詩充滿豪邁自信的氣概。詩人當年欲如鯤鵬激浪三千，扶搖九萬，雖中遭艱難，佐理一州，而政績斐然，尚存拔山問鼎之志。又欽慕漢祖，籠絡英豪，終飛龍在天，四海為一。中間四句「雁沼澄瀾翠，猿岩落照紅。小山秋桂馥，長阪舊蘭叢」借景以傳達喜悅之情。

　　綜合比較，太宗與玄宗各自的創作都蘊含了豐富的內容。唐太宗的豐沛情結通過向并州父老傾訴的方式展露出來，主要圍繞鄉梓之情絮語，在文中，

〔註20〕高亨，《周易古經今注》，北京：中華書局，1984年，161頁。
〔註21〕房玄齡，《晉書》，北京：中華書局，1974年，988頁。
〔註22〕劉昫，《舊唐書》，北京：中華書局，1975年，166頁。
〔註23〕班固，《漢書》，北京：中華書局，1962年，106頁。
〔註24〕焦循，《孟子正義》，石家莊：河北人民出版社，1986年，380頁。

他是一位遊子。玄宗的兩首五言詩格調迥然不同，一感傷，一豪邁，他的豐沛情結中含有對歷史的憑弔和政治的反思，展現在讀者面前的是一位中興君主，一位榮歸故里極度自信的帝王，缺少人與人之間的溫情。在唐代的帝王創作中，眷戀故土、情繫桑梓的作品無過二帝，特殊的政治因緣豐富了帝王文學的情感世界。

二、述德頌功

　　太宗與玄宗在河東道創作之文學，豐沛情結側重於個人情感的層面，另有一個關於國家命運和政教興衰的主題：述德頌功。作品主要有唐太宗《晉祠之銘並序》和唐玄宗《起義堂頌序》、《慶唐觀紀聖銘並序》。

　　唐太宗《晉祠之銘並序》是一篇千古名文，文學、書法兼美之作〔註25〕。此文作於貞觀二十年正月十六日，御製親書，立碑傳世。全文共 1203 字，駢體序文 1003 字，四言銘文 200 字。原碑今存，共 28 行，行 44～50 字不等。此碑文書法為太宗得意之作，曾以其拓片贈外國來使〔註26〕。按，晉祠，相傳為周初唐國諸侯叔虞之祠。《左傳·定公四年》：「分唐叔以大路、密須之鼓，闕鞏、沽洗、懷姓九宗，職官五正。命以《唐誥》，而封於夏虛，啟以夏政，疆以戎索。」〔註27〕據有關部門於 2001 年據碳 14 交叉定位法測定，今晉祠聖母殿右側的蟠龍柏樹齡為 2991 年，可知晉祠的創建時間應在周初〔註28〕。有關晉祠最早的文字記載於酈道元《水經注》，北齊文宣帝高洋以晉陽為別都，著力營建晉祠，成為一遊覽勝地。《元和郡縣志》河東道二晉祠條引姚最《序行記》云：「高洋天保中，大起樓觀，穿築池塘，自洋以下，皆遊集焉。」太宗少在太原，於晉祠親熟，貞觀二十年故地重遊，作文紀念。此文為一精心結撰之佳作，書法文筆俱佳。作者借回顧晉祠歷史，描寫晉祠景色，集中表達了儒家德治的思想。序文是文章的主體，銘文基本重複序文表達之內容。

〔註25〕見吳雲、冀宇編注，《唐太宗全集》，西安：陝西人民出版社，1986 年，134～137 頁。

〔註26〕《舊唐書》卷 199《東夷列傳》）云：「（貞觀）二十二年，真德遣其弟國相、伊贊干金春秋及其子文王來朝。詔授春秋為特進，文王為左武衛將軍。春秋請詣國學觀釋奠及講論，太宗因賜以所制《溫湯》及《晉祠碑》並新撰《晉書》。」見劉昫，《舊唐書》，北京：中華書局，1975 年，5335～5336 頁。

〔註27〕楊伯峻，《春秋左傳注》，北京：中華書局，1981 年，1538～1539 頁。

〔註28〕左正華，《帝王與晉祠考略》，《文物世界》，2009 年第 4 期。

序文分為三部分，第一部分從「夫興邦建國」至「世移千祀，而遺烈猶存」，追述古晉侯在輔佐周王室，成就春秋霸業的偉績；第二部分從「元化曠而無名」至「唯德是輔，豈筐篚之為惠」，作者鋪寫盛讚晉祠的神祠、崇山、流泉，美、德兼資，既有偉麗奇絕的風景，又有哺育萬物的仁德；第三部分從「昔有隋昏季」至序文結束，追述李淵在隋末起兵於晉陽，奪取天下、六合為家之功業，因感晉祠神靈之祐助。故而撰文刻石，譽光千載，以申德報。

述德為《晉祠之銘並序》的核心，主要包括以德治國和人君修德兩個方面。第一部分敘晉國自唐叔虞建國至三家分晉，綿延七百餘年，之所以鼎祚年長，一匡霸業，就是因為統治者能夠「經仁緯義，履順居貞。揭日月以為躬，麗高明之質；括滄溟而為量，體宏潤之資。德乃民宗，望為國範」。眾所週知，晉國之所以成為春秋五霸之一，並不是修仁義尚德治的結果。晉國從獻公時代開始就常常越出宗周禮法道德的軌範，大力改革國家軍政司法，尚力不尚德，至晉文公而稱霸諸侯。深諳歷史治亂之迹的李世民卻將晉國之霸業歸功於德治，鮮明地體現了他一貫的治國思想。《貞觀政要》中李世民云：「朕看古來帝王，以仁義為治者，國祚延長；任法御人者，雖救弊於一時，敗亡亦促，既見前王成事，足是元龜。今欲專以仁義誠信為治，望革近代之澆薄也。」〔註29〕

第二部分，以山水比德的傳統思維盛讚了晉祠山水神靈之德，亦是深層意義上的人君理想美德的展現。山水景色與道德之喻完美結合，是序文的主體部分。作者先鋪寫晉祠建築、崇山之雄奇變幻：「金闕九層，鄙蓬萊之已陋；玉樓千仞，恥昆閬之非奇。落月低於桂筵，流星起於珠樹。若夫崇山互峙，巨鎮參墟，襟帶邊方，標臨朔土。懸崖百丈，蔽日虧紅；絕嶺萬尋，橫天聳翠。霞無機而散錦，峰非水而開蓮。石鏡流輝，孤巖宵朗，松蘿曳影。重谷晝昏。碧霧紫煙，鬱古今之色；元霜絳雪，皎冬夏之光。」

作者極言晉祠群山之高，雄視邊塞，坐鎮一方。而其中光影之變化，令人稱奇，夜之清朗，晝之昏暗，霧之迷離，雪之皎潔，全化作對光色突出的感受，當時正月初春，應非實景。然太宗少年時暢遊之地，其記憶中的美景定然不虛。緊接著，則寫晉祠崇山之德化：「其施惠也，同和風溽露是生，油雲膏雨斯起；其至仁也，則霓裳鶴蓋息焉，飛禽走獸依焉；其剛節也，則治亂不改其形，寒暑莫移其操；其大量也，則育萬物而不倦，資四方而靡窮。故以眾美攸歸，明祇是宅，豈如羅浮之島，拔嶺南遷；舞陽之山，移基北轉。

〔註29〕〔唐〕吳兢，《貞觀政要集校》，謝保成集校，北京：中華書局，2003年，249頁。

夫以挺秀之質，而無居常之資，故知靈岳標奇，託神威而爲固。」晉祠的山嶽降甘澤、庇眾生、育萬物，正如明德之君主德惠萬民。其節操之堅貞，正繼承孔子「仁者樂山」的內涵。

太宗寫景山水分開，「山水比德」宜有所區別。寫晉祠泉水之美德：加以飛泉湧砌，激石分湍，縈氛霧而終清，有英俊之貞操，任方圓以成像，體聖賢之屈伸。日注不窮，類芳猷之無絕；年傾不溢，同上德之誠盈。陰澗懷冰，春留夏鏡；陽岩引溜，冬結春苔，非疏勒之可方，豈瀑布之能擬。至如濁涇清渭，歲歲同流；碧海黃河，時時一變。夫括地之紀，橫天之源，不能擇其常，莫能殊其操。

泉水清潔喻純真之節操，以泉水之「年傾不溢」，喻謙虛之美德，此二者屬於人生修養中道德之部分；又以泉水之隨物賦形喻聖人之能屈能伸，以泉水之綿綿不絕喻智慧謀略之無窮。顯然，這屬於山水比德中「智者樂水」的方面。唐太宗在讚美晉祠山水中自然加入了智慧的部分，使作者心目中君主之道德更爲完美。按君主修身養志是唐太宗常常強調的一個方面，他說：「君天下者，惟須正身修德而已。此外虛事，不足在懷。」〔註30〕又云：「餘思三代以來，君好仁，人必從之。」〔註31〕

山水比德屬於孔子開創的儒家倫理美學傳統，之後孟子、荀子繼承發展，在西漢劉向那裏有了更爲全面精彩的論述。唐太宗寫晉祠山水中的比德內蘊借鑒了劉向的觀點。劉向《說苑・雜言》中子貢問孔子，智者何以樂水，孔子云：「泉源潰潰，不釋晝夜，其似力者。循理而行，不遺小間，其似持平者。動而之下，其似有禮者。赴千仞之壑而不疑，其似勇者。障防而清，其似知命者。不清以入，鮮潔以出，其似善化者。眾人取乎品類，以正萬物，得之則生，失之則死，其似有德者。淑淑淵淵，深不可測，其似聖者。通潤天地之間，國家以成。是知之所以樂水也。」孔子又回答「仁者樂山」的原因云：「夫山龍嵷磥嶵，萬民之所觀仰。草木生焉，眾物立焉，飛禽萃焉，走獸休焉，寶藏殖焉，奇夫息焉，育群物而不倦焉，四方並取而不限焉。出雲風，通氣於天地之間，國家以成，是仁者之所以樂山也。」〔註32〕晉祠山水比德

〔註30〕吳兢，《貞觀政要集校》，謝保成集校，北京：中華書局，2003 年，333 頁。

〔註31〕李世民《金鏡》見吳雲、冀宇，《唐太宗集》，西安：陝西人民出版社，1986 年，126 頁。

〔註32〕〔西漢〕劉向，《說苑校證》，向宗魯校證，北京：中華書局，1987 年，435～436 頁。

之描寫與劉向之說幾乎完全相同，可見其因襲之迹。「不清以入，鮮潔而出」，劉向取其善於教化，「縈氛霧而終清」，太宗取其貞操；劉向以「障防而清」喻知命之義，太宗以「任方圓以成像」取其進退知命；劉向以「不釋晝夜」喻力量之無窮，太宗以「日注不窮」喻智慧；劉向以「動而下之」喻謙恭有禮，太宗以「年傾不溢」喻謙沖有度。劉向云「循理而行，不遺小間，其似持平者」，太宗銘文云「地斜流直，澗曲紋平」；劉向云「淑淑淵淵，深不可測」，太宗銘文云「非撓可濁，非澄自清」。雖然唐太宗山水比德吸取劉向之說，然劉向之文爲哲理的羅列，太宗爲文學的描寫，其比德之義主要指向君主，在這裏君德和景色融爲一體，是文學表達上的一個創新，使「山水比德」與作者親身經歷的實際山水感受融合在一起。山水之德在唐太宗這裏獲得了鮮活的生命力和強烈的政治現實性。

序文第三部分以晉祠神靈的庇祐具有政治道德的傾向性，「惟德是輔，惟賢是順」說明李淵起兵統一天下的事業，是由於起義之初，禱於神祠，「用竭誠心，以祈嘉福」。此段未鋪展李淵父子的神武聖功，只是強調「克彰宏業，實賴神功」，暗示李唐統治者正是晉祠神靈所囑望的賢德之君。爲報答神祠護祐之德，並期望李唐王朝也能如周朝一樣有八百年的曆運，故勒石贊之，「正當竭麗水之金，勒芳猷於不朽；盡荊山之玉，鐫美德於無窮」。

晉祠作爲一個以民間信仰爲中心的遊賞勝地，與大唐王朝的命運又聯繫在一起。唐太宗故地重遊，感慨萬千，《晉祠之銘並序》敘宗周，慕晉國，模山水，謝神祠，貫穿著作者鮮明的以德治國的政治意識，有一種以賢德君主自期的潛在追求，表達了渴望唐王朝長享社稷的政治情懷。另外巡省并州之前征遼東的無功而返，也使得以德治國理念暗含了一定的政治反思成分。史載，貞觀十八年，唐太宗下詔東征高麗，十九年正月，太宗親征。戰事進展頗爲艱難，圍攻安市（今遼寧營口）兩月不下，其時「遼左早寒，草枯水凍，軍糧將盡，士馬難留」。太宗只好下令班師，途中氣候惡劣，將士死亡枕藉，此爲太宗一生征戰少有的慘局，十一月到達幽州，以致「氣急患癰」，只能乘步輦由定州達晉陽。唐太宗此時創作《晉祠之銘並序》蘊含著複雜的情緒，其內涵就非單純的頌讚述德所能窮盡。

《晉祠之銘並序》在內蘊上含義豐富，文學上亦可圈可點。初唐文壇之駢體文浮靡不競，刻板空洞，屬於駢文發展的低谷時期。太宗此文，有爲而發，以意帶動文章節奏，轉折而流暢，措辭清新，少用事典，屬初唐駢文上乘之作。

　　唐太宗創作了書法和文學兼美的名篇。唐玄宗步武其後，於開元十一年作《起義堂頌序》，亦模倣太宗，親書刻石，立於太原府乾陽門街，以資紀念。此文兩部分，序為玄宗作，頌為張說作，其主旨由述德轉為頌功，文學上遜色於太宗之作。

　　《起義堂頌序》前文云：「并州起義堂者，皇天造帝之初，高祖誓眾之地也。」〔註33〕因此序文主要追述高祖開國以來的創業史，稱頌帝王功勳。序文開首即遠溯至堯、舜、皋繇、老子，顯示唐王朝政統之久遠。按隴西李氏以皋繇為其始祖，老子名李耳，追崇老子為「太上軒轅黃帝」。序文云：「堯以天下禪舜，舜以天下禪禹，禹將宅百揆，總萬國，一讓於稷契，再讓於皋繇。稷契先舉，彼商與周以之更盛；皋繇後大，我國家於茲受命。」又云：「及乎玄元間出，光大前慶，垂道德而統運，依清虛而立法，天祚我李，厥惟舊哉！」從血統和道統兩個方面，唐王朝的建立皆應天受命。由於稷與皋繇同為大禹之賢臣，分別為周、唐始祖，故在後文中玄宗一再以唐比周，預示唐運之天授無窮。「觀周之興，始於后稷、公劉，承以太王、王季，皆勤儉忠厚，克廣前烈。至於文王成之，武王啟之，康王安之，故卜代三十，卜年八百，天所命也。我唐之興也，始於皋繇玄元，承以景皇元帝，皆立言邁德，垂裕後昆。至於高祖受之，太宗有之，高宗守之，中宗復舊業，睿宗新景福，比之周室，我何謝焉？」大唐不僅不遜於周朝，功業且過之，他說：「且如陳德明刑，庶其躬稼之績；玄宗道要，小其避狄之仁。化流率土，狹其江漢之域；義寧大朝，羞其牧野之戰。」在唐玄宗看來，周代始祖躬耕稼穡的創業不如唐祖德刑兼治的統治，老子之道遠勝儒家之仁，開疆拓土的功績亦遠過周代，唐高祖以禪讓名義奪取天下比周武王以武力兵戎相見高明有道。玄宗此處誇大失實，時代不同，而妄加比附，誠帝王驕矜不可一世之故態，非如其詩《巡省途次上黨舊宮賦並序》，令人有豪氣干雲之想。至於玄宗以前諸帝，除高祖、太宗外，餘皆非英明之主，高宗庸懦，中宗昏昧，睿宗暗弱，玄宗在文中將自己遠紹太宗，在文中敘功業，重在三人，突出自己。

　　李淵開國，鋪寫詳盡，頌贊得體，簡括了隋末唐初的一段歷史。文云：「隋氏失御，國亂無象，小道自賢，大才背忌。惟宮室陂池之好，惟沉湎暴慢是保。上帝不歆，黎人咸戚，六軍逾海而東敗，萬乘過江而南覆。豺狼入邑，獫貐爭人，黔首囂然，方將無訴。我高祖感之，乃龍躍晉水，鳳翔太原。

〔註33〕〔清〕董誥，《全唐文》，北京：中華書局，1983年，445頁。

百神前驅，萬姓來奔。開咸陽，入天門，用湯武之兵，靜新室之亂。遵唐虞之典，承太王之基，率百官受終於文祖，輯五玉班瑞於諸侯。類圓禋方之禮備，封功爵德之議允，約法惟簡，代虐以寬，了惠困窮，懷柔蠻貊。金石一變，日月重華，近古以來，未有革命易姓若此之盛者也。」頌李淵之功，客觀近實。太原起義，太宗亦身與其中，「當此之時，太宗內啓聖謀，外行專斷，躬攬甲冑，跋履山川，駕英雄而爲奧主，一區域而定大業。」用語簡賅，切太宗之實。而玄宗述己之功業，大肆鋪陳誇耀，自即帝位十四載以來，整個天下「東西南北，無思不服，山川鬼神，亦莫不寧」，其皇威非止於此，玄宗之志在於「運心於玄妙之境，屬志於造化之爐，發令爲祥符，施惠爲霖雨，任賢爲兩曜，仗能爲四時，俾天之下，有形者遂全，懷生者自足。樹鋪野繭，田種嘉穀，斫雕爲樸，捐珠棄玉，追大庭而齊風，夢華胥而同俗。」理想之國，非仙非妖，遠宗老子，返璞歸眞，而近同夢囈。玄宗欲自炫其功，相較二祖之敘寫，竟成敗筆。

　　序文結尾述巡省北都爲「省方展義，存問黎老」，「鑒風物之憂思，尋王業之艱難」。並希冀高祖太宗魂歸故土，「仙駕無所，或顧懷於舊土；靈魄無方，倘來歸於此堂」。此處應爲玄宗眞情的表露。

　　通觀全篇序文，以頌功爲實，述德爲虛，其中貫穿了帝王的天命觀念。頌功部分所敘寫文字輕重失調，優劣間存。高祖和太宗的業績名實相符，唯以唐王朝與周朝功業相比，自大自誇，虛謬特甚；至玄宗自述治理天下之偉業及其理想，更加變本加厲，虛詞浮說，顯示了帝王的自詡之態。玄宗意在表功，而每每以德映襯，夾雜天命祐唐之心理。李淵之奪有天下，「非天私我有唐，惟天祐於積德；非唐求於人庶，惟人懷於累仁」，又云二帝之成功是「修德以降命，奉命以造邦，源濬者流工，根深者葉茂，天人報應」之結果；唐初至玄宗時代的繁榮昌盛，超軼周代，是「天之所命」，以致有「非至德，其孰能如此其大者乎」的自我反問；玄宗自述功業無比，亦虛飾云「實惟藝祖儲福之所致」，非己「菲德之所及」。凡有一功必有一德之天命輔助，但頌功多於述德，二者的虛實判然分明，未能恰當融合在一起。

　　頌功述德爲帝王文學中常見主題。太原因爲唐王朝發迹肇基之地，兩位帝王分別創作了銘和頌的應制文章，由於時代和個性的差異，述德與頌功成爲他們各自的主題特色。貞觀十九年的唐太宗已屆晚年，史稱貞觀後期之政治較之前期稍遜，太宗本人亦有所懈怠，且頗有聲色宮苑之好，朝政有鬆弛

之象。貞觀十九年征遼東促使唐太宗進一步政治上的反思，於貞觀二十年前後，寫作《帝範前序》、《後序》、《金鏡》等，以古論今，總結統治經驗，突出君主道德修養。《晉祠之銘並序》正是這一系列治國政治理論反思中較早的一篇。晉祠是唐王朝起義故地，又是風景名勝，因此政論性和文學性成爲這篇文章的突出特點，質樸和眞誠是他的基調。唐玄宗巡幸北都的開元十一年，是唐玄宗統治時期的一個轉折點。「開元前期，大約十年，唐玄宗求治心切，重用賢相姚崇和宋璟等，求諫納諫，革除弊政，抑制奢靡，取得了所謂『貞觀之風，一朝復振』的業績」〔註 34〕。《舊唐書‧玄宗紀》末史臣云：「我開元之有天下也，糾之以典刑，明之以禮樂，愛之以慈儉，律之以軌儀。黜前朝徼倖之臣，杜其姦也；焚後庭珠翠之玩，戒其奢也；禁女樂而出宮嬪，明其教也；賜酺賞而放哇淫，懼其荒也；敘友丁而敦骨肉，厚其俗也；蒐兵而青帥，明軍法也；朝集而計最，校吏能也。廟堂之上，無非經濟之才，表著之中，皆得論思之士。而又旁求宏碩，講道藝文。昌言嘉謨，日聞於獻納；長轡遠馭，志在於昇平。貞觀之風，一朝復振。」〔註 35〕這代表唐代人的認識。學者們認爲：「對照開元時期尤其是前十多年的政治、經濟、法制、文化、軍事」，史臣的評論「基本上是符合實際的」〔註 36〕。開元十一年開始，進入開元中期，唐玄宗爲前期政治的成功所陶醉，「享國既久，驕心浸生」〔註 37〕，好大喜功之心日滋。呂思勉先生以開元九年爲玄宗思想變化的起點，其《隋唐五代史》云：「開元九年，張說相，導帝以行封禪，而驕盈之志萌矣。」許道勳、趙克堯《唐玄宗傳》則以爲，開元十一年二月張嘉貞罷相，張說才眞正成爲宰相群中的決策人物，因此張說再次出任中書令，是開元之治從前期進入中期的標誌。兩說並無矛盾，玄宗驕盈之志有一個發展過程。竊以爲，開元十一年的河東之行是玄宗好大喜功的表現之一。而在北巡太原之前，張說即有后土祭祀之議，《舊唐書‧張說傳》云：「是歲（開元十年），玄宗將還京，而便幸并州。說進言曰：『太原是國家王業所起，陛下行幸，振威耀武，並建碑紀德，以申永思之意。若便入京，路由河東，有漢武雕上后土之祀，此禮久闕，歷代莫能行之。願陛下紹斯墜典，以爲三農祈穀，此誠萬姓之福

〔註 34〕　許道勳、趙克堯，《唐玄宗傳》，北京：人民出版社，1993 年，109 頁。

〔註 35〕　劉昫，《舊唐書》，北京：中華書局，1975 年，236 頁。

〔註 36〕　許道勳、趙克堯，《唐玄宗傳》，北京：人民出版社，1993 年，140 頁。

〔註 37〕　〔宋〕范祖禹，《唐鑑》卷 5《玄宗》下，西安：三秦出版社，2003 年，122 頁。

也。』上從其言。」〔註 38〕祭祀后土亦玄宗紀功耀德的表現之一。要之，玄宗此次北都巡幸，是其開元之變的標誌性事件。其中頻繁的君臣唱和，太原作《起義堂頌序》，祭祀后土，以及巡幸結束以後張說、潘炎就潞州祥瑞大唱讚歌，皆可說明此次河東巡幸是開元中期以後驕矜自大，炫耀文治武功的第一次集中體現。巡幸北都後，同年十一月，唐玄宗行登帝位後的首次南郊祀禮，至開元十三年之封禪大典則把他粉飾盛世的舉措推向了高潮。由此可以說，《起義堂頌序》是開元中期粉飾盛世文學的發端之作。其誇誕虛飾的文風，自我稱伐的口吻，是文風變化的一個信號，此篇文章是玄宗統治時期由尚吏轉入尚文以後，以文學粉飾盛時的帝王之作，從時間和作者方面看，具有標誌性意義。

第二節　帝王巡幸中的文學唱和活動

諸位帝王巡幸河東，只有唐玄宗巡幸中伴隨著一系列的文學唱和活動。玄宗開元十一年由東都至北都，北都返長安的旅途中，君臣之間唱和活動六次，變換六個地點，屬於開元時期宮廷文學的一次特殊形式，有其一定的文學史意義。現將唱和的具體情況簡述如下。

開元十一年正月己巳，玄宗車駕自東都北巡。入太行山，玄宗作《早登太行山中言志》，張說有《奉和太行山中言志應制》，張九齡《奉和聖製早登太行山率爾言志》，蘇頲《奉和聖製早登太行山中言志應制》，張嘉貞《奉和早登太行山中言志》，苗晉卿《奉和聖製早登太行山中言志》。

至潞州，玄宗改舊居爲「飛龍宮」，並作《巡省途次上黨舊宮賦並序》，應和之作二首。張說《奉和爰因巡省途次舊居應制》，蘇頲《奉和聖製途次舊居應制》。

至北都太原，玄宗作《過晉陽宮》，和作三首。張說《奉和聖製過晉陽宮應制》，蘇頲《奉和聖製過晉陽宮應制》，張九齡《奉和聖製過晉陽宮》。

由太原向南，過汾州靈石之雀鼠谷。張說獻詩《扈從南出雀鼠谷》，和作十二首。玄宗《答張說南出雀鼠谷》，宋璟《奉和聖製答張說扈從南出雀鼠谷》，張九齡《奉和聖製同二相南出雀鼠谷》，蘇頲《奉和聖製答張說南出雀鼠谷》，趙多曦、王光庭、梁升卿有同題之作《奉和聖製答張說扈從南出雀鼠谷》，王

〔註 38〕劉昫，《舊唐書》，北京：中華書局，1975 年，3054 頁。

丘、袁暉同題之作《奉和聖製答張說扈從南出雀鼠谷之作》，席豫、崔翹有同題之作《奉和聖製答張說南出雀鼠谷》，徐安貞《奉和聖製答二相出雀鼠谷》。

渡蒲津關，玄宗作《早度蒲津關》，和作三首。張說《奉和聖製渡蒲關應制》，張九齡《奉和聖製早渡蒲津關》，徐安貞《奉和聖製早度蒲津關》，宋璟《蒲津迎駕》

渡過蒲津關進入關內道，玄宗作《初入秦川路逢寒食》，張說和作《奉和聖製初入秦川路逢寒食應制》。

唱和詩共三十二首，參與唱和的宮廷詩人十四人，其中張說自始至終參與了所有的唱和活動，可見張說在當時宮廷文學中的地位。

另尚有四次唱和活動，傅璇琮先生主編的《唐五代文學編年史》亦列入此次巡幸的旅途之中，應屬誤編，茲辨析如下。此四次唱和活動分別是：唐玄宗《過王濬墓》，和作二首，張說《奉和聖製過王濬墓應制》張九齡《奉和聖製過王濬墓》；唐玄宗作《經河上公廟》，和作二首。張說《奉和聖製經河上公廟應制》，張九齡《奉和聖製經河上公廟》，蘇頲《奉和聖製經河上公廟應制》；玄宗《登蒲州逍遙樓》，蘇頲和作《奉和聖製登蒲州逍遙樓應制》；玄宗《潼關口號》，和作二首，蘇頲《奉和聖製過潼關》，張說《奉和聖製潼關口號應制》。

第一，王濬墓之唱和。《編年史》繫於從洛陽入太行山以後至潞州途中。其依據是《晉書·王濬傳》之記載，王濬「葬柏谷山」〔註39〕，另《大明一統志》卷21潞州條載柏谷山在州城東北一十三里。何格恩《張曲江著述考》則繫此詩為開元十二年東幸途中所作，理由是王濬墓在弘農郡之閿鄉而不在潞州〔註40〕。作者引《隋唐嘉話》中的一則記載：「武后將如洛陽，至閿鄉縣東，騎忽不進，召巫，言晉龍驤將軍王濬云：『臣墓在道南，每為樵者所苦。聞大駕今至，故求哀。』後敕：去墓百步，不得耕殖。至今荊棘森然。」顧建國《張九齡年譜》補證王濬墓實在弘農〔註41〕。一是史傳中記載王濬籍貫弘農，死葬故鄉合乎情理。二是地理著作《水經注》、《元豐九域志》中皆記載有弘農柏谷山，不見潞州柏谷山之記載；《太平寰宇記》更明確記載了虢州恒農（即弘農）有王濬墓：「王濬冢。仕晉，平吳有功。卒，葬於此，而冢

〔註39〕〔唐〕房玄齡，《晉書》，北京：中華書局，1974年，1216頁。
〔註40〕何格恩，《張曲江著述考》，《嶺南學報》，1937年，第6卷第1期。
〔註41〕顧建國，《張九齡年譜》，北京：中國社會科學出版社，2005年，122頁。

尚存。」〔註42〕關於王濬墓，唐代詩人多有吟詠，惜於詩中未見有暗示方位地理的描寫，綜合何、顧之說，在弘農較爲合理，《編年史》繫於開元十一年巡幸河東途中有誤。

第二，河上公廟之唱和。《編年史》繫於南下歸長安途中。何格恩《張曲江著述考》和顧建國《張九齡年譜》皆繫於開元十二年秋玄宗由西京幸東都途中。《太平寰宇記》卷 5 陝州陝縣條載：「河上公廟，在州西五里。」〔註43〕按，玄宗從北都回長安的路線是，西渡蒲津關，過黃河，經同州歸長安。蒲津關，《元和郡縣圖志》卷 12 河東道一河中府河東縣條云：「蒲阪關，一名蒲津關，在縣西四里。」玄宗一行於此西渡黃河歸長安。陝州在黃河南岸，《元和郡縣圖志》河中府條：「西南至上都三百二十里「，」東南至陝州二百四十五里。」又同書卷六河南道二陝州條：「西至上都五百一十里」，「西北至河中府二百四十五里。」蒲州、陝州、長安方位呈一個三角形，玄宗一行歸長安無同一旅途先後經過河上公廟和蒲津關之理。足證《編年史》之誤。

第三，蒲州逍遙樓之唱和。《編年史》編入十一年歸長安途中。按玄宗《登蒲州逍遙樓》云：「卜徵巡九洛，展豫出三秦。」明言是從長安出發向洛陽的路線，非由東向西。蘇頲和作《奉和聖製登蒲州逍遙樓應制》亦云：「聖皇東巡守，況乃經此都。」其非巡幸西歸甚明。具體創作時間尚需一辨。按，唐代帝王東都西京之間巡行路線，主要「由長安略沿渭水南岸東行，經華陰，出潼關，再沿黃河南岸東行至陝城；自陝以東，離開黃河東行經新安至洛陽」〔註44〕。另唐代亦有經蒲州繞道洛陽之路線。唐太宗貞觀十二年從洛陽西還，即取道陝州，渡大陽津新橋，至河北縣，又北至安邑，又由安邑南之柳谷西經解縣至蒲州入關〔註45〕。此外，唐世由河東取道陝州赴洛陽事例甚多。《舊唐書・方伎傳》義福傳云：「開元十一年，從駕往東都，途經蒲、虢二州，刺史及官吏士女，皆齎幡花迎之，所在途路充塞。」是玄宗東幸亦經蒲州之例。開元十一年應爲十年或十二年之誤，陳鈞《蘇頲年譜》繫蘇頲逍遙樓詩於十年，是。玄宗開元十年春赴東都，開元十二年十一月赴東都，據玄宗《逍遙樓詩》：「時平乘道泰，聊賞遇年春。」則在開元十年無疑。

〔註42〕〔宋〕樂史，《太平寰宇記》，北京：中華書局，2007 年，111 頁。
〔註43〕〔宋〕樂史，《太平寰宇記》，北京：中華書局，2007 年，95 頁。
〔註44〕嚴耕望，《唐代交通圖考》，上海：上海古籍出版社，2007 年。
〔註45〕嚴耕望，《唐代交通圖考》第一冊，上海：上海古籍出版社，2007 年，166 頁。

第四，潼關唱和。《唐五代文學編年史‧初盛唐卷》云：「蘇頲《奉和聖製過潼津關》：『在德何夷險，觀風往復還。』知詩作於回長安途中。」〔註46〕究竟是回長安還是赴東都，是從東都回長安還是從河東回長安，玄宗原作，及蘇頲、張說、張九齡之和作均未有所明示。何格恩《張曲江著述考》云，玄宗開元五年辛亥幸東都，六年十月丙申還京師，十年正月丁巳幸東都均從北路；惟十二年冬十一月東幸從南路，故潼關口號疑作於本年，近是。顧建國《張九齡年譜》認為詩歌創作季節和方向未明，故一時難以確定是在開元十年還是十二年，必在兩年之中〔註47〕。因蘇頲卒於開元十五年七月，創作時間只能在五年到十二年之間。按，潼關位於黃河南岸，蒲州之正南方。《元和郡縣圖志》卷二華州華陰縣條：「潼關……實謂天險。河之北岸則風陵津，北至蒲關六十餘里。」同書卷 12 蒲州河東縣條：「風陵故關，一名風陵津，在縣南五十里，魏太祖西征韓遂，自潼關北渡即其處。」又云：「風陵堆山，在縣南五十五里，與潼關相對。」玄宗渡蒲津關循渭水北岸回長安，無經過潼關之理。

唐玄宗河東巡幸中的唱和組詩，同時兼具宮廷詩的性質。時為開元十一年，正是張說開元九年再度入相後，玄宗推行文治初期，亦是開元詩風發生變化的初始時期。宇文所安將開元二十年劃為初盛唐的一個轉折點，頗具文學史發展的眼光。在此詩風變革時期，以帝王為中心的宮廷詩的創作自然具有扭轉風向的指示意義。宇文所安云：「（開元前期）皇帝宮廷中的文學活動仍在繼續舉行，但重點與中宗朝已有所不同。……宮廷詩的基本法則未加改動地保留下來，但更多的重點被放在帝王主題和帝王行為的尊嚴上。玄宗的個性要比中宗強，他的自我形象被反映在朝臣的頌美中。此外，玄宗的宮廷詩人大多數又是朝廷中起作用的成員，而中宗的小圈子卻主要是以文學才能而合格，兩者形成對照。」〔註48〕頌美帝王的主題正是開元中期以後粉飾盛世的需要，而宮廷詩人身份的改變，由一般的遊宴增加政治軍事的主題，詩風自然發生變化。最早的一次大型宮廷唱和即是張說重任宰相後於開元十年赴朔方巡邊時的送行唱和之作，玄宗御製詩《送張說巡邊》，朝臣十八人和作，形成開元九年後第一次宮廷唱和詩的高潮。此次宮廷唱和突破了以往宴遊的

〔註46〕傅璇琮主編，《唐五代文學編年史‧初盛唐卷》，瀋陽：遼海出版社，1998 年，581 頁。
〔註47〕顧建國，《張九齡年譜》，北京：中國社會科學出版社，2005 年，120 頁。
〔註48〕宇文所安，《盛唐詩》，賈晉華譯，北京：三聯書店，2004 年，24 頁。

娛樂悠閒氣息，表現出自信剛健的氣格。一是在主題上，頌美張說的文治武功，「由來詞翰手，今見勒燕然。」（徐知仁），「禮樂臨軒送，威聲出塞揚。」（盧從願），「定功彰武事，陳頌紀天聲」（韓休），雖意在頌美，「但均富含時代氣息和政治意味，反映了當時唐朝軍事國力的強大和對外作戰的自信」〔註49〕。一是在題材上兼具了邊塞詩的特徵，詩人們的和作多有邊塞的描寫，如「曉光搖組甲，晚吹繞雲旌」（韓休），「度關行照月，乘帳坐銷煙」（徐知仁），「旌搖天月迥，騎入塞雲長」（崔禹錫），此種邊塞的的描寫，比之前宮廷詩的軟媚平熟，注入了一種生鮮健壯的因素，但「內容還顯單薄，基本上都是想像之詞，缺乏對邊境的實景描繪和切身感受」〔註50〕。開元十一年巡幸河東的唱和活動，將唱和的地點從朝堂移到了眞正的邊塞，詩人們身臨其境感受著河東的風光，使得宮廷詩在固有的應制特徵基礎上煥發了新的生命。

此次巡幸唱和，在旅行中展開詩歌的創作，總體上與唐王朝的創業史和河東道的自然地理景觀緊密結合在一起，映襯著應制詩一貫的頌美基調。隨著創作地點的變換，唱和的主題和風格都相應發生微妙的變化。以下依唱和的先後順序考察這一特殊宮廷詩的多樣化藝術表現。

一、太行山中之唱和

玄宗原唱，張說等五人和之。按，唐玄宗此次北巡太原由洛陽出發。其間的行程大致爲：「由東都東北行一百四十里至懷州（今沁陽），又北上太行關，一百四十里至澤州，又北微東一百九十里至潞州（今長治），又北四百五十里至太原府（今晉源，舊太原縣），共九百二十里。」〔註51〕太行山是中國北中部地區最重要的山脈和地理分界線。位於河北平原和山西高原之間，東北西南走向，綿延四百餘公里，海拔1500～2000米，氣勢宏偉，險峻壯觀，關隘眾多，爲歷來之軍事要地。由於太行山爲褶皺斷塊山，東麓有大斷層切過，因此東坡特別險峻，東部華北平原海拔100米以下，海拔相差極大。蘇軾《雪浪石》詩云：「飛狐上黨天下脊，半掩落日先黃昏」〔註52〕，上黨即潞

〔註49〕 曲景毅，《詩國高潮的前奏——簡論開元前期張說及其周圍的詩人群體創作》，《文學遺產》，2008年第4期，54頁。
〔註50〕 曲景毅，《詩國高潮的前奏——簡論開元前期張說及其周圍的詩人群體創作》，《文學遺產》，2008年第4期，55頁。
〔註51〕 嚴耕望，《唐代交通圖考》第一冊，上海：上海古籍出版社，207年，129頁。
〔註52〕 《蘇軾詩集》，北京：中華書局，1982年，1998頁。

州，玄宗登太行的第一目的地。曹操公元 206 年北征高幹，過太行陘羊腸阪，寫下「北上太行山，艱哉何崔嵬。羊腸阪詰屈，車輪爲之摧」的名句。顧炎武云：「居太行之巔，據天下之脊，自河內觀之，則山高萬仞；自朝歌望之，則如黑雲在半天。即太原河東亦環趾而處於山之外也。及其勢東南絕險，一夫當關，萬軍難越。」〔註53〕太行陘盤旋在 200 至 940 米之間，長 45 公里，峰巒疊嶂，溝壑縱橫，兇險異常。據嚴耕望《唐代交通圖考》，太行陘爲太行八陘第二陘，正爲此次玄宗巡幸之必經之路。

　　唐玄宗《早登太行山中言志》展現了一幅太行山的自然風俗畫。「清蹕度河陽，凝笳上太行。火龍明鳥道，鐵騎繞羊腸。白霧埋陰壑，丹霞助曉光。澗泉含宿凍，山木帶餘霜。野老茅爲屋，樵人薜作裳。宣風問者艾，敦俗勸耕桑。涼德慚先哲，徽猷慕昔皇。不因今展義，何以冒垂堂。」三四句言太行之險，凌晨登山，羊腸舉火，鐵騎蜿蜒；五六句言朝霞映霧之情狀；七八句言初春時節，高山上泉水結冰，群山林木現雪霜之色；九十句言山居野老的簡樸生活。全詩無誇飾之詞、華豔之句，以半實的描述表達詩人真切的感受，與一般宮廷詩有霄壤之別，陌生新鮮的自然環境喚起了淳樸的詩情。惟末句「何以冒垂堂」現帝王嬌貴之氣。張說、蘇頲、張九齡、張嘉貞、苗晉卿皆五言排律，十六句，其詩歌結構模式一致，前八句寫景，後八句稱頌帝王功德。寫景部分突出太行之險和征程之象，表達方式各不相同。張說之詩突出帝王巡幸隊伍的華貴尊嚴氣象：「六龍鳴玉鑾，九折步雲端。河絡南浮近，山經北上難。羽儀映松雪，戈甲帶春寒。百谷晨笳動，千巖曉仗攢。」張嘉貞則著力渲染山巒之高峻和巡幸隊伍征服險道的豪氣：「明發屆山巔，飛龍高在天。山南平對鞏，山北遠通燕。瞻彼岡巒峻，憑茲士馬妍。九坂行若砥，萬谷輾如川。」同爲軍隊出征，張九齡虛實結合，形神兼之：「日御馳中道，風師卷太清。戈鋋林表出，組練雪間明。」〔註54〕「日御」、「風師」二句尤爲出色；蘇頲狀太行之險則頗有結構上的巧思：「北山東入海，馳道上連天。順動三光注，登臨萬象懸。俯觀河內邑，平指洛陽川。」其中三四句承第二句，五六句承第一句，氣勢銜接緊湊，富於變化；相較而言，苗晉卿之作最爲平實無奇，「金吾戒道清，羽騎動天聲。砥路方南絕，重岩始北征。關樓前望遠，河邑下觀平」，突出行旅之艱難。玄宗散開描寫，眾

〔註53〕〔清〕顧炎武，《天下郡國利病書》卷 17《山西·潞安府志》，上海：上海古籍出版社，2012 年。
〔註54〕熊飛，《張九齡集校注》，北京：中華書局，2008 年，49 頁。

臣側重點染。眾人和作後八句都緊緊圍繞玄宗「宣風」「敦俗」的恩倖之意組織詩句，如「德重周王問，歌輕漢後傳」（蘇頲），「皇心感韶節，敷藻念人安」（張說），「月令農先急，春蒐禮復行」（苗晉卿），只有張九齡以擬人法寫皇恩略有不同，「動植希皇豫，高深奉睿情」，「氣色煙猶喜，恩光草尚榮」。山水煙草皆具人情，感悅帝王之到來。

此組唱和詩體特點，一是全爲五言排律，與時代風氣相一致。葛曉音先生說：「神龍至開元前期，無言律詩和五言排律成爲詩壇的主要體裁，……到開元初，五排又更多於五律。」〔註55〕二是一般宮廷詩的裝飾性、典雅性明顯減弱，身臨其境使表達顯得自然樸素。

二、潞州與太原之唱和

潞州曾是玄宗的龍潛之地，太原是唐王朝的發迹之所，歷史追懷和鄉梓之情成爲此兩次唱和詩的共同主題。如前文討論帝王之創作時所述，同爲奠定王業的龍興之所，玄宗的感情基調是不同的。

《巡省途次上黨舊宮賦》的感情是榮歸故里的豪邁自信，詩中「三千初擊浪，九萬欲搏空」，以鯤鵬自比，「長懷問鼎氣，夙負拔山雄。不學劉琨舞，先歌漢祖風。」以歷史上的楚王、項羽等英雄人物自比，自信可見。「雁沼澄瀾翠，猿岩落照紅。小山秋桂馥，長阪舊蘭叢。」把風土之情和喜悅之思融合，爲全詩佳句。蘇頲、張說的和作思路與原作同，採用追憶過去——稱述現在的結構。追憶過去頗爲簡略，蘇頲四句「潞國臨淄邸，天王別駕興。出潛離隱際，小往大來初」。張說兩句「蔥鬱興王郡，殷憂啓聖圖」。全詩二十四句，玄宗以十六句追述自己的創業史，蘇張二人卻簡括出之，和作與原作有異。蓋因玄宗在潞州時並未有值得載入史冊的歷史大事發生，只是他人生的一個準備期。史載，玄宗在潞州結交地方豪富，網羅心腹，納歌女趙麗妃。雖暗中儲蓄政治力量，但任潞州別駕，非州郡主官，自無政績可言〔註56〕。

〔註55〕葛曉音，《詩國高潮與盛唐文化》，北京：北京大學出版社，1998年，332頁。

〔註56〕玄宗在潞州結交地方豪富張暐，《舊唐書·張暐傳》云：「會臨淄王爲潞州別駕，暐潛識英姿，傾身事之，日奉遊處。」見劉昫《舊唐書》，北京：中華書局，1975年，3247頁；又網羅親信李宜德，《舊唐書·王毛仲傳》云：「（玄宗）及出兼潞州別駕，又見李宜德趫捷善騎射，爲人蒼頭，以錢五萬買之。景龍三年冬，玄宗還長安，以二人挾弓矢爲翼。」見《舊唐書》3252頁；《舊唐書》卷107《玄宗諸子》：「瑛母趙麗妃，本伎人，有才貌，善歌舞，玄宗在

故玄宗可以盡情抒情展志，在蘇張卻無可措筆之處，他們的筆墨只能更多地放在巡省觀風的現實描寫中，渲染巡幸場面和稱頌帝王功德成爲必不可少的兩個方面。巡幸儀仗隊伍是「約川星罕駐，扶道日旗舒」（蘇頲），「敬躔干戈捧，朝宗萬玉趨」（張說）；鄉老恭迎之狀，「府吏趨宸扆，鄉耆捧帝車」（蘇頲），「叢艫祝堯壽，合鼎獻湯廚」（張說）；帝王之功德，「盛德銘汾鼎，昌期應洛書」（蘇頲），「君賦大風起，人歌湛露濡」（張說）。二人和作，張作爲優，濃墨重彩稱頌帝王的功業聲威，表達意義超出了巡省主題。「武威淩外域，文教靡中區」，「農祠雁政敷」，「新化國容殊」，帝王的恩德無處不在，無時不有。其時開元盛世，玄宗功業莫比，張說以文學潤色王業，全詩莊重典雅，典型的頌贊之體。

　　唐玄宗《過晉陽宮》，徘徊於先人創業遺迹，表達繼承王業的憂患意識。「顧循承土構，悵惕多憂虞。尚恐威不逮，復慮化未孚」是全詩的基調，而以巡省頌德映襯其間。此首詩張說蘇頲張九齡和作，和作特點與上黨之作有同有異，相同之處在於巡幸之盛事功德，不同之處在於玄宗關於創業史的追述，《上黨舊宮賦》詳而《過晉陽宮》略寫，眾人和作則相反。玄宗追憶只兩句帶過，「井邑龍斯躍，城池鳳翔餘」，而三人之和作皆以前十六句追述先皇的創業史。蓋太原龍興之地，與唐王朝歷史緊密相連，客觀史實，唱和之作有發揮的餘地。其中張九齡、蘇頲實寫，張說虛寫。張九齡云：「隋季失天策，萬方罹兇殘。皇祖稱義旗，三靈皆獲安。聖期將申錫，王業成艱難。盜移未改命，歷在終履端。」蘇頲云：「隋運與天絕，生靈厭氛昏。聖期在寧亂，士馬興太原。立極萬邦推，登庸四海尊。慶膺神武帝，業付皇曾孫。」隋末之昏亂，李淵起兵，唐運之中衰，玄宗繼位，一一道來。張說則對應玄宗的原作，契合無間，前八句云：「太原俗尚武，高皇初奮庸。星軒三晉躔，土樂二堯封。北風逐舉鵬，西河亦上龍。至德起王業，繼明賴人雍。」前六句表達結構與玄宗原作一般無二，試看玄宗詩：「緬想封唐處，實惟建國初。俯察伊晉野，仰觀乃參虛。井邑龍斯躍，城池鳳翔餘。」所不同者，玄宗爲懷想之意，張說爲描述之詞。

　　《巡省途次上黨舊宮賦》與《過晉陽宮》唱和組詩最主要的特徵爲其豐富的歷史內涵，由三晉地域與唐帝王的特殊關係衍生，表鄉梓情，歌帝王功。唱和之中頗見變化，可見宮廷詩人在創作上的刻意揣摩之功。

潞州得倖。」見《舊唐書》3259 頁。

三、雀鼠谷之唱和

此次唱和爲巡幸中最盛大的一次文學活動，張說首唱，參與人數十三名。即唐玄宗、張說、宋璟、蘇頲、張九齡、王光庭、梁升卿、王丘、袁暉、席豫、崔翹、徐安貞、趙冬曦，其中八人曾參與了開元十年五月在京城送張說赴朔方軍巡邊的唱和活動，此次唱和近似於原班人馬的二次唱和，地點發生了變化，由臺閣走向江山。

按唱和地點雀鼠谷，是連接太原盆地與臨汾盆地的大峽谷，屬古來南北交通孔道和軍事戰略要地。其北端冷泉關，南端陰地關，長近百里，其間崎嶇陡仄，惟雀鼠能度。酈道元《水經注》卷六冠其名曰冠爵津，「汾津名也。在界休縣之西南，俗謂之雀鼠谷。數十里間，道險隘，水左右悉結偏梁閣道，累石就路，縈帶巖側，或去水一丈，或高五六尺，上戴山阜，下臨絕澗，俗謂之爲魯般橋。蓋通古之津隘矣，亦在今之地險也」〔註57〕。唐蕭珙《河東節度高壁鎮新建通濟橋記》記載雀鼠谷的景象云：「金流洶湧，林麓森沉，東控介巒，西連白壁。峰巒萬仞，壁峭千尋，足食足兵，有威有固，則代郡雁門，何越之有？」〔註58〕唐初李淵起兵時曾與隋將宋老生相持於雀鼠谷南端，武德三年李世民曾於雀鼠谷大破劉武周軍隊，雀鼠谷於唐王朝的建立具有歷史性的意義。

此次唱和活動頗爲特別，張說首唱，玄宗和之，而後群臣再和玄宗之作。茲分而論之。玄宗和張說之作頗爲契合，充分展示了作爲帝王的文學技巧。張說原作《扈從南出雀鼠谷》云：「豫動三靈贊，時巡四海威。硤關淩曙出，平路半春歸。霍鎮迎雲罕，汾河送羽旗。山南柳半密，谷北草全稀。遲日宜華蓋，和風入袷衣。上林千里近，應見百花飛。」〔註59〕張說此詩較之《奉和聖製過晉陽宮應制》之氣勢軒昂，《奉和聖製爰因巡省途次舊居應制》之雍容華貴，另有一種清麗輕快的風格，玄宗和詩評爲「清詞雅調新」，庶幾近之。玄宗和詩主體部分追隨張說之寫法，首二句「雷出應乾象，風行順國

〔註57〕〔北魏〕酈道元，《水經注疏》，楊守敬、熊會貞疏，南京：江蘇古籍出版社，1989年，542～543頁。

〔註58〕董誥，《全唐文》，北京：中華書局，1983年，11241～11242頁。

〔註59〕按「硤關淩曙出」，《增訂注釋全唐詩》作「陝關淩曙出」，「陝」，《增訂注釋全唐詩》校云「一作硤」。陝關誤，雀鼠谷地在河東離陝尚遠，應作「硤」。「硤」通「峽」，指雀鼠谷，硤關應指雀鼠谷南部之陰地關。崔翹和詩中「硤路繞河汾」正作「硤」。玄宗和詩「背陝關山險」，「陝」亦應作「硤」。

人」概寫巡幸與張說同，三至八句對句方式亦與張說同，「川途猶在晉，車馬漸歸秦。背陝關山險，橫汾鼓吹頻。草依陽谷變，花待北岩春。」征途和氣候之描寫全圍繞地理之變化展開，三四之「晉」對「秦」，五六之「陝」對「汾」，七八之「陽谷」對「北岩」；張說原詩三四之「陝關」對「平路」，五六之「霍鎮」對「汾河」，七八之「山南」對「谷北」。應當說玄宗和作精心結撰，表現了文學技巧上的趣味。眾人再和玄宗之作，蘇頲、張九齡、王丘、袁暉、王光庭、席豫、趙冬曦亦步亦趨，無論結構、內容，與玄宗之作基本相同，一二句總言巡幸之事，三至八句言途中之儀仗、氣候、景色，後四句歸結到君臣唱和的雅致，刻板追步，藝術上無特出表現。試引張九齡《奉和聖製同二相南出雀鼠谷》為例可見一斑，「設險諸侯地，承平聖主巡。東君朝二月，南斾擁三辰。寒出重關盡，年隨行漏新。瑞雲叢捧日，芳樹曲迎春。舞詠先馳道，恩華及從臣。汾川花鳥意，並奉屬車塵。」〔註60〕惟崔翹、徐安貞、梁升卿、宋璟之作有藝術上之創新。結構方面，崔翹無首句點明巡幸的套路，以「陝路繞河汾，晴光拂曙氣」開篇，前八句全寫景色，詞句清麗與張說近似；徐安貞則將頌揚內容提前到詩前五六句「頌聲先奉御，辰象復迴天」，而後六句寫景寫情，頗為別致；梁升卿之主題則全圍繞巡幸歸途之風景展開描寫，未及君臣唱和之主題。「何意重關道，千年過聖皇。幽林承睿澤，閒客見清光。日御仙途遠，山靈壽域長。寒雲入晉薄，春樹隔汾香。國佐同時雨，天文屬歲陽。從來漢家盛，未若此巡方」。可惜其稱頌的宮廷氣息過於濃厚，藝術價值不高；宋璟之詩無論內容和寫法都別具一格。所有十三首唱和詩，十二首都以描寫為主，唯宋璟詩作全以議論為主。詩云：「秦地雄西夏，并州近北胡。禹行山啓路，舜在邑為都。忽視寒暄隔，深思險易殊。四時宗伯敘，六義宰臣鋪。徵作宮常應，星環日每紆。盛哉逢道合，良以致亨衢。」前六句皆言地理而暗含巡幸之意，後六句寫君臣唱和而寓君臣遇合主題。整首詩無一句風景之描寫，全從政治視角著筆，眼界宏闊，顯政治家本色。宋璟和作呈現不同風貌，因其時宋璟並未扈從巡幸，時為西京留守。按《資治通鑑》卷 212 載：「開元十年，…春，正月，丁巳，上行幸東都，以刑部尚書王志愔為西京留守。」〔註61〕至其年八月，王志愔因權楚璧之亂驚怖而薨，以宋璟為西京留守，「（河南尹）王怡治權楚璧獄，連逮甚眾，

〔註60〕熊飛，《張九齡集校注》，北京：中華書局，2008 年，8 頁。
〔註61〕司馬光，《資治通鑑》，北京：中華書局，1996 年，6749 頁。

久之不決；上乃以開府儀同三司宋璟爲西京留守。璟至，止誅同謀數人，餘皆奏原之。」〔註62〕玄宗尋幸北都時宋璟正爲西京留守，不可能隨從至河東。又宋璟有《蒲津迎駕》詩，詩中云「霞朝看馬色，月曉聽雞鳴」，玄宗《早渡蒲津關》有「馬色分朝景，雞聲逐曉風」，知爲同時之作。可知宋璟時爲西京留守，方親至蒲津關迎駕。宋璟創作應爲異地唱和，通過驛遞傳送。故其詩歌內容全不涉及行程之景色和巡幸之儀仗。

雀鼠谷唱和詩，詩人們最突出的感受是雀鼠谷南北氣候之差異，其次則是旅途景色，沒有出現關於雀鼠谷戰爭歷史的描寫，唐初雀鼠谷曾經的刀光劍影並未引起玄宗君臣的注意，至晚唐《虬髯客傳》中才重新映現了那一段戰史。

四、渡蒲津關前後之唱和

兩組唱和詩，一組是渡蒲津關之前玄宗《早渡蒲津關》及張說、宋璟、徐安貞之唱和，一組是玄宗《初入秦川路逢寒食》及張說和作。

按蒲津關在河東縣西四里〔註63〕，屬於「關西之要衝」〔註64〕（張說《蒲津橋贊》），西距黃河約三十里，「乃自古臨晉，蒲阪之地，爲河東、河北陸道西入關中第一鎖鑰。故建長橋，置上關，皆以蒲津名」〔註65〕，渡河而西則入關中同州之境。

玄宗《早渡蒲津關》寫山河氣象，雄關巨鎮，征途晨景及度關的歡快之情，自然有度。張說、宋璟和作詩句多重複模倣，有的如印印模，屬和制濫作。如玄宗「鳴鑾下蒲阪，飛斾入秦中」，宋璟「回鑾下蒲阪，飛斾指秦京」；玄宗「馬色分朝景，雞聲逐曉風」，宋璟「霞朝看馬色，月曉聽雞鳴」；玄宗「地險關逾壯」，張說「關城雄地險」；玄宗「春來津樹合，月落戍樓空」，張說「樓映行宮日，堤含宮樹春」。徐安貞之作寫法雖異，亦無可稱道之處。張九齡之作則表現出帝王歸京的氣派威嚴。

唯玄宗《初入秦川路逢寒食》及張說和作，一改巡幸唱和中五言詩體爲七言古詩，呈現出另一風格。蓋玄宗入關西，西京在望，用七言古詩之形式，

〔註62〕司馬光，《資治通鑑》，北京：中華書局，1996年，6752頁。
〔註63〕〔唐〕李吉甫，《元和郡縣圖志》，北京：中華書局，1983年，326頁。
〔註64〕董誥，《全唐文》，北京：中華書局，1983年，2277頁。
〔註65〕嚴耕望，《唐代交通圖考》第一冊，上海：上海古籍出版社，2007年，99頁。

適能表達其喜悅的心情。詩云：「洛陽芳樹映天津，灞岸垂楊窣地新。直爲經過行處樂，不知虛度兩京春。去年餘閏今春早，曙色和風著花草。可憐寒食與清明，光輝並在長安道。自從關路入秦川，爭道何人不戲鞭。公子途中妨蹴鞠，佳人馬上廢秋韆。渭水長橋今欲渡，蔥蔥漸見新豐樹。遠看驪岫入雲霄，預想湯池起煙霧。煙霧氛氳水殿開，暫拂香輪歸去來。今歲清明行已晚，明年寒食更相陪。」

　　七言二十句，四句一轉韻，平仄交替，音節起伏有度，表達迴環有致，具歌行風味。詩人巡幸歸來，卻有虛度春光之遺憾，因關內春色無邊，春光無限，正是遊樂賞玩之佳時，「不知虛度兩京春」。路入秦川，揚鞭戲馬，清明蹴鞠，寒食秋韆，皆已錯過。唯渡長橋，見新豐，望驪山，念湯池，心神飛馳遊歡之地，並以來年預期不負春光之約。感情眞摯，語言流利，圍繞寒食節人間之娛樂展開詩篇，而一語不及巡幸中之王化之功，巡省之事，可見玄宗運思的細緻。張說和作亦四句一轉，平仄交替，每四句表達一個意旨，詩語之運思皆模倣玄宗，風格小相近，只有模倣技巧，無創新變化之功。

　　綜合而言，唐玄宗開元十一年春巡幸河東，唱和六次，前後十四人參與，五次五言，一次七言，五言十六句一次，《登太行山中言志》；五言二十四句兩次，上黨舊宮和晉陽宮之唱和，五言十二句兩次，雀鼠谷和蒲津關之唱和。前三次唱和以玄宗爲主，巡幸前期感情飽滿，內容豐富，緬懷遺迹，追述歷史，宣風觀省，感受自然，故多以長篇出之，眾人和作亦各展其才，爭奇鬥妍，且感情眞摯，一洗宮廷唱和空洞乏味的習氣。自雀鼠谷至蒲津關，巡幸結束，唱和落入低潮，即便如雀鼠谷之大型唱和，雷同多於創新，較之同爲險地的太行山唱和，遜色甚多。最後秦川路之唱和，以七言古體的體裁變化結束了歷時三月的唱和活動。整個唱和過程中，玄宗和張說是中心人物，只有他們二人參與了全部六次唱和。玄宗也充分表現了他作爲帝王的文學才華，因創作方式自由，六首皆佳；張說則除後兩次刻意規摹玄宗，前四次創作風格都有變化。太行上之華貴祥和，上黨舊宮之威重典雅，晉陽宮之軒昂氣勢，雀鼠谷之輕雅清新，皆可看出張說銳意爲詩，表現出文臣領袖的才華。蓋過晉州以後，宰相張嘉貞因弟張嘉祐贓發，貶爲幽州刺史，張說升爲首相，任中書令。新陞遷，感戴帝德，在唱和中便謹愼刻意，失去了創新特色。總之，此次巡幸唱和是玄宗由吏治轉入文治過程中一次重要的文學活動，之後，一系列的文治措施陸續實行。

第三節　后土祭祀與文學

　　唐代只有唐玄宗兩至河東致祭於后土，一在開元十一年，一在開元二十年。其中開元十一年的祭祀是唐玄宗潤色王業、宣功耀德之文治舉措的開端。圍繞祭祀產生的文化活動和祭祀文學作品，標誌著唐玄宗黜吏崇文傾向的正式形成，並對開元文學的發展產生了影響。玄宗祭祀后土，尚有其崇尚漢武帝情節的因素在內，其晚年對於李嶠《汾陰行》的評價具有文學和歷史的雙重意義，后土祠神后土夫人也成為唐傳奇中與女帝王並駕齊驅的角色。

　　后土崇拜是中國農耕文化最古老的表現形式之一。相對於中國其他地域，三晉因其特殊的歷史地理因素，成為后土文化發生延續的一個中心。三晉后土文化之承載體即汾陰后土祠，是目前中國現存最早的后土祠，位於今山西省萬榮縣寶井鄉廟前村，1996 年列為全國重點文物保護單位。

　　后土屬土地神，原屬於自然神和自然崇拜的範疇，經過歷史的演化，由具體的土地神轉變為抽象的大地之神，即后土地祇，被尊為「后土皇地祇」。后土與天帝相對應，到統一國家出現後，成為總司土地的國家大神，由皇帝專祀。《禮記‧郊特性》云：「社所以神，地之道也，地載萬物，天垂象，取財於地，取法於天。是以尊天而親地也。故教民美報焉。」文獻記載中關於早期后土祭祀的情況，以及后土信仰的發生，與三晉古文化存在密切的關聯。《國語‧魯語》上云：「昔烈山氏之有天下也，其子曰柱，能殖百穀百蔬；夏之興也，周棄繼之，故祀以為稷。共工氏之伯九有也，其子曰后土，能平九土，故祀以為社。」〔註 66〕古代社稷神和土地神的祭祀往往並列而行，自然神人格化以後，使社稷神具有兩重性，既是土地五穀神又是古聖人〔註 67〕。按其中的烈山氏即神農氏，據劉毓慶先生《上黨神農傳說與華夏文明起源》一書，從考古發現、民間信仰、經典文獻和方志碑刻四個方面論證了神農文化發源於山西地區的合理性，詳見本書第一章第二節之論述。作為土地神的共工氏之傳說亦集中於晉東南地區。由此可見，后土文化作為農耕文明的產物，很早就誕生於農業文明發源地之一的晉南地區，有歷史的合理性。

　　汾陰后土祠所處的地理位置，在汾河流入黃河的交匯之處。由於兩河長期沖積，形成了一塊南北四、五里、東西二、三里的河中高地，形如人之臀

〔註 66〕《國語》韋昭注，上海：上海古籍出版社，1978 年，166 頁。
〔註 67〕詹鄞鑫，《神靈與祭祀：中國傳統宗教綜論》，南京：江蘇古籍出版社，1992
　　　　年，64～65 頁。

部，故云「汾陰脽」。因其地形符合「后土宜於澤中圜丘爲五壇」的條件，於是漢武帝「始立后土祠汾陰脽上」〔註68〕，汾陰脽之地形，據《水經注》卷六：「背汾帶河，阜長四五里，廣二里餘，高十丈。」〔註69〕唐玄宗《后土神祠碑序》云：「汾水合河，梁山對麓，地形堆阜，天然詭異。隆崛岣而特起，忽盤紆而斗絕。」汾陰后土祠的建築年代非常古老，據考古研究成果，在漢武帝未建汾陰后土祠之前，汾陰已經存在民間祭祀的后土祠〔註70〕。至漢武帝元鼎四年（113），擴建汾陰后土祠，定爲國家祭祀之所。武帝親祭以後，至唐代之前，先後有漢武帝、漢宣帝、漢元帝、漢成帝、漢光武帝13次至河東汾陰祭祀后土〔註71〕。漢光武帝以後，歷代帝王不再至汾陰祭祀后土。但民間之祀一直未斷，至唐后土祠尚存。《舊唐書・禮儀志》四云：「先是，脽上有后土祠，嘗爲婦人塑像，則天時移河西梁山神塑像，就祠中配焉。」〔註72〕

　　開元十一年唐玄宗遠紹漢代祭祀后土，源於張說之首倡。此次祭祀規格與郊天大祀相同，《舊唐書・禮儀志》四云：「十一年二月，上親祠於壇上，亦如方丘儀……亞獻邠王守禮、終獻寧王憲以下，頒賜各有差。」〔註73〕玄宗親自作祭文云：『恭惟坤元，道昭品物，廣大茂育，暢於牛成，庶憑休和，惠及黎獻。博厚之位，粵在汾陰，肅恭時巡，用昭舊典。敬以琮幣犧牲，粢盛庶品，備玆禋禮，式展誠愨。』前引張說之言云巡幸的目的是爲「三農祈福」，玄宗祭文感謝博厚之地母，生產萬物，養育黎民之功德。同時作《郊廟歌辭》十一首，歌舞接神，用協祀禮。歌詞由十一位隨從祭祀的官員撰寫，按祭祀步驟分迎神，皇帝行，登歌奠玉帛，迎俎，酌獻飲福，送文舞出迎武舞入，武舞，送神〔註74〕。

　　迎神用《順和》之樂，共作四首，黃門侍郎韓思復（林鍾宮）：大樂和暢，

〔註68〕司馬遷，《史記》，北京：中華書局，1959年。

〔註69〕酈道元，《水經注疏》，楊守敬、熊會貞疏，南京：江蘇古籍出版社，1989年，563頁。

〔註70〕衛聚賢1929年發表《漢汾陰后土祠遺址的發現》一文，認爲漢代以前后土祠爲介子推祠，因出寶鼎，漢武帝才在原祠址旁興建國家級后土祠。衛氏之說屬推測，無文獻證據。另董光忠《山西萬泉縣閻子疙瘩即汾陰后土祠遺址之發掘》一文報告同時出土了新石器時代的文物，說明此遺址的古老性。

〔註71〕據后土祠中《歷朝立廟致祠實迹碑》統計。

〔註72〕劉昫，《舊唐書》，北京：中華書局，1975年，928頁。

〔註73〕劉昫，《舊唐書》，北京：中華書局，1975年，928頁。

〔註74〕劉昫，《舊唐書》，北京：中華書局，1975年，1116頁。

殷薦明神。一降通感，八變必臻。有求斯應，無德不親。降靈醉止，休徵萬人。中書侍郎盧從願（太簇角）：坤元載物，陽樂發生。播殖資始，品彙咸亨。列俎棋布，方壇砥平。神歆禋祀，后德惟明。司勳郎中劉晃（姑洗徵）：大君出震，有事郊禋。齋戒既肅，馨香畢陳。樂和禮備，候暖風春。恭惟降福，實賴明神。禮部侍郎韓休（南呂羽）：於穆濬哲，維清緝熙。肅事昭配，永言孝思。滌濯靜嘉，馨香在茲。神之聽之，用受福釐。

　　皇帝行用《太和》，吏部尚書王晙（黃鐘宮）：於穆聖皇，六葉重光。太原刻頌，后土疏場。寶鼎呈符，歊雲孕祥。禮樂備矣，降福穰穰。

　　登歌奠玉帛用《肅和》，刑部侍郎崔玄暐：聿修嚴配，展事禋宗。祥符寶鼎，禮備黃琮。祝詞以信，明德惟聰。介茲景福，永永無窮。

　　迎俎用《雍和》，徐州刺史賈曾：蠲我饎餴，絜我脊薌。有豆孔碩，為羞既臧。至誠無昧，精意惟芳。神其醉止，欣欣樂康。

　　酌獻飲福用《壽和》，禮部侍郎蘇頲：禮物斯具，樂章乃陳。誰其作主，皇考聖真。對越在天，聖明佐神。窅然汾上，厚澤如春。

　　送文舞出迎武舞入用《舒和》，太常卿何鸞：樂奏雲闋，禮章載虔。禋宗於地，昭假於天。惟馨薦矣，既醉歆焉。神之降福，永永萬年。

　　武舞用《凱安》，主爵郎中蔣挺：維歲之吉，維辰之良。聖君紱冕，肅事壇場。大禮已備，大樂斯張。神其醉止，降福無疆。

　　送神用《順和》，尚書右丞源光俗：方丘既膳，嘉饗載謐。齊敬畢誠，陶匏貴質。秀畢豐薦，芳俎盈實。永永福流，其升如日。

　　祭祀文學的禮儀性質使得十一首詩重複冗沓，無多少詩意可言。如從其祭祀功能而言，十一首詩互相補充，展示了一場規模盛大、誠肅莊嚴的祭祀盛典。時值春暖花開時節，萬物復蘇，「播殖資始，品物咸亨」；春耕亦將開始，玄宗皇帝於此春時巡幸河東，於北都作《起義堂頌序》，又來至汾陰祭祀神聖之地祇。準備了豐盛的祭品，奏起肅穆之樂章，「列俎棋布，方壇砥平」，「樂奏雲闋，禮章載虔」，等候土地之神的到來。她有著「一降通感，八變必臻」的神明，而且「有求必應，無德不親」。與神靈配享的是皇帝的父親，他的真容在上，寄託孝子的親情。神樂響起，皇帝依次獻上精心準備的玉帛，俎豆，祭酒，跳起樂神的文舞和武舞。祭物雖然簡樸，但貴在真。美酒飲致神靈歆醉，他獲得滿足，降下福祉，「厚澤如春」，「永永萬年」，總之「祈福」是十一首祭歌的主題。

　　但玄宗之意尚含有告功之內容，在開元十年下制云：「王者承事天地以爲主，郊享泰尊以通神」，又云：「將以昭報靈祇，克崇嚴配」，其昭報靈祇即玄宗的文治武功。開元二十年第二次巡幸時作《后土神祠碑序》中即云：「肆覲群后，道有以大備；懷柔百神，文無而咸秩。」又云：「且王者事天明，事地察，示有本，教以孝，奈何郊丘之禮，猶獨以祈穀爲名者耶？」明言其祭祀后土的政治意圖。張說《后土神祠碑銘》明確表達了祭祀后土粉飾盛世的性質。「意多漢武，跡在橫汾。風流可接，簫鼓如聞。壽宮創制，神鼎勒勳。古往今來，豈無斯文？」〔註75〕唐玄宗修政上依貞觀之治，在飾功上，踵漢武之迹。結合后土祭祀前後一系列政治舉措，可以發現后土祭祀是唐玄宗開元中期初始崇尙文治事件首要之一環〔註76〕。

　　在祭祀后土之前，玄宗即免去張嘉貞中書令之職，貶爲幽州刺史。《資治通鑑》卷212開元十一年條：「二月，戊申，還至晉州。張說與張嘉貞不叶，會嘉貞弟金吾將軍嘉祐贓發，說勸嘉貞素服待罪於外。己酉，左遷嘉貞幽州刺史。」又云：「癸亥，以張說兼中書令。」〔註77〕前後相差十四天。祭祀后土在二月壬子日，即在祭祀后土的前三日，張嘉貞失去了參與盛大祭典的機會。此次人事任免之更替，在政治上和文學上皆具有重要意義。許道勳、趙克堯將此次仕免視爲開元中期到來的標誌〔註78〕。其中文學意義亦甚大，按表面上免去張嘉貞中書令是由於「不能勵其公節，以訓私門」（《貶張嘉貞幽州刺史制》〔註79〕。實際上有更深層次的原因，即張嘉貞與張說作爲政治家好尙之不同，導致了玄宗任免之選擇。「其實，貶謫張嘉貞重用張說，這反映了『開元之治』從『尙吏』到『尙文』的深刻變化。史稱『張嘉貞尙吏，張說尙文』，張嘉貞善於處理政事，有過功勞。這一點，玄宗很明白，也從來不加以否認。但是，隨著『大治』的實現與『盛世』的來臨，像張嘉貞那樣『惓惓事職』的宰相，難以適應玄宗好大喜功的需要了」〔註80〕。張說尙文的品質則爲玄宗所知賞，《命張說兼中書令制》云其「道合忠孝，文成典禮，當朝

〔註75〕董誥，《全唐文》，北京：中華書局，1983年，2334頁。
〔註76〕金子修一將這次親祠后土視作玄宗向上天報告昇平時代來臨之一系列祭祀中的一環。轉引自雷聞《郊廟之外：隋唐國家祭祀與宗教》，生活‧讀書‧新知三聯書店，2009年，56頁。
〔註77〕司馬光，《資治通鑑》，北京：中華書局，1996年，6755頁。
〔註78〕許道勳、趙克堯，《唐玄宗傳》，北京：人民出版社，1993年，153頁。
〔註79〕董誥，《全唐文》，北京：中華書局，1983年，259頁。
〔註80〕許道勳、趙克堯，《唐玄宗傳》，北京：人民出版社，1993年，153頁。

師表，一代詞宗」〔註81〕。《舊唐書》本傳亦云張說「爲文俊麗，用思精密，朝廷大手筆，皆特承中旨撰述，天下詞人，咸諷誦之」。又「喜延納後進，善用己長，引文儒之士，佐佑王化，當承平歲久，志在粉飾盛時。其封泰山，祠雕上，謁五陵，開集賢，修太宗之政，皆說爲倡首」〔註82〕。須知，以上數事，以祭祀后土爲最先，設集賢院在開元十二年，封泰山在十三年，謁五陵在十七年，故祭祀后土對於張說的意義亦頗爲重大，是其走向文壇領袖，眞正執掌文學禮樂之事的開始。按張說『好文』之『文』，不應僅僅指文學文章之事，應包括禮樂制度在內，因《資治通鑒》所評宰相甚多，除二張外，尚評其餘宰相云「姚崇尚通，宋璟尚法」，「韓休、張九齡尚直」。其中宋璟亦「工於文翰」，張九齡亦以文學知名，而評價中不云「尚文」，蓋「文」更多的意義上指文化禮樂制度而言。歷次祭祀、謁陵、修禮，無不以張說爲首倡並主持之。即如此次后土祭祀，亦張說親爲布置，《隋唐嘉話》卷下云：「后土祠，隔河與梁山相望，舊立山神像以配，座如妃匹焉。至開元中年，始別建室而遷出之。或云張燕公之爲也。」〔註83〕

　　事實上，張說「尚文」與張嘉貞「尚吏」之間亦確實曾經發生了矛盾，「張說與張嘉貞不平」實有所指。巡幸前的開元十年八月，玄宗欲廢王皇后，與姜皎謀之，姜皎泄其言，嘉貞希旨，杖之於朝堂，時張說在朔方巡邊，未參與其事。又同年十一月，廣州都督裴伷先下獄，張嘉貞又請杖之，張說以「刑不上大夫」，「士可殺不可辱」之古禮爭之，並云「非爲伷先，爲天下士君子也」，並引姜皎事怪怨張嘉貞，由是有隙。張嘉貞尚吏法，張說重禮制，其矛盾顯然。又巡幸河東之唱和，身爲中書令的張嘉貞只在旅途前期參與一次，之後未有唱和之作，頗爲反常。蓋其時玄宗已醞釀任免之事，至雀鼠谷，以張說首唱的大型唱和活動，應是帝王對張說榮寵之表示，果然，一步步罷免了張嘉貞。張說則在祭祀后土結束以後出任中書令，開始了以文學佐祐王化的事業。

　　十一年祭祀后土時，獲寶鼎三枚。祀禮結束後，玄宗下《祠后土獲符瑞行慶制》云：「自古受天之命，作神之主，崇德祀地，盡孝配親，存乎禮經，不可闕也。朕承累聖之緒，仗卿士之力，方隅清謐，宇宙乂安。北狩并都，

〔註81〕董誥，《全唐文》，北京：中華書局，1983 年，259 頁。
〔註82〕劉昫，《舊唐書》，北京：中華書局，1975 年，3057 頁。
〔註83〕《唐五代筆記小說大觀》，上海：上海古籍出版社，2000 年，114 頁。

南轅汾上，覽漢武故事，修葺舊祠。」〔註84〕再申祭祀后土粉飾太平的意義。並於開元二十年冬天再巡幸河東，「勒兵三十萬，旌旗亙千里，校獵上黨，至於太原。赫威戎於朔陲，沛展義於南夏。」（《后土神祠碑序》）〔註85〕順路祭祀后土，一改歷史上帝王春天祭祀后土的慣例，其炫耀文治武功的意圖暴露得淋漓盡致。

　　唐代諸帝，踵迹漢武者，只有玄宗祭祀后土，並產生了濃厚的后土情結。天寶末安史之亂前後，李嶠《汾陰行》即引起了玄宗的盛衰之感。《汾陰行》為初唐七言歌行較優秀的篇章，李嶠以漢武帝祭祀后土之事為中心，鋪陳排比，抒發世事變遷的盛衰之感。《唐詩紀事》云：「天寶末，明皇乘春登勤政樓，有唱歌至『富貴榮華能幾時』以下四句，帝春秋衰邁，問誰詩，或對李嶠，因淒然涕下，遽起曰：『嶠真才子也。』及其年幸蜀，登白衛嶺，覽眺良久，又歌是詞，復曰：『嶠誠才子也。』高力士以下揮涕久之。」〔註86〕《汾陰行》詩歌藝術固然不差，但玄宗之評價應含有更多由后土祠盛衰引發的個人情懷，前後兩次歌唱，見玄宗后土情結之深。

第四節　上黨祥瑞頌與開元諛頌文學的第一個高潮

　　開元十一年河東巡幸結束後，以張說為首掀起開元時期諛頌文學的第一個高潮。此諛頌文學的創作圍繞上黨符瑞而進行。

　　如前所述，李隆基以景龍二年（708）四月任潞州別駕，景龍三年十月即回京，前後在潞州一年半。此次歸京以後不久，先誅韋后及安樂公主，再推倒太平公主的勢力，最終登上帝位。因此，玄宗視潞州為其舊邸，改其舊宅為飛龍宮，其儀制一如京城宮殿。

　　玄宗在潞州其間及其登基以後，潞州百姓前後附會符瑞之事一十九件，宣揚玄宗登帝位是順應天意之舉。《舊唐書·玄宗紀上》云：「景龍二年四月，兼潞州別駕。……州境有黃龍白日昇天……前後符瑞凡一十九事。」〔註87〕符瑞故事一直在潞州本地流傳，未見文人學士的文學性記錄。直到開元十一

〔註84〕董誥，《全唐文》，北京：中華書局，1983年，259頁。
〔註85〕董誥，《全唐文》，北京：中華書局，1983年，446頁。
〔註86〕《唐詩紀事校箋》，〔五代〕計有功著，王仲鏞校箋，成都：巴蜀書社，1989年，146頁。
〔註87〕劉昫，《舊唐書》，北京：中華書局，1975年，165～166頁。

年巡幸之後，始有張說、潘炎、張九齡之作。張說有《上黨舊宮述聖頌並序》一篇，《皇帝在潞州祥瑞頌十九首》，潘炎有祥瑞之賦作十四篇，張九齡有《聖應圖贊並序》一篇。

張說《上黨舊宮述聖頌並序》創作時間最早，撰於開元十一年三月從河東巡幸歸京之後。《序》云：「惟開元十有一祀正月，皇帝展義於河東，挾右太行，留宴上黨；整兵耀武，入於太原。設都建頌，以崇王業。南轅汾脽，祈穀后土，天清日朗，神歆如答。三月庚午，飲至長安，六軍解嚴，四方和會。」〔註88〕序文以下即敘潞州百姓準備將玄宗在潞州時的祥瑞之事刻石紀念以彰帝德，玄宗婉拒，群臣固請，玄宗最終同意。

《上黨舊宮述聖頌並序》主旨思想格調不高，褒美唐玄宗的帝德功業，誠符合頌體文學「美盛德而述形容」之基本要求。此頌實際上是寫給皇帝的一篇申請書，群臣懇請皇帝同意潞州百姓勒寫瑞應圖的請求，故有是頌。本爲單調乏味之舉，張說則尋求文體變化，表現出刻意爲文的旨趣。全篇設爲問答體形式，借鑒賦法，與其開元十六年所作《開元正曆握乾符頌》寫法同，而此篇爲早。文章先以群臣反問的語氣以三個反問段落，在層次上步步逼近，論證潞人勒寫瑞應圖的合理性。詞句長短錯綜，氣勢隨文而變：

> 陛下受天曆數，稽聖典謨，道貫三靈，仁育萬類。掃陰霾而睹日，開闢之功也；尊文考而御天，帝王之孝也。天以陛下爲子，人奉陛下爲君，萬殊之福，斯應畢臻，三代之風，頌聲咸作。今潞人懷代邸，詠泗亭，採聖崖，延元石，將表潛龍之館，勒啓聖之圖，勤亦至矣。陛下推而不報，其何以下塞眾望，上對神麻哉？

以上爲第一層次，敘玄宗之功業，平韋后之亂，繼睿宗大寶。故人懷舊，勒石紀念，順天而應民。其中「懷舊邸」以下四個三言句式，正寫出潞州百姓熱烈奔走之狀，暗切「勤亦至矣」，足見張說文思之密。

> 臣聞天之所啓，人之所戴，必憑睿聖元懿之德，元命貞符之紀。功業見乎變，德施加乎時，德厚者施溥，功元者應速。或階晦以彰，或由難而昌，蓋生春德之謂天，授其時之謂命，天有成命，其可沒乎？

以上爲第二層次，敘寫天命所至，神意難違。全段句式，首尾四言句，中間包以六言句，再包以五言句，如捲心荣般，設置精巧。四言語速，六言

〔註88〕董誥，《全唐文》，北京：中華書局，1983年，2232頁。

語緩，五言居中，語氣節奏起伏變化，形成一個完整的迴環。其中「天之所啟，人之所戴」，「天有成命，其可沒乎」以不容辯駁的口吻反問，「功業見乎變」以下四句以「ABBA」的句式，敘功德簡而有力。

> 陛下昔居是州也，紫氣在天，神光照室，白鹿來擾，黃龍上案，龍出仙洞而神魚躍，山開禪穴而靈鍾韻，謠言合讖，巨迹引途，嘉李傍連，神蓍自起。當此時也，金石豫變，嶽頌先歸，政殷六府，人重五教，陶無窳器，漁有讓泉，神而化之，人不知力。昔龍負圖而大舜登，狼銜鉤而後殷昌，元圭錫於夏禹，赤伏歸於漢光：應運協符，希代稱寶，未有窮祥極瑞，倘環異，如今之至者矣。若元貺集而不彰，則神心不悅；鴻業成而不贊，則祝告無聞：是掩天麻而蓋聖德也，臣子之罪，將何解焉？

以上為第二層次，鋪陳祥瑞，云玄宗功德遠勝古代之先聖帝王，如無頌贊，臣子之罪不可解，由前面天意而及人事，由帝王而及臣子，張說百端懇請，文術無窮。

序文以下玄宗之回答，以無功德當之而婉拒，回答中兼用反問句式，增強帝王的謙恭畏命的心態，語言表達恰當，以至於玄宗在《答張說進上黨舊宮述聖頌制》中語意幾乎全部襲用張說《序》中玄宗之答語。《上黨舊宮述聖頌並序》頌文部分，以四言韻語羅列祥瑞，無足稱道。玄宗稱此文「藻思菁華，揚過其實」正好評價了這篇文章的內容和藝術兩個方面，其頌帝王功業引古證今，變本加厲，正應吳訥「鋪張揚厲」的文體要求〔註89〕，「藻思菁華」則展示了張說的文學功力，表明他在寫作思想價值不高的應制文時，亦隨時新變，開拓文體的表現力。

張說《皇帝在潞州祥瑞頌奉敕撰》、張九齡《聖應圖贊並序》、潘炎十四篇祥瑞賦作皆作於同一時期，時在開元十三年〔註90〕。按《唐會要》卷28載：「開元十三年九月十三日，潞州獻瑞應圖，上謂宰臣曰：『朕在潞州，但靖以恭職，不計此事，今既固請編錄，卿喚取藩邸舊僚，問其實事，然後修圖。」〔註91〕前張說開元十一年《上黨舊宮述聖頌並序》中云潞州人「採聖崖，延元石，將表潛龍之館，勒啟聖之圖」，採石雕刻祥瑞一十九事，為帝王獻瑞，必精雕細琢，

〔註89〕《文章辨體序說》云：「頌須鋪張揚厲，而以典雅豐縟為貴。」見吳訥，《文章辨體序說》，北京：人民文學出版社，1962年。

〔註90〕陳祖言《張說年譜》繫於開元十一年，誤。

〔註91〕王溥，《唐會要》，上海：上海古籍出版社，1991年，622頁。

歷時兩年而成，十三年始獻圖於帝。又《資治通鑒》卷 212 記載，開元十三年九月，「丙戌，上謂宰臣曰：『春秋不書祥瑞，惟記有年。』敕自今州縣毋得更奏祥瑞」〔註 92〕。《唐會要》所記應屬實。張說、張九齡、潘炎之作應作於潞人上祥瑞圖之後不久。蓋開元十三年十一月唐玄宗至泰山行封禪大典，為其潤色王業的最高潮，潞州百姓獻瑞應圖，及張說諸人作頌，適足推波助瀾，為封禪營造祥和氣氛。雖為應時之作，諸人皆精心結撰，展示了一定的文學才華。

張說之《祥瑞頌》與《上黨舊宮頌》皆為頌體，而寫法不同。《上黨舊宮述聖頌並序》以序為主，頌為輔，《皇帝在潞州祥瑞頌》以頌為主，序為輔。《上黨頌序》的寫法古已有之，漢代崔瑗《文學頌》、蔡邕《樊渠頌並序》皆「並致美於序，而簡約乎篇」〔註 93〕。

張說《皇帝在潞州祥瑞頌》共十九首，頌前小序記述事件發生的具體年月和原委，應是張說奉玄宗之命尋訪藩邸舊僚以後的記錄。十九首頌皆四言八句，篇幅短小，雖云頌名，實同於讚。頌與讚在文體上應有相同的淵源。漢劉熙《釋名》卷六「釋典藝」：稱人之美曰讚。讚，纂也，纂集其美而敘之也〔註 94〕。《文心雕龍‧頌讚》云讚者「發源雖遠，而致用蓋寡，大抵所歸，其頌家之細條乎」！蕭繹《金樓子》云：「班固碩學，尚云『讚頌相似』，詎不信然？」就褒揚頌美的創作目的而言，二者確實無甚分別，然而從表現對象看，讚所涉及的範圍更加寬泛而多樣，聖賢人物可以為讚，殿宇、橋梁、畫像等世間萬物均可以為讚〔註 95〕。張說此十九首頌，有潞州瑞應圖作參考，其中述及天文曆象，山川，動植，在創作形式上與讚相似。蕭統《文選序》、李充《翰林論》皆認為「讚」源自圖像。蕭統《文選序》云：「美終則誄發，圖像則讚興。」〔註 96〕李充《翰林論》云：「容像圖而讚立，宜使辭簡而義正。」〔註 97〕同時張九齡《聖應圖讚並序》亦四言八句，表意主旨與張說十九首頌基本相同，而且張說之頌，其篇幅短小，又符合劉勰對讚的文體要求，《文心雕龍‧頌讚》云：「讚者，明也，助也。……古來篇體，促而不廣：必結言於

〔註 92〕 司馬光，《資治通鑒》，北京：中華書局，1996 年，6765 頁。

〔註 93〕 見《文心雕龍注》，劉勰著，范文瀾注，北京：人民文學出版社，1958 年，157 頁。

〔註 94〕 《釋名匯校》，劉熙著，任繼昉匯校，濟南：齊魯書社，2006 年，345 頁。

〔註 95〕 林大志，《蘇頲張說研究》，濟南：齊魯書社，2007 年，231 頁。

〔註 96〕 〔南朝‧梁〕蕭統，《文選》，上海：上海古籍出版社，1986 年。

〔註 97〕 《魏晉南北朝文論選》，北京：人民文學出版社，1996 年，200 頁。

四字之句，盤桓於四韻之辭；約舉以盡情，昭灼以送文，此其體也。」〔註98〕
張說之頌與讚等同。十九首分開看，則「約舉以盡情，昭灼以送文」；整體合
觀，則具有頌體文學「纖曲巧致，與情而變」的特色。

玄宗在潞州之符瑞十九事，有自然現象之附會，日抱戴，月重輪，嘉禾
合穗，李樹連理，仙洞凝膏，大工山三壘，疑山鑿斷，紫氣，赤鯉騰躍，黃
龍現；有人士的附會，狩獵逐鹿，神著自立；有人為造作之謠言，羊頭山北
童謠，金橋童謠，大人足迹，神人傳慶。凡此種種，皆預示李隆基暗符天意，
有真龍之命。雖有瑞應圖參考，而題材乏味，本不易作。張說在有限度的範
圍內帶著腳鐐跳舞，逞才用藝。十九首頌押韻，仄韻十二，平韻七，除《逐
鹿》一篇尾句換韻外，其餘押韻均嚴格遵守韻部，一韻到底。其中去聲韻「二
十四慶」三用，「十五翰」二用，上平聲「四支」二用外，其餘用韻都不重
複，說明張說此作非隨意結撰，既奉敕而撰，自當盡力表現。

符瑞現象多有相似，張說在描寫中卻能夠同中見異。如在抽繹主題方面，
李樹連理與嘉禾合穗都屬於植物生長的連體的特殊現象，《李樹》篇引申出王
朝永在的旨意：「本枝百代，永永蕃昌」；《嘉禾》篇則結以太平立致的功業：
「昔效唐叔，歸功太平」。在表現手法方面，同屬於黃龍祥瑞，《黃龍》篇敘
寫黃龍之瑞：「黃龍土精，五方之長。在田而見，文明厥象。軒圖瑞來，夏匱
妖往。惟德可應，恃神難罔。」使用的是說明性的語言；《黃龍再現》則描寫
自然的景象：「蜿蜿黃龍，既見將躍。氣動雲繞，精流電鑠。文明剛健，嫵媚
纖弱。萬物睹焉，聖人其作。」雲氣氤氳，剛中帶柔，以人格化的語言表現
黃龍飛騰之象。林大志教授評此篇「文清氣盛，剛健爽朗，而又精巧揄揚，
頗含辭采」〔註99〕。有的篇章純以議論出之，如《疑山鑿斷》，序云：「《上黨
記》：『後魏太和末，孝文帝自代幸洛，見此山有伏龍，疑而不進，遂斷山東
麓以厭之。基斷處猶存，因名疑山。』」頌曰：「王命必有，厭勝多無。不徵
綠錯，虛役丹徒。舊山伏氣，今聖靈符。魏雖穿鑿，能違天乎？」在突出玄
宗天命的同時，以肯定的語氣嘲笑古代帝王厭勝之事。《金橋》則全用敘事之
法，序云：「金橋在潞南二里，常有童謠云：『聖人執節度金橋。』皇帝景龍
三年十月二十有五日，由此橋朝京師。頌曰：「出郡二里，橫路金橋。聖人南

〔註98〕《文心雕校注》，劉勰著，范文瀾注，北京：人民文學出版社，1958年，158
～159頁。
〔註99〕林大志，《蘇頲張說研究》，濟南：齊魯書社，2007年，231頁。

渡，馳馬西朝。運及誅呂，時當煥堯。卻尋後事，一合童謠。」寫玄宗由金橋南渡，回長安誅韋后，即帝位之史實。總之，張說能夠根據祥瑞的不同事相，尋找不同的表達角度和方法，顯示出多樣化的風格。

在總體上，張說又常常以細膩的體察描摹事物的情態，精彩間出。如描寫四月二十七日的日暈是「或抱或戴，氣華暉嫵」（《日抱戴》），七月十四日之月暈是「璧彩內澈，環規外映」（《月重輪》），玄宗伏案假寐是「聖寐無體，神融氣渙」（《赤龍》），田獵騎逐之狀是「不失其馳，舍矢如破」（《逐鹿》），紫氣東來之狀是「紫氛來覆，如蓋如帷。畢景不滅，含風自持」（《紫氣》），李樹連理形容花果「花轉瑤萼，子綴珠光」，其三言兩語往往能夠傳達出的事物的神韻。

張九齡《聖應圖贊》專詠狩獵一事，序贊相得，惜單篇短章，精彩無多。

潘炎之賦，共十四篇，未知何故。觀其序文所記時間及事件，與張說全同，應為一時之作。但作者尚需辨之，《全唐文》作者小傳云：「炎，史無何所人。大曆末官右庶子，進禮部侍郎，貶澧州司馬。」然據《舊唐書·肅宗紀》，《新唐書》卷 173《潘孟陽傳》，《舊唐書》卷 166《潘孟陽傳》，潘炎為劉晏之婿。按劉晏生於開元四年（716），則開元十三年劉晏尚未出生可知。故此潘炎於史無徵，應屬於開元時期的同名文士。

潘炎十四篇賦作中，十九符瑞缺少《神人傳慶》、《大人迹》、《仙洞》、《大王山三疊》、《疑山鑿斷》五事〔註 100〕。據《嘉禾合穗賦》中「在瑞圖之右，為曠代之祥」句，則知其創作依據瑞應圖而為。

《文苑英華》「符瑞」一類收賦體文近 70 篇，潘炎之作占到五分之一，為唐代稱頌符瑞之大宗。既為稱揚帝王之順應天命，歌頌帝國之永祚昌隆，則其吟詠既失真情，亦復少詠物之細膩精美。然作者既以賦代頌，全力鋪寫頌贊潞州之祥瑞，則必非苟且之作，藝術上亦多有可觀。

首先在對偶上，潘炎在組賦中充分運用各種對句形式。

如單句對。有三字對，「並修幹，連高枝」（《李樹連理賦》），「經千里，臨八方」（《日抱戴賦》），「動三合，奔百神」（《月重輪賦》），「精曜曜，光雄雄」（《黃龍現賦》）。有四字對，「英武方斷，文明表德」，「臺榭冰潔，郊原霜縞」（《月重輪賦》），「不莠不稂，實堅實好」（《嘉禾合穗賦》）。五字對，「興

─────────

〔註 100〕潘炎賦見董誥，《全唐文》卷 442，北京：中華書局，1983 年，4506～4511 頁。

聖主之符，表天家之姓」（《李樹連理賦》），「在瑞圖之右，爲曠代之祥」（《嘉禾合穗賦》）。六字對，「答一人之元聖，曜五色之重光」（《日抱戴賦》），「非塡鵲之可比，法牽牛而爲狀」（《金橋賦》）。七字對，「往京邑而經千里，自潞郊而乘六飛」（《寢堂紫氣賦》），「非應瓠巴之清角，何言寧戚之高歌」（《漳河赤鯉賦》）。八字對，「異張華之寶氣衛斗，殊尹喜之眞人度關」（《寢堂紫氣賦》），「經始也則大火朝流，成功焉乃天根夕見」（《金橋賦》）。九字對，「孫權象之而置於軍中，魏帝範之而於殿下」（《黃龍再見賦》）。

隔句對。四四對，「雙米一秭，稱之表異；孤莖六穗，頌以非常」（《嘉禾合穗賦》）。四六對，「日月在身，有舐天之嘉夢；風雨合氣，將振翼而雄驤」（《赤龍據桉賦》）。六四對，「非竹箭之危湍，無聞點額；同昆明之望幸，非爲谷鈞」（《漳河赤鯉賦》）。四五對，「錯甲鏤鱗，旣以成乎字；分官紀號，可以表其祥」（《黃龍再見賦》）。五四對，「覆彩鴛之瓦，彷彿陸堂；繞義杏這梁，氤氳入室」（《寢堂紫氣賦》）。三七對，「惟抱也，同眾星之拱北辰；惟戴也，比萬邦之奉元後」（《日抱戴賦》）。四七對，「氣受陰陽，夜分而彩露兼涵；幽贊天地，朝覆而輕雲數重」（《神蓍立賦》）。四八對，「氤氳瑞也，無孤峰斷陣之嵯峨；搖曳晴空，雜玉葉金枝之燦爛」（《九日紫氣賦》）。

潘炎賦作，無長短散句，但整齊的句式中，亦非全部偶對，如「族茂宗榮，盤根合理」（《李樹連理賦》），「我皇首出而御極，光被無垠而太平」（《日抱戴賦》），「同大橫之有夏，表或躍而在田」（《神蓍立賦》）等。十四篇賦作，沒有一篇全部偶對，其特徵與初唐後期駢賦駢散相間的趨向一致。

潘炎賦作，稱頌符瑞，事象不同，而文章的結構方式形成固定的模式。賦的開篇往往單刀直入，切題鋪寫，中間繼之以符瑞現象之描摹，再以比較手法突出符瑞之靈異，最後結以歌功頌德。開篇如《李樹連理賦》：惟彼嘉樹，列星之精。《日抱戴賦》：日麗於天，是曰太陽。《黃龍見賦》：龍之來兮乘其陽，躍於泉兮臨高岡。《神蓍立賦》：惟彼神蓍，生而有知；用之不測，明以稽疑。除《寢堂紫氣賦》和《月重輪賦》外，餘開篇皆同。

中間鋪寫形容符瑞之事，如《李樹連理賦》：「耀本扶疏，當元光之降誕；盤根連理，應我后之文明。天之發祥，豈無他木？必曰茲樹，是光皇族。所以並修幹，連高枝。青房表異，朱仲稱奇。察以休徵，不假終軍之識；同於樹德，寧爲簡主之知。族茂宗榮，盤根合理。花之發也，霰每亂於青春；實之繁兮，珠更深於寒水。」一派祥瑞之氣。

繼之比較突出潞州祥瑞的獨特靈異。如《李樹連理賦》：豈徒生於靈井，植彼東園？自感義以相待，但成蹊而不言。《日抱戴賦》：豈止大章之步，非齊夸父之走？《童謠賦》：豈比卯金稱爲劉氏，赤伏徵於漢光。《金橋賦》：異東明擊水而投步，匪秦帝驅山而著鞭。句式都基本雷同，常常與古帝王之祥瑞謠讖相較，突出玄宗之神偉應天命。

賦之結句全以稱頌結束，如「龍德相承而無悔，天家久久而蕃昌」（《黃龍再見賦》），「因卜祝之符瑞，應天人之會昌」（《神蓍立賦》），「提三尺，乘六龍，懷萬邦，入九重」（《金橋賦》），「於昭巨唐，其命維新。永據九五，斯焉萬春」（《赤龍據桉賦》）。令人讀之生厭。

潘炎在個別的篇章中能夠以多樣化的語言風格表現事物的情態，頗具有藝術的美感。如《潞河逐鹿賦》寫玄宗田獵的場面：「定俞騎而百靈奔命，騰雨師而四野清塵。鳴獸駭彈，川原飛伏。事非定霸，不求陳寶之雞；位在至尊，故取中原之鹿。驚而決驟，鳴不擇音。將投身以赴水，非順命而前禽。駭浪溢湧，揮鞭電爍；烏號滿月而方開，驥足撇波而巨躍。乘流既濟，赫怒中止。斃駭鹿之一發，振驚弦而未已。」玄宗騎馬獵鹿，神勇飛馳之概，禽獸驚奔之狀，表現得非常充分；寫神龍的出現：「蜿蜒孤蟠，雲霧四發。目中精耀，光飛列缺之火；頷下珠懸，色奪蟾蜍之月。」（《黃龍再見賦》）精光四射，神威凜凜；寫玄宗寢堂上空的紫氣：「方凝紫色，是謂非煙；乍蕭索乎空外，更靠微乎日邊。若動非虛，似浮有實。覆彩鴛之瓦，彷彿陞堂；繞文杏之梁，氳氲入室。」（《寢堂紫氣賦》）若有若無，似幻非幻；壺口山的紫氣東來則現富貴祥和之景象：「望壺口之千里，值重陽之九秋。山對翠屏，動暉光之赫赫；雲成紫蓋，扶晚日之油油。宛轉浮空，輪囷不散；應一人之盛德，爲萬歲之榮觀。氳氲瑞色，無孤峰斷陣之嵯峨；搖曳晴空，雜玉葉金枝之燦爛。」（《九日紫氣賦》）

張說、張九齡、潘炎之作，全部圍繞潞州祥瑞而作，應視作諛頌的文學。這是進入開元中期，張說登上政壇和文壇的巔峰後掀起的第一次諛頌文學的高潮。在頌聖主題的制約下，文學家不能盡抒性情，只能在有限度的範圍內尋求變化和創新。張說《上黨舊宮述聖頌並序》將賦的對話鋪陳寫法引入頌體文學之中，以氣勢帶動語言，求得應制文學的最佳效果。他的《皇帝在潞州祥瑞頌》十九首文體上等同於贊，表達上尋求多樣化，按事運筆，文心甚細。潘炎之賦作篇幅大小近似，模式雷同，惟能廣泛使用駢賦對偶、用典、

藻飾的藝術手段表達題旨，惜少有渾融之作。在個別景象的描寫中表現出自由書寫的傾向。潞州祥瑞之後，圍繞封禪大典又形成諛頌文學的第二次高潮，諛頌是以張說爲代表的開元文壇的一個重要特點，這一特點就是在開元十一年巡幸之後鮮明表現出來的。

第四章　龍興之地與唐代文學（下）

　　唐代於太原設北都，開幕府，一因其龍興故地，一因其軍事重鎮。以此之故，唐代太原經濟、政治、皆迅速發展，北都遂成爲黃河以北文學創作最爲繁榮的城市。

第一節　唐代北都之地理與人文

　　太原府位於河東道中部之太原盆地北緣。古來爲四塞之地，「東阻太行常山；西有蒙山；南有霍太山，高壁嶺；北阨東陘、西陘關」〔註1〕，中有汾水、晉水穿城環繞，爲建都設守之佳地。

　　西周初，周成王即分封唐叔虞建都晉陽，之後，歷代皆於此設行政駐地。《通典》、《元和郡縣圖志》等唐代典籍於太原的歷代行政沿革皆有說明。茲綜合簡略言之。太原古稱晉陽，春秋時爲晉國屬地，戰國屬趙地，趙襄子據晉陽以拒智伯，成三家分晉之勢。秦始皇設爲太原郡，漢代初年因之。漢代屢封異姓或同姓諸侯王都太原，屬并州。東漢末，省并州入冀州。魏文帝黃初元年復置并州，改太原郡爲太原國，晉因之。晉惠帝時并州爲劉淵所據，至苻堅、姚興、赫連勃勃並於河東郡置并州，北魏復爲太原郡，兼置并州。北齊、北周因之。隋初廢郡，置并州，又改爲太原郡。武德元年罷郡爲并州總管，三年廢，四年又置，改爲上總管，五年又爲大總管，七年又改爲大都督府。長壽元年置北都，神龍元年二月依舊爲并州大都督府。開元十一年，復置北都，改并州爲太原府，官制同兩京。天寶元年，加號爲北京。領縣十

〔註 1〕司馬光，《資治通鑑》，北京：中華書局，1996 年，4826 頁。

三，太原、晉陽、文水、陽曲、樂平、清源、太谷、祁、榆次、盂、壽陽、廣陽、交城。交通方面，西南至長安一千二百六十里，南至洛陽八百九十里，正南微東至潞州四百五十里。

「太原自見史以來，即為北方軍事重鎮」[註2]，其戰略地位，顧祖禹稱為「控帶山河，踞天下之肩背，為河東之根本，誠古今必爭之地也」[註3]。他說：「太原為河東都會，有事關河以北者，此其用武之資也。」並詳述其在歷史上的重要性云：「周封唐於此，其國日以強盛，狎主齊盟，屏藩周室者，幾二百年。迨後趙有晉陽，猶足拒塞秦人，為七國雄。秦莊襄王二年，蒙驁擊趙，定太原，此趙亡之始矣。漢高二年，韓信擄魏豹，定魏地，置河東、太原、上黨郡，此所以下井陘而並趙代也，後置并州於此，以屏蔽兩河，聯絡幽冀。後漢末，曹操圍袁尚於鄴，牽招說高幹曰：『并州左有恒山之險，右有大河之固，北有強胡，速迎尚以並力觀變，猶可為也。』及晉室顛覆，劉琨據於此，猶足以中梗劉、石。及琨拜，而大河以北，無復晉土矣。拓跋世衰，尒朱榮用并、肆之眾，攘竊魏權，芟滅群盜。及高歡破尒朱兆，以晉陽四塞，建大丞相府而居之。……及宇文侵齊，議者皆以晉陽為高歡之地，宜從河北直指太原，傾其巢穴，便可一舉而定。周主用其策，而高齊果覆。」顧祖禹言地理，重要性往往強調太過，歷史學家勞榦認為太原府一段名副其實[註4]。至唐，太原之戰略地位益發重要，於唐王朝三百年基業始終係之。顧祖禹云：「大業十三年，李淵以晉陽舉義，遂下汾晉，取關中。唐武德三年，劉武周自馬邑南侵，其黨苑君璋曰：『晉陽以南，道路險要，懸軍深入，無繼於後，進戰不利，何以自全？』武周不聽。時世民言於唐主曰：『太原王業所基，國之根本，請往討之。』武周卻敗。其後建為京府，復置大鎮以犄角朔方，捍禦北狄。李白云：『太原襟四塞之要衝，控五原之都邑。』是也。及安

〔註2〕 嚴耕望，《唐代交通圖考》第五冊，上海：上海古籍出版社，2007 年，1335頁。

〔註3〕 顧祖禹，《讀史方輿紀要》，北京：中華書局，2005 年，1806 頁。

〔註4〕 勞榦云：「《讀史方輿紀要》好講各地方的形勢。有時對於任何一個地方都強調其重要性，因此變成了無一處不是重要，顯不出重要的等次。不過就《太原府》這一段來說，確實比較其他各處的重要性尤為顯著。」見勞榦《北魏後期的重要都邑與北魏政治的關係》載《史語所集刊》外篇第四種上冊《慶祝董作賓先生六十五歲論文集》。又云顧祖禹關於太原的論述「無一字虛設」，見勞榦《論北朝的都邑》載《大陸雜誌》第二十二卷第三期。轉引自汪波，《魏晉北朝并州地區研究》，北京：人民出版社：37～38 頁。

史之亂，匡濟之功多出於河東。最後李克用有其地，與朱溫爲難。」〔註5〕太原之重要性不僅於史實有徵，軍事地理上亦非同尋常。嚴耕望先生云：「唐代北方強鄰，先後有突厥與回紇，北敵南侵與中國防禦之重點有四，自東而西數之，曰幽州，置范陽節度使；曰太原府，置河東節度使；曰靈州，置朔方節度使；曰涼州，置河西節度使；皆爲大軍鎮，亦爲中國通北疆之土要交通中心。而靈州與太原府位居中間，爲國都長安之屏障，故在軍事上尤見重要，亦爲南北國際之兩條最主要幹線。」靈州道途程艱險，人煙稀少，供應困難，而太原道則經濟繁榮，北方少數民族欲南下，太原道爲首選。而且到唐代安史之亂以後，吐蕃強盛，侵佔回紇與唐朝之間靈州道的交通線，「故唐中葉以後，國都長安西北至回紇惟有太原一道，東北通幽州媯州，亦往往取太原雁門道，是以太原府在北塞交通與軍事支持方面之重要性更爲增加。」〔註6〕

以上爲唐代塞北交通方面之地位，在軍事方面，并州在唐初爲五大都督府之一，又在開元五年於太原設天兵軍，兵八萬，張嘉貞爲天兵軍節度使，開元十一年，罷天兵軍，以人同軍爲太原以北節度使，領太原遼、石、嵐、汾、代、忻、朔、蔚、雲十州，治太原。開元十八年更名爲河東節度使。唐朝統治者視太原爲「北門」，往往派文武兼資的朝廷重臣鎮守太原〔註7〕。貞觀初，唐太宗即以名將李勣爲并州大都督府長史，鎮守邊陲，前後十六年，稱讚李勣使「突厥畏遁，塞垣寧靜」〔註8〕。武則天長壽元年設北都後，命崔神慶爲并州長史〔註9〕，囑託云：「并州，朕之枌榆，又有軍馬，比日簡擇，無如卿者。前後長史，皆從尚書爲之，以其委重，所以授卿也。」〔註10〕唐

〔註5〕 顧祖禹，《讀史方輿紀要》，北京：中華書局，2005年，1806～1807頁。

〔註6〕 嚴耕望，《唐代交通圖考》第五冊，上海：上海古籍出版社，2007年，1335～1336頁。

〔註7〕 杜佑《通典》卷179云：「并州近狄俗尚武藝，左右山河，古稱重鎮，寄任之者，必文武兼資焉。」《授裴度河東節度使制》云：「東夏雄屏，實惟晉陽。控大鹵之山川，司北門之管鑰，橫制獯虜，遠清疆陲。」又評裴度「入調鼎鼐，出鎮藩垣，荷中外之寵榮，膺文武之重寄，將允僉望，命茲輔臣」《全唐文》卷58，633頁。《授鄭從讜河東節度使制》亦云太原「北門重鎮，興王故都，披全晉之山河，有陶唐之風俗」，評鄭從讜「若非文武兼才，將相全業，凤蘊峻望，爲吾鼎臣，豈傾丹墀之懷，以授股肱之任」。見《全唐文》卷86，902頁。

〔註8〕 劉昫，《舊唐書》，北京：中華書局，1975年。

〔註9〕 王溥，《唐會要》卷68《諸府尹・太原尹》條：長壽元年九月七日，置北都，改爲太原府，都督爲長史，崔神慶爲之。上海古籍出版社，1991年，1409頁。

〔註10〕 劉昫，《舊唐書》，北京：中華書局，1975年，2689～2690頁。

代前後出鎮太原之張嘉貞、張說、王縉、張弘靖、裴度既爲河東人，又爲出將入相之重臣，李勣、李光弼、王思禮、馬燧、李光顏皆爲唐代名將，鮑防雖非名將，亦文武兼資，爲著名文學家。故太原鎮帥開幕府，聘人才，皆一時之選。人文之盛，兩京二外，冠於諸鎮，至有「小朝廷」之譽。《舊唐書》卷 158《鄭從讜傳》云，乾符中，沙陀族首領李國昌虎視北邊，朝廷相繼以重臣鎮并部，皆不能遏，僖宗乃命宰相鄭從讜出鎮太原，「許自擇參佐。乃奏長安令王調爲副使，兵部員外郎、史館修撰劉崇龜爲節度判官，前司勳員外郎、史館修撰趙崇爲觀察判官，前進士劉崇魯充推官，前左拾遺李渥充掌書記，前長安尉崔澤充支使。開幕之盛，冠於一時。時中朝瞻望者，目太原爲『小朝廷』，言名人之多也」〔註 11〕。

　　北都因其政治與軍事的需要在唐代建設爲一座規模宏大的都市。都城由東中西三城構築。「府及晉陽縣在西城，太原縣在東城，汾水貫中城南流」〔註 12〕，其總面積，唐人李璋《晉陽記》云其「周四十二里，東西十二里，南北八里又二百三十二步」。《新唐書·地理志》云：「都城左汾右晉，潛丘在中，長四千三百二十一步，廣三千一百二十二步，周萬五千一百五十三步，其崇四丈。」〔註 13〕按照唐代度量制換算，五尺一步，一千八百尺一里，兩個文獻記載相當，應爲唐北都之大致規模。

　　太原府及晉陽縣在西城，《元和郡縣圖志》記載其規制頗詳：「府城，故老傳晉并州刺史劉琨築。今按城高四丈，周回二十七里。城中又有三城，其一曰大明城，即古晉陽城也，《左傳》言董安于所築。……城東有汾水南流，城西又有晉水入城……高齊後帝於此築大明宮，因名大明城。姚最《序行記》曰『晉陽宮西南有小城，內有殿，號大明宮』，即此也。城高四丈，周回七里〔註 14〕。又一城東面連新城，西面北面因州城，開皇十六年築，今名倉城，高四丈，周回八里。」惜史料中關於唐代太原城規制的詳細記載不多，且唐太原城毀於宋太宗時，無法獲得更多北都建制的信息。當代學者對唐代晉陽城展開了考古發掘。據現已發掘出的城牆遺址，其長度經過推算，與《元和

〔註 11〕同上，4170 頁。

〔註 12〕李吉甫，《元和郡縣圖志》，北京：中華書局，1983 年，362 頁。

〔註 13〕歐陽修，《新唐書》，北京：中華書局，1975 年，1003 頁。

〔註 14〕《新唐書·地理志》云「晉陽宮在都之西北，宮城周二千五百二十步，崇四丈八尺」（見《新唐書》，1003 頁），周長與《元和志》所記同，城高異，未知孰是。

志》所載府城「周回二十七里」相差不遠〔註15〕。

太原東城置太原縣，位於汾河東岸，「本漢晉陽縣地，高齊清河四年，自今州城中，移晉陽縣於汾水東。隋文帝開皇十年，移晉陽縣爲州城中，仍與其處置太原縣，屬并州，……隋末移入州城，貞觀十二年還遷於舊理，在州東二百六十步」〔註16〕。《新唐書·地理志》：「汾束曰束城，貞觀十一年長史李勣築。」〔註17〕可知李勣於貞觀十一年於舊址上建東城，十二年太原縣理遷入。

太原中城，《新唐書·地理志》云：「兩城之間有中城，武后時築，以合東城。」〔註18〕實際上是武后時并州長史崔神慶所築，《舊唐書》本傳云：「擢拜并州長史。……先是，并州有東西二城，隔汾水，神慶始築城相接，每歲省防禦兵數千人，邊州甚以爲便。」〔註19〕據史志記載及考古結果推算，中城的東西向寬度應爲二里百六十步。中城非高峻的城池，僅僅是通過修建長橋之方式將東西城連接起來，上而築堞，一是利於通航，二是居高臨下掌控汾河之警情〔註20〕。

北都共三城，太原尹兼河東節度使理所在西城之倉城中〔註21〕，城牆高大雄峻，超過都城長安。都城內的佈局亦實行里坊制，每坊面積 0.5 平方公里左右，實行東西六坊，南北九坊的六九制〔註22〕。太原晉陽兩縣的人口，據《元和志》，太原，開元戶二萬一千六百五十六；晉陽，開元戶一萬二千八百八十一。據《通典·州郡典》太原府條，戶十二萬六千一百零几，口七十六萬八千四百六十四，每戶平均六人。按此計算，太原縣開元時期人口十二萬九千九百三十六人，晉陽縣七萬七千二百八十六人，共二十萬七千二百二十二人，以地近塞北而論，人口頗爲繁盛。

北都雖爲內陸城市，而水系頗爲發達，流經都城內的河流即有汾水，晉

〔註15〕馮鋼，《晉陽涅槃，滄桑重現——晉陽古城池遺址的考古調查》，《中國文化遺產》，2008 年第 1 期。

〔註16〕李吉甫，《元和郡縣圖志》，北京：中華書局，1983 年，363 頁。

〔註17〕歐陽修、宋祁，《新唐書》，北京：中華書局，1975 年，1003 頁。

〔註18〕歐陽修、宋祁，《新唐書》，北京：中華書局，1975 年，1003 頁。

〔註19〕劉昫，《舊唐書》，北京：中華書局，1975 年，2690 頁。

〔註20〕樊曉劍，《唐北都中城地理環境考》，《山西師範大學學報》，2011 年第 4 期。

〔註21〕李吉甫《元和郡縣圖志》云：「受瑞壇，在州理倉城中。」中華書局，1983 年，365 頁。

〔註22〕宿白《隋唐城址類型初探》，載《古都晉陽》，政協太原市晉源區委員會編，2001 年。

水，洞過水，晉渠，還有成片的湖泊沼澤之地。

汾水，北自陽曲縣界流入，經縣（晉陽）東二里，又西南入清源縣界。

晉水，源出縣（晉陽）西南懸甕山。晉水初泉出處，砌石爲塘，自塘東分爲三派：其北一派名智伯渠，東北流入州城中，出城入汾水；其次一派東流經晉澤南，又東流入汾水，此二派即酈道元所言分爲二派者也；其南派，隋開皇四年開，東南流入汾水。

洞過水，東自榆次縣界流入太原縣，又西入晉陽縣，水經縣西南二十五里入汾水。

晉渠，位於太原縣西一里，西自晉陽縣界流入。汾東地多城鹵，井不堪食，貞觀十三年，英國公李勣乃於汾河之上引決晉渠，歷縣經鄽，又西流入汾水。

太原之湖泊亦不少。有晉澤，在汾河西部，晉陽縣西南六里。隋開皇六年，引晉澤漑稻田，周回四十一里，爲一巨大湖泊〔註 23〕。汾東則有馬燧之人造湖泊。《舊唐書》卷 134《馬燧傳》載，建中四年，時任河東節度使的馬燧，「以晉陽王業所起，度都城東面平易受敵，時天下騷動，北邊數有警急，乃引晉水架汾而注城之東，潴以爲池，寇至計省守陴者萬人；又決汾水環城，多爲池沼，樹柳以固隄。」〔註 24〕

唐代的太原城河梁縱橫環繞，湖泊池沼成片，柳樹成蔭，再點綴以古老的城堡，帝王遺迹，先賢祠廟和靈山古刹，難以相信是一座靠近邊塞的軍事重鎮〔註 25〕。

農業經濟方面，唐代的太原亦爲一重要的產糧區。唐朝重視河東水利之建設，又在太原以北實行軍事屯田政策，開發墾殖。在唐代，德宗建中以前，國家每年從北都購糧贍給振武、天德、靈州、鹽夏諸軍，費錢五六十萬緡。足見其農業之發達〔註 26〕。另外太原的冶煉、畜牧、釀酒，皆盛極一時，并

〔註 23〕以上河流湖泊皆引自李吉甫，《元和郡縣圖志》，北京：中華書局，1983 年。

〔註 24〕劉昫，《舊唐書》，北京：中華書局，1975 年，3695～3696 頁。

〔註 25〕太原的古城堡有：故唐城，在縣北二里；三角城，在縣西北十九里；捍胡城，在縣北二十三里。帝王遺迹有：晉陽宮；受瑞壇，義旗初李淵受瑞石於此，文曰「李理萬吉」；起義堂碑，晉祠碑，均立在乾陽門街。先賢祠廟有：晉祠，縣西南十二里；介子推祠，縣東五十里；唐叔虞墓，在縣西南十六里；斛律金墓，縣西南十七里。著名佛寺有：童子寺，開化寺，興國寺，崇福寺，據光緒《山西通志》記載統計，唐時太原佛寺有二十座以上。

〔註 26〕參見山西省史志研究院，《山西通史》上編 297 頁第十章《隋唐五代時期的山西經濟與社會》。山西人民出版社，2001 年。

刀并剪，名馬良駒，葡萄牡丹常成爲詩人吟詠的對象。

人文方面，尚武之風是太原最重要的地域特點。《史記》、《漢書》以來的史地著作中多有記載。然至隋，其文化風氣發生變化，《隋書・地理志》中云：「太原山川重複，實一都之會，本雖後齊別都，人物殷阜，然不甚機巧。俗與上黨頗同，人性勁悍，習於戎馬。離石、雁門、馬邑、定襄、樓煩、涿郡、上谷、漁陽、北平、安樂、遼西，皆連接邊郡，習尚與太原同俗，故自古言勇俠者，皆推幽、并云。然涿郡、太原，自前代已來，皆多文雅之士，雖俱曰邊郡，然風教不爲比也。」〔註27〕初唐人已認識到，太原雖尚勇俠之風，然在隋代之前文教已盛，文士漸多。至中唐時代，杜佑亦指出其文武風俗的變化：「山西土瘠，其人勤儉，而河東，魏晉以降，文學盛興，閭井之間，習於程法。并州近狄，俗尚武藝，左右山河，古稱重鎮，寄任之者，必文武兼資焉。」〔註28〕曹魏時建安十年，杜畿任河東太守，大興文教事業，雖限於河東郡一地，太原亦應受到其輻射影響。而且就太原而言，唐前的文化發展，在大家族的帶動下，有漸趨興盛之勢。如太原王氏、郭氏、孫氏、溫氏等家族，產生了一大批文學家，說明了太原人文之盛。另尚有本土的儒者如西晉郭琦、北魏張偉傳教鄉梓。家族傳承和地方私人教授太原的文化得到傳播。至唐初的開國功臣溫彥博、王珪，皆是文化世家出身〔註29〕。隋末王通授業龍門，溫彥博、王珪皆從太原至絳州受業，王通儒學影響亦及於太原。

尚武之風和文學教化而外，佛教信仰也是太原的文化特色之一，并州人民至有「七歲以上，多解念佛」之譽〔註30〕。

第二節　唐代北都文學創作考略

北都既爲龍興之地，唐代北門，在北方邊塞地區，「以太原府爲中心基地之倒三角形系統，使太原成爲唐代北疆政治軍事以及商業貿易上最大之中心」〔註31〕。政務上繁忙形成了龐大的行政管理系統，政治與軍事兩套系統同時

〔註27〕魏徵，《隋書》，北京：中華書局，1973年，860頁。
〔註28〕杜佑，《通典》，北京：中華書局，1988年，4745頁。
〔註29〕詳參本書第一章第二節之相關論述。
〔註30〕詳見第一章第三節。
〔註31〕嚴耕望，《唐代交通圖考》第五冊，上海：上海古籍出版社，2007年，1336頁。

運作，文職官僚眾多。同時又有朝廷使節、落第士子、遊歷的文士、往來其間，使北都成為具有相當規模的文人活動中心。茲以《全唐詩》、《全唐文》為主，輔以地方文獻，以太原為中心，對於唐代活動於北都的文人創作活動做一簡略考察，以見其文學創作概貌。需要說明的是，地方石刻留存之德政碑，神道碑，去思碑，墓誌銘，造像碑大多文學價值不高，而且創作地點不一定在太原，故不列入考察範圍。文人創作的考察，以時繫人，以人繫篇，文體不限，以現存作品為主。

1·李世民

文：《晉祠之銘並序》，《征遼還宴賜父老詔》。詩：《於太原召侍臣賜宴守歲》，《謁并州大興國寺詩》，《詠興國寺佛殿前幡》。

考略：貞觀十九年冬太宗征遼而還，順路達太原親問故老。詳第三章。

2·玄　奘，唐大德高僧，唯識宗領袖。貞觀間至印度取經求佛法，歸國後受太宗高宗二帝禮遇，組織翻譯佛經。

詩：《題童子寺五言》，出敦煌遺書，年代未詳。

考略：楊廷福《玄奘年譜》無并州之行的記載，但陽曲縣大安寺重修大安寺了還先師立碑記》中有「昔日三藏神僧，歸於東土，斯方立觀日月，象山拱翠」之語。則似曾有并州之行，未敢遽定。按童子寺，據明洪武《太原縣志》載：「童子寺，在縣西一十里，天保七年（556）北齊弘禮禪師棲道之所，有二童子於山望大石修若尊榮，即鐫為像，遂得其名。」〔註32〕唐圓仁《入唐求法巡禮行記》卷三載有當時建寺碑文云：「昔冀州禮禪師來此山住，忽見五色光明雲，從地上空而遍照。其光明雲中，有四童子坐青蓮座遊戲，響動天地，巖巚頹落。岸上崩處，有彌陀佛像出現。三晉盡來致禮，多有靈異。禪師具申送請建寺，遂造此寺。因本瑞號為『童子寺』。」〔註33〕兩書所載得名之緣有異。童子寺於唐代為一遊覽勝境，唐高宗與武則天顯慶六年巡幸并州即登寺瞻禮大佛，「坐高一百七十餘尺」，歸京後賜袈裟送童子寺，「寺像披袈裟日，從旦至暮放五色光，流照崖岩，洞燭山川。……道俗瞻睹數千萬眾」〔註34〕。童子寺位於今太原市西南龍山北峰，海拔 1230 米，南北西三

〔註32〕張忱石等，《永樂大典方志輯佚》，北京：中華書局，2004 年。

〔註33〕〔日〕圓仁，《入唐求法巡禮行記》，上海：上海古籍出版社，1986 年，135～136 頁。

〔註34〕《法苑珠林校注》，〔唐〕釋道世著，周叔迦、蘇晉仁校注，北京：中華書局，2003 年。

面環山，林木叢茂，修行之福地。

3．吳少微，長安中爲晉陽尉。生平見《舊唐書》卷 190《文苑傳》，《新唐書》卷 203《文藝傳》。

文：《唐北京崇福寺銅鐘銘並序》，《爲并州長史張仁亶進九鼎銘表》，《代張仁亶賀中宗登基表》。詩一首《和崔侍御日用遊開化寺閣》。

考略：《唐北京崇福寺銅鐘銘並序》創作時間爲長安三年，《唐五代文學編年史》繫於二年年末或者來年初。文中云：「越相公御史大夫鉅鹿魏元忠，仗旄鉞，振金鼓，發秦兵河卒，利伐獫狁，鉤車逐而北之，於是休兵。十月，入自禪關，聞鐘聲，薄而觀之，……會東郊不開，公於是再有盧龍之役。天子申命執金吾南陽張公仁亶以魏公之事，端尹北京，保釐府戎，左右梁葉，纍鑄洪器。」〔註35〕按《資治通鑒》卷 207：「（長安二年）九月壬申，突厥寇忻州。」「辛巳，又以相土旦爲并州道元帥，三思與武攸宜、魏元忠爲副，……然竟不行」〔註36〕。《新唐書·突厥傳上》云：「默啜剽隴右牧馬萬匹去，俄復盜邊，詔安北大都護相土爲天兵道大元帥，率并州長史武攸宜、夏州都督薛訥與元忠擊虜，兵未出，默啜去。」〔註37〕兩書所載爲一事。按九月乙丑朔，是知九月十六日任命出征，兵未出而突厥退，文云「十月入自祥關」，即退歸太原。又同年，「十二月，甲午，以魏元忠爲安東道安撫大使，羽林衛大將軍李多祚檢校幽州都督」〔註38〕，與文中「盧龍之役」相應。其時張仁亶任并州長史〔註39〕，奉皇帝之命鑄鐘紀功。魏元忠任職幽州在十二月，則該文創作在三年初。按崇福寺，在晉陽縣南五里，據光緒《山西通志》，北齊天保二年建，唐大曆二年重修。又日僧圓仁由五臺山返長安，途經晉陽，曾入寺行禮。《入唐求法巡禮行記》卷三云：「次入崇福寺，巡禮佛殿。閣下諸院，皆鋪設張利，光彩映人，供陳珍妙。傾城人盡來巡禮，黃昏自憩。」〔註40〕

《爲并州長史張仁亶進九鼎銘表》應作於長安中，文中有「基皇周」、「武興建都」之語，應爲武則天所進。

《代張仁亶賀中宗登極表》作於神龍元年二月。文中有「今月一日，春

〔註35〕董誥，《全唐文》，北京：中華書局，1983 年，2379 頁。
〔註36〕司馬光，《資治通鑒》，北京：中華書局，1996 年，6559～6560 頁。
〔註37〕歐陽修、宋祁，《新唐書》，北京：中華書局，1975 年，6047 頁。
〔註38〕司馬光，《資治通鑒》，北京：中華書局，1996 年，6561 頁。
〔註39〕郁賢皓，《唐刺史考全編》，合肥：安徽大學出版社，2000 年，1283 頁。
〔註40〕〔日〕圓仁，《入唐求法巡禮行記》，上海：上海古籍出版社，1986 年，134 頁。

官牒至，皇帝陛下去月二十五日光臨寶極，誕告萬方」。按《通鑒》卷 207，神龍元年，「春正月，……丙午，中宗即位」〔註 41〕。其年春正月是「壬午朔」，丙午正為正月二十五日。又《通鑒》同卷神龍二年，十月己卯，「以前檢校并州長史張仁願檢校左屯衛大將軍兼洛州長史」〔註 42〕，則可知神龍元年尚在并州任內。

《和崔侍御日用遊開化寺閣》，《唐五代文學編年史》繫於長安二年，有誤。其引《舊唐書·崔日用傳》云：「擢為新豐尉。無幾，拜監察御史。」〔註 43〕又引《唐會要》卷七五：「長安二年，則天令雍州長史薛季昶擇僚吏堪為御史者，季昶……舉萬年縣尉李乂，……新豐縣尉崔日用，後皆至大官。」〔註 44〕但《太平廣記》引《唐會要》云「三年」〔註 45〕，《新唐書·盧齊卿傳》只云「長安初」〔註 46〕，未繫具體時間。又詩中有「護贈單于使，休軺太原郭」之句，則崔日用護送單于使節途經太原時所作。長安中至神龍初，突厥與唐朝多有戰事，唯長安三年有和親之舉。《通鑒》卷 207 長安三年條，「六月，辛酉，突厥默啜遣其臣莫賀干來，請以女妻皇太子之子」，又同年「十一月，己丑，突厥遣使謝許婚」〔註 47〕。《新唐書·突厥傳》亦云：「長安三年，遣使者莫賀達干請進女女皇太子子，後使平恩郡王重俊、義興郡王重明盛服立諸朝。默啜更遣大酋移力貪汗獻馬千匹，謝許婚，后渥禮其使。中宗始即位，入攻鳴沙。」〔註 48〕可知長安三年之和親保持了一年多的和平時期。詩中又有「萬里秋景焯」之句，突厥使者六月來，十一月又來，則使者第一次返回塞北的時間在七月之後，崔日用護送單于使者北歸遊開化寺作詩。據《通鑒》，長安三年「七月立秋」，吳少微詩作與和親時間甚合，應繫於長安三年為是。崔日用原詩《遊開化寺閣》已佚。

4·富嘉謨，長安中為晉陽尉，與吳少微為同官友好。生平見《舊唐書》卷 190 本傳，《新唐書》卷 203 本傳。

文：《為建安王賀赦表》，《為并州長史張仁亶謝賜長男官表》，《賀幸長安

〔註 41〕 司馬光，《資治通鑒》，北京：中華書局，1996 年，6581 頁。
〔註 42〕 司馬光，《資治通鑒》，北京：中華書局，1996 年，6606 頁。
〔註 43〕 劉昫，《舊唐書》，北京：中華書局，1975 年，3087 頁。
〔註 44〕 王溥，《唐會要》，上海：上海古籍出版社，1991 年，1608 頁。
〔註 45〕 李昉，《太平廣記》，北京：中華書局，1962 年，1386 頁。
〔註 46〕 歐陽修、宋祁，《新唐書》，北京：中華書局，1975 年，4048 頁。
〔註 47〕 司馬光，《資治通鑒》，北京：中華書局，1996 年，6568 頁。
〔註 48〕 歐陽修、宋祁，《新唐書》，北京：中華書局，1975 年，6047 頁。

起居表》。佚文有《雙龍泉頌》，《千蠋谷頌》。

　　考略：《賀幸長安起居表》作於長安元年十月（701），按文中云「臣忝葭莩，謬膺垣翰」，則并州主官為皇族任并州長史者，據《唐刺史考全編》卷八九：武攸宜長安二年為并州長史，並引《新唐書突厥傳》中「詔安北大都護相王為天兵道大元帥，率并州長史武攸宜」為據〔註 49〕。前文《唐北京崇福寺銅鐘銘並序》考引《通鑑》卷 207 知，時為長安二年。但武攸宜任并州長史的時間，《唐刺史考全編》有誤。表文云「祁寒在候」，則時在冬季無疑，據《通鑑》卷 207，大足元年，「冬，十月，壬寅，太后西入關，辛酉，至京師；赦天下，改元」〔註 50〕。改元為長安元年，表文所作季節與武則天本年入長安時間相合，應作於長安元年為是，可知武攸宜長安元年已任并州長史。

　　《為建安王賀赦表》作於長安元年十一月七日。與《駕幸長安起居表》創作時間相先後。武攸宜封建安王，文中有「今月七日，奉十月二十三日制書，大赦天下」之句，又云「臣寄重軍州」，則可知十月二十三日的制書十一月七日到達并州，上表稱賀。

　　《為并州長史張仁亶謝賜長男官表》作於神龍元年三月。與吳少微《代張仁亶賀中宗登極表》相先後。中宗於是月四日復國號，大肆封爵賞賜，張仁亶亦在其列。文中有「伏奉二月十四日敕」，「又奉其月二十六日敕」之時間。按照《為建安王賀赦表》到達并州的時間推算，敕書到并州已經三月。

　　《雙龍泉頌》《千蠋谷》，此二文已佚，應作於長安中。嘉謨此二作於當時頗為人所稱頌。《舊唐書》卷 190 本傳云：「嘉謨作《雙龍泉頌》、《千蠋谷頌》，少微撰《崇福寺鍾銘》，詞最高雅，作者推重。」〔註 51〕按，雙龍泉與千蠋谷俱為北都晉陽遊覽名勝。雙龍泉即今陽曲縣之南北二龍泉，兩泉相距五百米。周圍山巒起伏，林木茂盛。泉附近有大安寺，又名三藏寺，建於唐初。寺內《重修大安寺了還先師立碑記》云：「昔日三藏神僧，歸於東土，斯方立觀日月，象山拱翠，峙鸞鳳而起蛟龍……曰：『天下古龍泉之地也。』」千蠋谷又名乾燭谷，也位於陽曲縣境，《通典》卷 179 河東郡太原府條：「陽曲，有乾燭谷，即羊腸阪也。」〔註 52〕此阪為太原西北通道必經之地，漢代

〔註 49〕郁賢皓，《唐刺史考全編》，合肥：安徽大學出版社，2000 年，1282 頁。

〔註 50〕司馬光，《資治通鑑》，北京：中華書局，1996 年，6557 頁。

〔註 51〕劉昫，《舊唐書》，北京：中華書局，1975 年，5013 頁。

〔註 52〕杜佑，《通典》，北京：中華書局，1988 年，4738 頁。

及北魏置羊腸倉，隋煬帝大業四年，幸汾陽宮即經過此谷，更名爲深谷嶺。谷北設天門關，爲守要之地〔註53〕。此谷山崖聳峙，澗底幽深。嘉謨此二文應爲山水遊記類作品。

5・李隆基

文：《起義堂頌序》。詩：《過晉陽宮》，作於開元十一年春巡幸北都時。詳見第三章。

6・張　說

文：《起義堂頌》。詩：《奉和聖製過晉陽宮應制》，佚詩《白楊篇》。

考略：《起義堂頌》和晉陽宮詩創作時間同上一條。《白楊篇》創作於開元八年至九年時。張說開元八年至九年任并州長史，據《舊唐書・玄宗紀上》，開元九年九月，「癸亥，右羽林將軍、權檢校并州大都督府長史、燕國公張說爲兵部尚書、同中書門下三品」〔註54〕。又《元和郡縣圖志》卷 14 河東道代州雁門縣條有「河神祠」，「開元九年，并州刺史張說奏置」，則知開元九年在任。《舊唐書》本傳雲開元七年，檢校并州大都督府長史，兼天兵軍大使，「七」應爲「八」之誤。因開元八年正月授并州大督府長史張嘉貞爲中書侍郎，並同中書門下平章事。張說繼任爲并州長史。按詩歌存殘句「欲識前王搭鞍處，正北抽苗一小枝」，見於令狐楚《白楊神廟碑》。詩歌吟詠的白楊神廟，據楚《碑》，該廟因北魏孝文帝由雲中南下洛陽路過代州時，繫馬於白楊樹下，後人因建廟立祀，以致成爲主掌代州之地的一方神靈，「白楊有祀，實代之主也」。

7・蘇　頲

詩：《奉和聖製過晉陽宮應制》創作時間同上。《汾上驚秋》時間未詳，俟考。

8・張九齡

詩：《奉和聖製過晉陽宮》，創作時間同上，爲一時唱和之作。

9・孫　逖

文：《伯樂川記》，作於開元十六年七月。

〔註53〕嚴耕望，《唐代交通圖考》第五冊，上海：上海古籍出版社，2007 年，1358～1360 頁。
〔註54〕劉昫，《舊唐書》，北京：中華書局，1975 年，182 頁。

考略：孫逖此文，當時頗有盛譽。《舊唐書》卷 190《文苑傳中・孫逖傳》云：「黃門侍郎李暠出鎮太原，辟爲從事。暠在鎮，與蒲州刺史李尚隱遊於伯樂川，逖爲之記，文士盛稱之。」〔註55〕蒲州刺史誤，應爲幽州長史。據《唐會要》卷 78《諸使中》：「甄道一除幽州節度、經略、鎮守使。至開元十五年十二月，除李尚隱。」〔註56〕《記》文云：「太原元帥黃門侍郎李公，國之宗盟。」〔註57〕據《唐刺史考全編》，李暠開元十五年至十七年爲河東節度使〔註58〕。據《舊唐書》李暠本傳，李暠爲淮安王神通玄孫，故云「國之宗盟」。李暠在太原與幽州交界之伯樂川置守備險，與幽州刺史同會於此，孫逖爲記以紀念，兼贊李暠之政績功勳。文云：「戊辰歲秋七月，公以疆場之事，會幽州長史李公於伯樂川，王命也。」戊辰歲爲開元十六年。

10・王昌齡

詩：《駕幸河東》作於開元十一年，《寒食即事》時間無考。

考略：《駕幸河東》詩有「下輦回三象，題碑任六龍」，唐玄宗開元十一年巡幸河東時作《起義堂頌序》並親書刻石，知爲同時之作。

11・李　白

文：《秋日於太原南柵餞陽曲王贊公、賈少公、石艾尹少公應舉赴上都序》作於開元二十三年秋。詩：《太原早秋》創作時間同前，《贈郭季鷹》作於開元二十三年至開元二十四年之間，《留別西河劉少府》作於天寶十二載春。

考略：李白一生兩至太原。第一次在開元二十三年，五月應友人元演之邀由東都赴太原，曾北至雁門關，李白《聞丹丘子於城北山營石門幽居……敘舊以寄之》詩中有「僕在雁門關，君爲峨眉客」之句〔註59〕。次年春離開太原。詹鍈、安旗、莫久美子《李白年譜》全同，唯去向詹《譜》爲東魯，安《譜》、莫《譜》爲南下洛陽。第二次入太原在天寶十二載，諸譜同。按《秋日於太原南柵……餞序》云：「今年春，皇帝有事千畝，湛恩八埏，大搜群才，以緝邦政。而王公以令宰見舉，賈公以王霸聲聞。」〔註60〕《舊唐書・玄宗

〔註55〕劉昫，《舊唐書》，北京：中華書局，1975 年，5043～5044 頁。

〔註56〕王溥，《唐會要》，上海：上海古籍出版社，1991 年，1691 頁。

〔註57〕董誥，《全唐文》，北京：中華書局，1983 年，3170 頁。

〔註58〕郁賢皓，《唐刺史考全編》，合肥：安徽大學出版社，2000 年，1289 頁。

〔註59〕詹鍈主編，《李白全集校注彙釋集評》，天津：百花文藝出版社，1996 年，1921 頁。

〔註60〕詹鍈主編，《李白全集校注彙釋集評》，天津：百花文藝出版社，1996 年，4096

紀上》云：「二十三年春正月己亥，親耕籍田，上加至九推而止，卿以下終其畝。……其才有霸王之略、學究天人之際、及堪將相牧宰者，令五品以上清官及刺史各舉一人。」〔註61〕又《序》有「半起秋色」句，則應舉在夏秋之際。《贈郭季鷹》詩有「河東郭有道，於世若浮雲」〔註62〕。以東漢介休郭泰借指郭季鷹，是則爲河東人。詹《譜》繫之開元二十三年，從之。《留別西河劉少府》有「東山春酒綠」，時在春天。太原之行留在李白的記憶之中，後作《憶舊遊寄譙郡元參軍》紀其事。

12・林　諤

文：《太原府交城縣石壁寺鐵彌勒像頌並序》作於開元二十六年十二月

考略：石壁寺即今交城玄中寺，北魏延興二年建，爲淨土宗祖庭。隋大業五年，道綽至寺宣揚淨土信仰。貞觀十九年，唐太宗曾至寺中爲長孫皇后禮佛禳病。碑文記載云：「太宗昔幸北京，文德皇后不豫，輦過蘭若，禮謁禪師綽公。便解眾寶名珍，供養啓願。玉衣旋復，金牓遂開。」因此太宗下令重修寺宇，賜名「石壁永寧寺」〔註63〕。時有交城縣令張公倡議鑄鐵彌勒像，林諤爲文以紀之。作者林諤無考，文中自云「侘傺不偶」，蓋一不得意的下層文士。唐代河東道冶鐵業發達，佛道二教每鑄鐵像供養。胡伯成《鐵元始像贊》則爲鑄鐵老君像，在廣陽縣承天軍。今臨汾市大雲寺（俗名鐵佛寺）尚存有唐代一巨型鐵佛頭像，直徑四米，高六米，蔚爲巨觀。

13・王韞秀

詩：《同夫遊秦》，作於開元二十六年至開元二十八年之間。

考略：王韞秀事迹載《雲溪友議》和《唐詩紀事》。王韞秀與元載故事唐人盛傳一時。《雲溪友議》卷下「窺衣帷」條謂王韞秀爲王縉之女，元載爲王縉之婿，「王相公鎮北京，以韞秀嫁元載，歲久而見輕怠」〔註64〕。殊謬之甚。按王縉大曆三年至五年爲河東節度使，元載寶應元年以後出任宰相，同代之人，翁婿之事純屬附會。《唐詩紀事》所載近理。文云：「王忠嗣鎮北京，以女韞秀歸元載，歲久而見輕。韞秀勸之遊學，元乃遊秦，爲詩別韞秀曰：『年

頁。

〔註61〕劉昫，《舊唐書》，北京：中華書局，1975年，202頁。

〔註62〕詹鍈主編，《李白全集校注彙釋集評》，天津：百花文藝出版社，1996年，1407頁。

〔註63〕董誥，《全唐文》，北京：中華書局，1983年，3683頁。

〔註64〕《唐五代筆記小說大觀》，上海：上海古籍出版社，2000年，1319頁。

來誰不厭龍鍾，雖在侯門似不容。看取海山寒翠樹，苦遭霜霰到秦封。』妻請偕行曰：『路掃飢寒迹，天哀志氣人。休零別離淚，攜手入西秦。』」元載在太原受門第歧視，入長安遊學。按元載登明四子科在開元二十九年〔註65〕，則離太原在開元二十九年之前。又王忠嗣任河東節度使的時間，《唐刺史考全編》謂在天寶三載至五載〔註66〕，有遺漏。據《資治通鑑》卷214開元二十六年，七月，杜希望率軍奪吐蕃河橋，左威衛郎將王忠嗣帥所部力戰，「忠嗣以功遷左金吾將軍」〔註67〕。《舊唐書》本傳云：「以功最，詔拜左金吾衛將軍同正員，尋又兼左羽林軍上將軍，河東節度副使，兼大同軍使。」〔註68〕是忠嗣開元二十六年七月以後不久即任河東節度副使。本傳又云：「二十八年，以本官兼代州都督，攝御史大夫，兼充河東節度。」二十九年即以田仁琬爲河東節度使。又據《通鑑》卷214開元二十八年，十一月，「罷牛仙客朔方、河東節度使」〔註69〕。可知王忠嗣開元二十八年代牛仙客爲節度，緊接著田仁琬又代之。王忠嗣開元二十六年至二十八年先後任河東節度副使、正使。元載入長安遊學亦在此期。

14.元　載

詩：《別妻王韞秀》，創作時間同上。

15.喬　琳

文：《太原進鐵鏡賦》，創作時間未詳。

考略：喬琳，新舊唐書有傳。《舊唐書》本傳云：「喬琳，太原人。少孤貧志學，以文詞稱。天寶初，舉進士。」〔註70〕此賦應爲河東節度使向朝廷進貢太原鐵鏡而作。賦中有云「爛成形於寶鏡，期將達於明王。故有徹侯居守，方物底貢；擇使而天驥共飛，登車而海月相送」〔註71〕。應是喬琳在太原時創作。「徹侯」所指節度使不明。

16.耿湋，大曆十才子之一

詩：《題童子寺》，《太原送許侍御出幕歸東都》作於寶應二年前後。

〔註65〕劉昫，《舊唐書》，北京：中華書局，1975年，213頁。
〔註66〕郁賢皓，《唐刺史考全編》，合肥：安徽大學出版社，2000年，1292頁。
〔註67〕司馬光，《資治通鑑》，北京：中華書局，1996年，6835頁。
〔註68〕劉昫，《舊唐書》，北京：中華書局，1975年，3198頁。
〔註69〕司馬光，《資治通鑑》，北京：中華書局，1996年，6843頁。
〔註70〕劉昫，《舊唐書》，北京：中華書局，1975年，3576頁。
〔註71〕董誥，《全唐文》，北京：中華書局，1983年，3612頁。

考略：兩詩應為耿湋遊太原時所作。戴偉華《唐方鎮文職僚佐考》繫《太原送許侍御出幕歸東都》於大曆十一年，並疑許侍御為許勉。戴《考》引李諲大曆十一年五月十六日所作《妒神頌》碑文題名，有「判官節度逐要官、涼王府司馬許勉」之名，時薛兼訓為河東節度使，十一年冬以病去，許勉亦同時出幕歸東都，出幕時帶監察御史銜。按許勉為涼王府司馬，據《新唐書‧百官志》王府官條：「司馬一人，從四品下。」〔註72〕監察御史為從八品下，品階相差懸殊，不應出幕時職官品級下降如此之速。許侍御非許勉。又據《唐才子傳校箋》，耿湋寶應二年登進士第，大曆初任左拾遺，後充括圖書使往江淮，大曆十一年方由江南歸京，信實有據。十一年歸京後馬上入河東幕府，可能性較小。此時之作應在寶應二年登第前後。許侍御之名待考。

17‧李宣遠

詩：《并州路》，創作時間未詳。

考略：李宣遠，《兩唐書》無傳，《唐詩紀事》卷四三云：「宣遠，貞元進士登第。」《唐才子傳》卷七謂宣遠為李宣古弟，梁超然已辨其誤〔註73〕。按詩中云「秋日并州路，黃榆落故關」，故關即井陘故關，為先秦九塞之一，屬於太行八陘。唐時為河東道通河北道之門戶，則知李宣遠從河北平原經井陘入并州。《元和郡縣圖志》卷13廣陽縣條：「井陘故關，在縣東北八十里。」

18‧胡天成

文：《承天軍城記》，《鐵元始像贊》，大曆元年作。

考略：陸耀遹《金石續編》卷八，潛丘道士胡伯成《鐵元始像贊並序》注：「高三尺五寸，廣五尺二寸，前刻《鐵元始像贊》，後刻《承天軍城記》，……在山西平定州東北九十里，娘子關坡底老君廟內。」可知胡伯成為道士。潛丘為太原地名，《元和郡縣志》卷13太原縣：潛丘，在縣南三里。《爾雅》曰「晉有潛丘」，隋開皇年在其上置大興國觀。可知胡伯成為大興國觀道士，為承天軍老君廟鑄鐵像作贊，並記承天軍建制始末及軍事勳績。末署時間為大曆元年。

19‧李　諲

文：《妒神頌並序》，作於大曆十一年五月。

〔註72〕歐陽修、宋祁，《新唐書》，北京：中華書局，1975年，1306頁。
〔註73〕傅璇琮主編，《唐才子傳校箋》第三冊，北京：中華書局，2002年，323頁。

考略：《八瓊室金石補正》卷六四《妒神頌》作者李諲署銜爲判官游擊將軍守左清道率府，賜紫金魚袋上柱國，又文中有「河東節度副大使兼工部尙書太原尹北京留守。薛公諱兼訓，警此禁闈」語，按《唐刺史考全編》，薛兼訓大曆五年至十一年任河東節度使，十一年冬以病去〔註74〕。又有「大唐大曆十　年歲次丙辰五月丁亥朔十六日壬寅巳時建」，則《妒神頌》碑爲河東節度使薛兼訓立，李諲奉命撰文。此文爲妒女而作，妒女祠在太原府廣陽縣。《元和郡縣圖志》卷13廣陽縣條云：「妒女祠，在縣東北九十里。」《妒神頌》豐富的文化內涵，後文詳析。《八瓊室金石補正》卷六四《妒神頌並序》注：行書，在平定州娘子關〔註75〕。

20．吉中孚

文：《白楊神廟碑銘》，作於建中元年。

考略：同前張說《白楊篇》，古中孚此篇亦錄自令狐楚《白楊神新廟碑》，文中云張說摹詠其事，戶部侍郎吉公中孚申而明之。據《舊唐書·德宗紀》，吉中孚貞元二年爲戶部侍郎〔註76〕。碑文又云：「建中初，吉公以萬年尉爲黜陟判官，至此爲之歌序具載其事，故迹彌顯，高名亦大。」銘文爲四言五韻。

21．崔元翰

文：《爲河東副元帥馬司徒請罷節度表》，《第二表》，《爲河東副元帥馬司徒謝實封表》皆作於貞元元年。詩歌：《清明節郭侍御偶與李侍御孔校書王秀才遊開化寺臥病不得同遊賦得十九韻兼呈馬十八郎丞公》作於大曆十四年至貞元三年間。

考略：崔元翰爲河東節度幕府掌書記。《舊唐書》卷137本傳云：「後北平王馬燧在太原，聞其名，致禮命之，又爲燧府掌書記。」〔註77〕《新唐書》本傳略同。馬燧大曆十三年至貞元三年在河東任。上列三表皆作於貞元元年誅李懷光之後。《爲河東副元帥馬司徒請罷節度表》爲馬燧謝辭兼任保寧節度使之職而作，文中有「西討河中，內清關輔」，「今臣舉軍還鎮，解甲息師」之語〔註78〕，當屬貞元元年討平河中李懷光叛亂之後，《舊唐書·德宗紀》：

〔註74〕郁賢皓，《唐刺史考全編》，合肥：安徽大學出版社，2000年，1296頁。
〔註75〕〔清〕陸增祥，《八瓊室金石補正》，北京：文物出版社，1985年，441頁。
〔註76〕劉昫，《舊唐書》，北京：中華書局，1975年，352頁。
〔註77〕劉昫，《舊唐書》，北京：中華書局，1975年，3766頁。
〔註78〕董誥，《全唐文》，北京：中華書局，1983年，5314頁。

（貞元元年）「七月甲戌……馬燧收復河中」〔註79〕。《謝實封表》亦作於是年七月收復河中之後，文中有云：「復以收河中功，賜臣實封五百戶，通前爲七百戶。」按《德宗紀》，平定懷光之亂，同年朝臣「各賜實封二百戶」，馬燧因殊勳再封五百戶。《全唐文》有陸贄《馬燧李皋賜實封制》，中有「（馬）燧可賜實封五百戶，同前七百戶」〔註80〕語。崔元翰詩歌作年不詳。蓋清明節文人至開化寺遊春，元翰臥病不得同往，賦詩以致意。詩中諸人皆不可考。按，開化寺，位於今太原西山蒙山腳下，在唐晉陽縣西北，寺建於北齊天保二年（551），其時依山雕築佛像，高六十米，燃燈萬盞，光照宮內。顯慶末，高宗巡幸太原，至寺禮拜，云大像高二百尺〔註81〕。

22．李逢吉

文：《石壁禪寺甘露義壇碑》，作於貞元十二年，詩：《送令狐秀才赴舉》，作於貞元六年。

考略：尹楚兵《令狐楚年譜》謂令狐楚兩應貢舉。第一次，弱冠應京兆舉，貞元元年；第二次在太原府取得鄉貢資格。據《舊唐書·令狐楚傳》，令狐楚貞元七年登第，《唐才子傳》同。七年登第，鄉貢舉子於前一年十月彙集京師，令狐楚入京在貞元六年。按李逢吉長期居於太原，尹《譜》疑其早年遷居太原，可從。李逢吉爲令狐楚青少年時代的朋友，在太原優遊唱和，共度青春時光。令狐楚《遊晉祠上李逢吉相公》有「少壯同遊寧有數」之句；又晁公武《郡齋讀書志》卷十八中：「別集類中：《斷金集》一卷。右唐李逢吉、令狐楚自未第至貴顯所唱和詩也。」〔註82〕令狐楚十二歲隨父居太原，與李逢吉之唱和亦可見其時太原之文化氛圍。李逢吉貞元十年始登進士第，故詩中有「獨憶忘機陪出處，自憐何力繼飛翻」之語。逢吉《石壁禪寺甘露義壇碑》爲河東節度使李說撰。河東節度使在交城縣石壁寺興建大型戒壇，以與東都之會善壇，西都之靈感壇鼎足而三，建築時間前後歷四年，自「貞元癸酉歲暨丁丑歲，而能事畢」，癸酉爲貞元九年，丁丑爲貞元十二年。據郁賢皓《唐刺史考全編》，李自良貞元三年至十一年爲河東節度使，李說貞元十

〔註79〕 劉昫，《舊唐書》，北京：中華書局，1975年，350頁。

〔註80〕 董誥，《全唐文》，北京：中華書局，1983年，4722頁。

〔註81〕 《法苑珠林校注》卷十四，釋道世著，周叔迦、蘇晉仁校注，北京：中華書局，2003年。

〔註82〕 《郡齋讀書志校證》，晁公武著，孫猛校證，上海：上海古籍出版社，2011年，907頁。

一年五月繼任河東節度使〔註83〕。《舊唐書‧德宗紀》下，貞元十一年五月，「甲申，河東節度使、檢校工部尚書，太原尹李自良卒」〔註84〕。文中「節度觀察使禮部尚書李公」即李說。戒壇完工時，因寺中降甘露而命名爲甘露義壇，李說有《進甘露表》即爲此事。進表在貞元十二年九月二十五日，逢吉此作當在其後。又據《舊唐書‧李逢吉傳》本傳，李逢吉貞元十年登進士第，釋褐授振武節度掌書記，守選期三年，李逢吉登第後應回太原居住代作此文。

23‧李　益

詩：《北至太原》，《春日晉祠同聲會集得疏字韻》，作於貞元十三年。

考略：李益先後五入軍幕，《從軍詩序》云「從事十八載，五在兵間」〔註85〕，無與河東。卞孝萱《李益年譜稿》定貞元十三年李益入幽州節度使劉濟幕府，經遊河東。按河東道通幽州路線在北部有飛狐陘、井陘二通道，其入幕經遊河東，合理。晉祠同聲會集屬於北都文人雅集的一次活動，據嚴維詩句「彩筆長裾會晉祠」，可知晉祠爲北都的一個文學活動中心。

24‧支　喬

文：《尚書李公造華嚴三會普光明殿功德碑並序》，作於貞元十一年至十六年之間。

考略：該碑文殘缺不全。前有「河東節度觀察支度營田等處置使北都留守銀青光祿大夫檢校禮部尚書兼御史大夫太原尹上柱國隴西縣開國（下缺八字）李公說所營建也」，可知李說任河東節度使時所作。又令狐楚有《謝賜僧尼告身並華嚴院額狀》，兩華嚴應爲北都同一寺廟。據碑文，修建光明殿是李說夫人所倡，一方節度，佞佛如此。又因文中有「我尚書」稱謂，《唐方鎮文職僚佐考》遂疑支喬爲李自良幕僚，未知何據。按李自良爲李說前任河東節度使，是李說爲行軍司馬。碑文中有「我尚書……聲政聞於王庭，謳歌溢於塞下」之語，知爲李說任河東節度使一段時期以後所作。支喬爲李說幕府從事無疑，是否亦爲李自良幕僚待考。

25‧鄭　儋

詩：《登汾上閣》作於貞元十六年秋。佚詩二首：《遠寄權德輿》（擬）作於貞元十六年十月以後，《登龍興寺閣》作於貞元十六年秋。

〔註83〕郁賢皓，《唐刺史考全編》，合肥：安徽大學出版社，2000年，1298頁。
〔註84〕劉昫，《舊唐書》，北京：中華書局，1975年，381頁。
〔註85〕范之麟，《李益詩注》，上海：上海古籍出版社，1984年，145頁。

考略：據《唐方鎮文職僚佐考》，鄭儋貞元十一年至十六年爲河東節度使李說行軍司馬，貞元十六年十月李說卒，繼爲河東節度使。《登汾上閣》詩出自歐陽詹詩題《陪太原鄭行軍中丞登汾上閣，中丞詩曰：汾樓秋水闊，宛似到閶門。惆悵江湖思，惟將南客論。南客即詹也，輒書即事上達》，中丞即檢校御史中丞，爲鄭儋京銜，歐陽詹其時北遊太原，陪長官閒遊賦詩。歐陽詹詩作於貞元十六年秋，詳下考。鄭儋之作同時。按汾上閣，應爲建在汾橋上的亭閣，前文云崔神慶連太原東西城爲中城，則中城跨橋而建，「跨水連堞」，橋上建城牆，城牆之上再建樓閣。《遠寄權德輿》詩，因權德輿有《太原鄭尚書遠寄新詩，走筆酬贈因代書賀》，則知詩作於鄭儋任節度使之後。《登龍興寺閣》與歐陽詹《和太原鄭中丞登龍興寺閣》同時，鄭儋尚未繼任節度使，作於貞元十六年秋。

26‧歐陽詹

詩：《陪太原鄭行軍中丞登汾上閣，中丞詩曰：汾樓秋水闊，宛似到閶門。惆悵江湖思，惟將南客論。南客即詹也，輒書即事上達》，《和太原鄭中丞登龍興寺閣》，《詠德上太原李尙書》，《太原旅懷呈薛十八侍御齊十二奉禮》，創作於貞元十六年秋。《和嚴長官秋日登太原龍興寺閣》，《太原和嚴長官八月十五日夜西山童子上方玩月寄中丞少尹》，《初發太原途中寄太原所思》，創作於貞元十七年。

考略：歐陽詹爲韓愈貞元八年的同年進士，貞元後期歐陽詹曾遊太原幕，孟簡《詠歐陽行周詩序》、《唐詩紀事》卷 35、《太平廣記》卷 274 引《閩川名士傳》皆有記載〔註86〕。而記載歐陽詹遊太原的時間有異。《閩川名士傳》云：「貞元年，登進士第，畢關試，薄遊太原。於樂籍中，因有所悅，情甚相得。」孟簡《序》云：「我唐貞元年己卯歲，曾獻書相府，論大事風韻清雅，詞韻切直。會東方軍興，府縣未暇慰薦。久之，倦遊太原，還來帝京，卒官靈臺。」己卯歲，即貞元十五年，又云：「初抵太原，居大將軍宴，席上有妓，北方之尤者，屢目於生，生感悅之。」二文所敘時間，一在貞元八年，一在貞元十五年。又《閩川名士傳》云歐陽詹離太原歸京後除國子助教，再與妓書信往來，感慟而卒；孟《序》謂歐陽詹與太原妓相約歸京迎娶，過期不至，妓與歐陽詹先後而卒。

歐陽詹出入太原的時間線索如上，皆有誤。《唐五代文學編年史‧中唐卷》

〔註86〕李昉，《太平廣記》，北京：中華書局，1962 年，2161～2162 頁。

謂歐陽詹授國子助教約在貞元十四年〔註87〕，誤。歐陽詹《上鄭相公書》中有「四試於吏部，始授四門助教」〔註88〕，《送張尚書書》云：「去秋遠應直言極諫詔，不逮試便往西秦。今冬將從博學宏詞科赴集期。」〔註89〕按《舊唐書·德宗紀》下：（貞元）十年，「冬十月癸卯，御宣政殿，試賢良方正、能直言極諫等舉人。」〔註90〕則貞元十年秋歐陽詹從福建至京應直言極諫舉，而耽誤了行程，貞元十一年寫信與鄭尚書，同年冬應吏部冬集，備來年銓選，則貞元八年登第後回鄉一直待到貞元十年。貞元十一年以後則一直遊弋京師應選。四試於吏部由貞元十一年算起，則應吏部試中選當在貞元十五年春，隨即授四門助教之職。故《編年史》繫之於貞元十四年誤。

又，《編年史》分採《閩川名士傳》和孟簡《序》之說，而又稍作變通，謂歐陽詹兩遊太原，第一次在貞元十二年，其依據是歐陽詹《詠德上太原李尚書》，並引《舊唐書·李說傳》李說於貞元十一年五月為河東節度行軍司馬，充節度留後，北都副留守，七月後，正拜河東節度使，檢校禮部尚書。又據《太原旅懷呈辟十八侍御齊十二奉禮》云「伊予亦投刺」，定作於貞元十四年授四門助教前；十二年秋歐陽詹在長安，十三年秋遊西蜀，故繫之十四年秋。此說殊牽強，按李說任河東節度時間從貞元十一年至十六年，《詠德上太原李尚書》並非非作於十一年不可。《編年史》依據《太原旅懷》詩中「伊予亦投刺」，認為應在作者未受官之前，任四門助教之後不應有投刺之語，說不確。《編年史》繫歐陽詹第二次入太原的時間為貞元十七年秋，誤。前歐陽詹有《和太原鄭中丞登龍興寺閣》，鄭中丞即鄭儋，貞元十七年已任河東節度使，十六年十月之前任河東節度行軍司馬檢校御史中丞，可知歐陽詹貞元十七年之前已至太原幕。《閩川名士傳》之貞元八年之說尤其謬誤之甚，《編年史》謂登第後同年秋歐陽詹即回南歸覲，有《及第後酬故國親故詩》。

孟簡《序》最為可信，簡與歐陽詹同時，時在長安，於歐陽詹行迹較為熟悉，詹與妓戀愛事轟傳一時，故孟簡以詩紀之。當時韓愈等諸友俱在，必不致妄言誇飾。序云：「我唐貞元年己卯歲，曾獻書相府，論大事。……會東方軍興，府縣未暇慰薦。久之，倦遊太原。」「東方軍興」係指淮西節度使吳

〔註87〕 傅璇琮主編，《唐五代文學編年史·中唐卷》，瀋陽：遼海出版社，1996年，552頁。

〔註88〕 董誥，《全唐文》，北京：中華書局，1983年，6025頁。

〔註89〕 董誥，《全唐文》，北京：中華書局，1983年，6024頁。

〔註90〕 劉昫，《舊唐書》，北京：中華書局，1975年，380頁。

少誠、吳元濟反叛事，始於貞元十五年。《通鑑》卷 235 貞元十五年條：「三月，甲寅，吳少誠遣兵襲唐州」，「八月，⋯⋯乙未，吳少誠遣兵掠臨潁⋯⋯丙辰，詔削奪吳少誠官爵，令諸道進兵討之。」〔註 91〕則可知正式討伐吳少誠在貞元十五年八月。文中云「久之，倦遊太原」，歐陽詹入太原時間至少在同年八月以後。歐陽詹在太原的時間，據孟序，「初抵太原，居大將軍宴席上，妓有北方之尤者，屢目於生。生感悅之，留賞累月，以爲燕婉之樂，盡在是矣。既而南轅，妓請同行」。累月，數月之謂，不確。據《太原和嚴長官八月十五日夜西山童子上方玩月寄中丞少尹》詩，據《舊唐書·德宗紀》，貞元十七年，「八月戊午，以河東行軍司馬嚴綬檢校工部尚書、兼太原尹、御史大夫、河東節度使」〔註 92〕。可知貞元十七年秋八月歐陽詹尚在太原。又據《陪太原鄭行軍中丞登汾上閣，中丞詩曰：汾樓秋水闊，宛似到閶門。惆悵江湖思，惟將南客論。南客即詹也，輒書即事上達》，鄭儋時尚非河東節度使，其任河東節度使的時間，據《舊唐書·德宗紀下》，貞元十六年十月「甲午，以河東行軍司馬鄭儋檢校工部尚書、太原尹、河東節度使」〔註 93〕。可知至少貞元十六年十月之前歐陽詹已經至太原。歐陽詹在太原逗留時間一年左右。赴太原時間不應早於貞元十六年，據韓愈《歐陽生哀辭》云：「十五年冬，予以徐州從事朝正於京師，詹爲國子監四門助教，將率其徒伏闕下舉予爲博士。」〔註 94〕知十五年底歐陽詹尚在京官任。歐陽詹貞元十五年既授四門助教，迫於贍養家庭的負擔，主動去職求謁河東。按中唐安史亂後，藩鎮割據，中央財政緊張，京官之俸祿微薄，生活艱迫。以致大曆十二年，貞元四年兩次給京官加薪〔註 95〕。德宗時至有人感歎「京官祿寡薄，自方鎮入八座自謂罷權」。中唐時有京官屢因貧困申請外任之例，如李皋，秘書少監，因「俸不足養，亟請外官，不允，乃故抵微法，貶溫州長史」〔註 96〕。歸崇敬，「史官修撰，兼集賢殿校理，修國史、儀注。以貧求解。歷同州長史，潤州別駕」〔註 97〕。薛放，工部侍郎，集賢學士，「孤孀百口，家貧每不給贍，常苦俸薄。放因召

〔註 91〕司馬光，《資治通鑑》，北京：中華書局，1996 年，7583～7584 頁。
〔註 92〕劉昫，《舊唐書》，北京：中華書局，1975 年，395 頁。
〔註 93〕劉昫，《舊唐書》，北京：中華書局，1975 年，393 頁。
〔註 94〕馬其昶，《韓昌黎文集校注》，馬茂元整理，上海：上海古籍出版社，1984 年，303 頁。
〔註 95〕王溥，《唐會要》，上海：上海古籍出版社，1991 年，1964～1971 頁。
〔註 96〕劉昫，《舊唐書》，北京：中華書局，1975 年，3637 頁。
〔註 97〕歐陽修、宋祁，《新唐書》，北京：中華書局，1975 年，5035 頁。

對，懇求外任」〔註 98〕。與歐陽詹同時的韓愈亦因家庭生活之累屢屢訴諸書信，求助於高官。歐陽詹的貧困狀況，遠過上列諸人。貞元十年求謁張建封時即云貸錢五萬，其後轉徙京師周圍多年，困頓之狀可知。後貞元十五年爲四門助教，據《新唐書·百官志》國子監條：四門助教爲從八品上的卑官〔註99〕，貞元四年新定的薪俸爲十六貫文〔註 100〕。歐陽詹《上鄭相公書》中即抱怨四門助教官品之卑微，「四門助教，限以四考。格以五選，十年方易一官也」〔註 101〕。循資歷級，自四門至太學，又至國子，三十年方能脫離助教之官。歐陽詹感歎三十年後，已在重泉之下。其詩《太原旅懷呈薛十八侍御齊十二奉禮》中云家庭貧困：「餬口百家周。賃廡三月餘。眼見寒序臻，坐送秋光除。西日恕饑腸，北風疾絺裯。」國子助教俸祿微薄，故北遊太原幕以解家庭貧困。終因李說、鄭儋、嚴綬頻繁更迭，失望而返。

27·太原妓

詩：《寄歐陽詹》，貞元十七年作。

考略：應是歐陽詹離太原歸家以後所作，歐陽詹卒在貞觀十七年。

28·楊巨源

詩：《太原贈李屬侍御》，《太原寒食觀伎上嚴司空》，作於貞元十七年至元和四年之間。

考略：楊巨源貞元五年進士登第，此後多年從幕。據《唐才子傳校箋》卷五，楊巨源貞元五年至元和五年間曾入幽州節度使劉濟幕府，元和六年九月至九年六月在張弘靖河中節度幕府。《太原寒食觀伎上嚴司空》中嚴司空爲嚴綬，唐河東節度使嚴姓者爲嚴綬一人。嚴綬貞元十七年至元和四年爲河東節度使。可知楊巨源元和四年之前亦曾入河東節度幕府。《太原贈李屬侍御》詩中有「春風走馬三千里」句，知巨源至河東，時在春天。

29·鮑　溶

詩：《述德上太原嚴尚書綬》，作於貞元十七年至元和四年之間。

考略：鮑溶，元和四年登進士第。登第前後曾四處游幕，參《唐才子傳校箋》卷三、卷五。此詩當爲游太原幕時所作，詩中有「願爲執御臣，爲公

〔註98〕劉昫，《舊唐書》，北京：中華書局，1975 年，4127 頁。

〔註99〕歐陽修、宋祁，《新唐書》，北京：中華書局，1975 年，1267 頁。

〔註100〕王溥，《唐會要》，上海上海古籍出版社，1991 年，1972 頁。

〔註101〕董誥，《全唐文》，北京：中華書局，1983 年，6025 頁。

動朱輻」，知爲求幕職而來。

30・竇庠

詩：《太原送穆質南遊》，創作時間不詳。

考略：竇庠行迹，據《唐才子傳校箋》，貞元二十一年入韓皋鄂岳觀察使幕府，轉歷浙西觀察使幕府，元和六年回京，尋授澤州刺史，任期元和六年至八年。按穆質，據《舊唐書・穆寧傳》，元和五年出爲開州刺史，未幾卒〔註102〕。可知《太原送穆質南遊》應作於貞元二十一年之前，竇庠北遊太原時，具體時間無考。

31・李德裕

文：《祭唐叔文》作於元和十二年六月二十一日，《代高平公進書畫狀》、《進玄宗馬射圖狀》作於元和十三年，《掌書記廳壁記》作於元和十四年四月十一日

詩：《贈圓明上人》、《贈奉律上人》、《戲贈愼微寺主道安上座三僧正》作於元和十三年二月二十九日，《奉和韋侍御陪相公遊開義五言六韻》作於元和十三年夏，《奉和太原張尙書山亭抒懷》作於元和十三年六月十二日〔註103〕。

考略：李德裕入太原幕與張弘靖任河東節度使相始終。《舊唐書》卷 178 本傳：「（元和）十一年，張弘靖罷相，鎭太原，辟爲掌書記。由大理評事得殿中侍御史。十四年府罷，從弘靖入朝，眞拜監察御史。」〔註104〕《唐方鎭文職僚佐考》引德裕《掌書記廳壁記》，張弘靖幕府中李德裕之前掌書記有杜元穎、崔公信。又據傅璇琮先生《李德裕年譜》，李德裕丁憂以後入幕，當在元和十二年以後。

按愼微寺、開義寺、韋侍御、圓明上人、奉律上人、道安皆待考。《祭唐叔文》爲代張弘靖祭祀唐叔虞而作，唐叔虞墓在晉陽縣西南十六里〔註105〕。兩篇狀文爲張弘靖爲張弘靖向憲宗進獻書畫而作。其時太原監軍使魏弘簡與張弘靖有隙，因告憲宗徵索張弘靖家藏書畫珍品。張彥遠《歷代名畫記》卷一敘述其事甚詳，且具引德裕二文，詳見本書第二章第二節。《掌書記廳壁記》敘河東幕府人文之盛。

〔註102〕劉昫，《舊唐書》，北京：中華書局，1975 年，4116 頁。
〔註103〕繫年參傅璇琮先生，《李德裕文集校箋》，石家莊：河北教育出版社，2000 年。
〔註104〕劉昫，《舊唐書》，北京：中華書局，1975 年，4509 頁。
〔註105〕李吉甫，《元和郡縣圖志》，北京：中華書局，1983 年，367 頁。

32・張弘靖

詩；《山亭懷古》作於元和十三年六月十二日。

考略：據《唐刺史考全編》，張弘靖元和十一年正月為河東節度使，元和十四年五月去職〔註106〕。張弘靖此詩為一次唱和活動中的作品。《唐詩紀事》卷五十八有載。屬和者七人，有節度副使‧檢校右散騎常侍崔恭，節度判官、侍御史韓察，觀察判官兼殿中侍御史崔公信，節度判官、監察御史高銖，節度掌書記、監察御史李德裕，給事中陸瀍，左金吾衛大將軍胡證，尚書左丞張賈。此次唱和活動為北都大型唱和活動有完整記錄的唯一一次。其具體創作時間，據《會昌一品集》中《奉和太原張尚書山亭抒懷》詩後自注：元和十三年六月十二日題。按山亭在太原西山。據《永樂大典》錄《太原縣志》云：「山亭，在西城上，長慶中李聽所建，有張弘靖等詩石刻。」縣志所載李聽建山亭誤，張弘靖任節度使在先，無後建現遊之理。詩中有「中庭起崖谷，漱玉下漣漪」，「疊石狀崖巘，翠含城上樓」，「遠甃簷宇際，孤巒雉堞間」，可知山亭為依偎城牆而建的假山。

33・韓　察《和張相公太原山亭懷古詩》創作時間同上。

34・崔　恭《和張相公太原山亭懷古詩》創作時間同上。

35・陸　瀍《和張相公太原山亭懷古詩》同上。

36・胡　證《和太原山亭懷古詩》同上。

37・張　賈《和張相公太原山亭懷古詩》同上。

38・高　銖《和太原張相公山亭懷古》同上。

39・韓　愈

詩：《奉使常山早次太原呈副使吳郎中》，《夕次壽陽驛題吳郎中詩後》，《奉使鎮州行次承天行營酬裴司空》，創作於長慶二年春。

考略：韓愈長慶二年奉使成德鎮，宣諭昭雪成德節度使王庭湊，路經河東，從井陘道入河北。《奉使常山》詩云「春盡是歸期」〔註107〕，時當仲春時節。裴度時為河東節度使，曾有詩贈韓愈，韓愈酬贈之。三首詩皆為赴鎮途中所作。按壽陽驛，應為壽陽縣驛〔註108〕，壽陽縣隸屬於太原府管轄，位於

〔註106〕郁賢皓，《唐刺史考全編》，合肥：安徽大學出版社，2000年，1301頁。

〔註107〕錢仲聯，《韓昌黎詩繫年集釋》，上海：上海古籍出版社，1984年，1232頁。

〔註108〕嚴耕望《唐代交通圖考》第五冊，上海：上海古籍出版社，2007年。

太原東北一百五十里〔註109〕。吳郎中爲吳丹，時官駕部郎中，充宣慰副使〔註110〕。承天行營，即承天軍，唐肅宗至德中承天軍使張奉璋創設〔註111〕，據《妒神頌》，妒女祠屬承天軍管轄，妒女祠距離廣陽縣東北九十里〔註112〕。

40 · 張 祜

詩：《獻太原裴相公三十韻》作於長慶元年九月以後，《投太原李司空》創作於長慶二年二月，《冬日并州道中寄荊門旅舍》、《雁門太守行》具體時間不詳。

考略：張祜行迹，《唐才子傳校箋》云元和十五年因令狐楚表薦入京，長慶元年出京東遊，記載頗爲疏略。據《唐五代文學編年史》，張祜於元和十五年十月前後至魏博節度使幕府，先後向兩任節度田弘正、李愬獻詩投謁〔註113〕。詩題中太原裴相公爲裴度，李司空爲李聽，元和十四年至寶曆元年先後爲河東節度使，張祜二詩應爲同時先後之作。元和十五年十月，李愬繼田弘正爲魏博節度使，張祜有《投魏博李相國三十二韻》。據《唐刺史考全編》，李愬元和十五年十月至長慶元年九月任魏博節度使〔註114〕。據《舊唐書·李愬傳》，長慶元年十月即卒於洛陽〔註115〕。張祜在李愬去職後即北上太原幕府，時太原節度使爲裴度，此爲裴度首次出任河東節度使，時在元和十四年四月到長慶二年二月。《獻太原裴相公三十韻》中有「秋深動塞榆」，則可知離魏博鎮赴北都在長慶元年九月秋末。裴度去職後李聽代之，《投太原李司空》應爲同年二月李聽剛繼任河東節度時所上。據《冬日并州道中寄荊門旅舍》中「卻爲恩深歸未得，許隨車騎勒燕然」句，知他在河東節度使幕府曾任職一段時期。《雁門太守行》中有「城頭月沒霜如水，趂趂踏沙人似鬼」的真切描寫，應是張祜實到雁門而作。

〔註109〕李吉甫《元和郡縣圖志》卷十三，北京：中華書局，1983 年，369 頁。

〔註110〕白居易《故饒州刺史吳府君神道碑銘並序》，朱金城，《白居易集箋校》，上海：上海古籍出版社，1988 年，3700 頁。

〔註111〕參見胡伯成《承天軍城記》、張奉璋墓誌《唐故河東節度使右廂兵馬使開府儀同三司試太常卿文安郡王張公墓誌》，墓誌見周紹良、趙超主編，《唐代墓誌彙編續集》，上海：上海古籍出版社，2006 年，698 頁。

〔註112〕李吉甫，《元和郡縣圖志》卷 13，北京：中華書局，1983 年，374 頁。

〔註113〕傅璇琮主編，《唐五代文學編年史·中唐卷》，瀋陽：遼海出版社，1996 年，808 頁。

〔註114〕郁賢皓，《唐刺史考全編》，安徽大學出版社，2000 年，1384 頁。

〔註115〕劉昫，《舊唐書》，北京：中華書局，1975 年，3682 頁。

41・裴　度

詩：《太原題廳壁》作於開成二年至三年之間，殘詩《誚樂天寄奴買馬》作於開成二年至三年之間，佚詩《酬張秘書因寄奴贈詩》作於元和十五年，《寄贈韓侍郎赴成德》作於長慶二年春，《新開龍泉、晉水二池》開成三年。

考略：裴度兩任河東節度使，第一次任期元和十四年四月至至長慶二年二月，第二次任期爲開成二年五月至三年十二月〔註116〕。《太原題廳壁》詩中有「白頭官舍裏，今日又春風」之句，知爲第二次任職河東時所作。《誚樂天寄奴買馬》，白居易、劉禹錫皆有和作，據《唐才子傳校箋》，開成間白居易以太子少傅分司東都，劉禹錫以太子賓客分司東都，彼此間多有唱和。《酬張秘書因寄奴贈詩》爲酬贈之作，張秘書爲張籍，作有《謝裴司空寄馬》，感謝裴度自太原贈馬之情誼，裴度以詩贈答。此次以裴張爲中心，形成了一次在京詩人的唱和活動，韓愈《賀張十八秘書得裴司空馬》、元稹《酬張秘書因寄馬贈詩》、白居易《和張十八秘書謝裴相公寄馬》爲與張籍酬唱之作；張賈《和裴司空答張秘書贈馬詩》、李絳《和裴相國答張秘書贈馬詩》、劉禹錫《裴相公大學士見示答張秘書謝馬詩並群公屬和因命追作》爲杜裴度之作。其中張籍元和十五年爲秘書省校書郎〔註117〕，白居易爲主客郎中知制誥，韓愈爲國子祭酒，元稹爲祠部郎中知制誥〔註118〕，張賈時爲太常少卿攝御史中丞，李絳爲兵部尚書〔註119〕，劉禹錫元和十五年外任，至大和二年始還朝爲主客郎中，時裴度爲相，命劉禹錫追和。《唐五代文學編年史》編此次唱和活動在元和十五年年末，是。按張籍《謝裴司空寄馬》有「長思歲旦沙堤上，得從鳴珂傍火城」知贈馬在年末。裴度文武兼資，功業一時莫比，爲文士領袖，寄馬贈詩在兩地形成一次超時空的唱和活動，主題圍繞太原名馬展開。《新開龍泉、晉水二池》白居易有和詩，白又有《奉和裴令公上巳日遊太原龍泉，憶去歲楔洛見示之作》。按《舊唐書・文宗紀下》，大和九年，「冬十月，庚子」，「東都留守、特進、守司徒、侍中裴度位進中書令」〔註120〕。裴度開成二年五月以東都留守爲太原尹，則白、裴唱和作於開成三年。

〔註116〕郁賢皓，《唐刺史考全編》，合肥：安徽大學出版社，2000年，1301～1304頁。
〔註117〕紀作亮，《張籍年譜》，《阜陽師範學院學報》，1990年第2期。
〔註118〕傅璇琮主編，《唐才子傳校箋》，北京：中華書局，2002年。
〔註119〕劉昫，《舊唐書》，北京：中華書局，1975年，4290頁。
〔註120〕劉昫，《舊唐書》，北京：中華書局，1975年，562頁。

42 · 令狐楚

文：令狐楚在太原創作文章多爲軍國應制之作，數量頗大，按年列之如下：

《爲太原李少尹謝上表》貞元十一年；《爲太原李說尚書進白兔狀》貞元十二年；《賀劍南奏破吐蕃表》、《爲人奏請行軍司馬及少尹狀》作於貞元十三年；《賀靈武破吐蕃表》、《賀修八陵畢表》、《代李僕射謝子恩賜狀》〔註121〕、《第二狀》、《第三狀》作於貞元十四年；《代李僕射謝子恩賜狀》之《第四狀》、《第五狀》、《第六狀》、《降誕日進銀器物零陵香等狀》、《降誕日進鞍馬等狀》、《第二狀》、《第三狀》、《第四狀》、《代太原李僕射慰義章公主薨表》、《奏差兵馬赴許州救援並謝宣慰狀》、《奏教當道兵馬狀》、《奏排比第二般差撥兵馬狀》、《爲太原李說尚書進白兔狀》之《第二狀》、《謝賜冬衣狀》、《第二狀》、《第三狀》、《爲樓煩監楊大夫請朝覲表》、《第二表》、《第三表》、《降誕日爲楊大夫奏修功德並進馬狀》、和《薦齊孝若書》作於貞元十五年；《賀韓僕射充招討使狀》、《賀行營破賊狀》、《賀破賊兼優恤將士狀》、《白楊神新廟碑》、《奏教習長槍及弓弩狀》、《爲人作謝賜行營將士匹段並設料登物狀》、《爲人謝賜行營將士襖子及弓弩狀》、《賀行營破賊狀》、《謝賜衣甲及藥物等表》、《爲鄭儋尚書謝河東節度使表》、《爲太原鄭尚書謝賜旌節等表》、《爲人作奏貶晉陽縣主簿姜鈗狀》、《爲人作奏薛芳充支使狀》、《代李僕射謝賜男絹等物並贈亡妻晉國夫人表》、《代李僕射謝男賜緋魚袋表》、《謝賜臘日口脂紅雪紫雪曆日等狀》、《爲人謝賜男歲節料並口脂臘脂等狀》、《賀老人星見表》、《爲人謝宣慰狀》、《爲崔仲孫弟謝手詔狀》、《爲人謝問疾狀》、《爲人謝問疾兼賜衣藥等狀》、《爲人謝詔書問疾兼賜藥方等狀》、《爲人作薦劉孟修狀》作於貞元十六年；《奏太原府資望及官吏選數狀》、《謝敕書手詔慰問狀》作於貞元十七年；《祭豐州李大夫十八丈文》作於貞元二十年；《代鄭尚書賀登極表》、《爲鄭尚書賀等極赦表》〔註122〕、《爲鄭尚書賀冊皇太子狀》、《賀冊皇太子赦表》、《賀皇太子知軍國表》、《賀皇太子知軍國箋》、《沁源縣琴高靈泉碑記》、《爲福建嚴常侍奉慰德宗山陵表》作於貞元二十一年；《元日進馬並鞍轡狀》、《第二

〔註121〕李僕射誤，李說在河東未加檢校僕射之職，且《文苑英華》卷629標題作《爲人作謝子恩賜狀》，疑爲《全唐文》編者所加。參見尹楚兵，《令狐楚年譜》，上海：上海古籍出版社，2008年。

〔註122〕鄭尚書誤，鄭儋任節度使其間無帝王登極事，應爲嚴綬，參見尹楚兵《令狐楚年譜》57頁。

狀》、《代鄭尙書賀冊皇太后表》、《代鄭尙書賀冊太后禮畢赦表》、《賀順宗諡議表》、《奉慰過山陵表》作於元和元年；《賀赦表》作於元和二年；《謝賜冬衣表》、《盤鑒圖銘記》作於大和二年；《謝賜毬價絹狀》、《謝敕書手詔慰問狀》、《賀白鹿表》、《爲人作謝防秋回賜將士等物狀》、《爲人謝賜天德防秋將士紵絹狀》、《爲人謝賜將軍官告狀》、《祭姪女行軍夫人文》、《爲五臺山僧謝賜袈裟等狀》、《謝口敕慰問狀》、《端午進鞍馬等狀》、《第二狀》、《第三狀》、《又進銀器物並行鞋等狀》、《爲人謝賜口脂並曆日狀》、《爲人謝端午賜物等狀》、《謝賜春衣牙尺狀》、《第二狀》、《奏百姓王士昊割股狀》、《奏榆次縣馮秀誠割股奉母狀》、《謝宣慰諸州軍鎭等狀》、《進異馬駒表》、《進異馬駒狀》、《謝賜僧尼告身並華嚴院額狀》等作年無考。

　　佚文：《臺駘神廟碑》貞元九年；《請皇太子監國表》、《上皇太子箋》作於貞元二十一年；《晉祠新松記》、《汾州石鼻溪、賀魯諸泉碑》作於元和元年；《〈白雲孺子表奏集〉自序》作於元和二年；《文湖神廟碑》創作時間無考。

　　考略：令狐楚在北都作文以應制公文爲主，加少數碑文。應制文皆在幕府作，碑文可見令狐楚行迹和文名，此處就碑文創作地點略作分說。《臺駘神廟碑》，在汾州，（清）儲大文《山西通志》卷 58 古迹二汾州府汾陽縣條：《唐臺駘神廟碑》，貞元九年令狐楚撰文。臺駘爲汾水之神，《元和郡縣圖志》卷 12 河中府絳州曲沃縣即有臺駘神祠。《文湖神廟碑》亦載儲《志》汾陽縣條：《唐文湖神廟碑》，令狐楚撰文，宋崇寧間汾水泛漲，碑沒。又《元和志》卷十三太原府汾州西河縣條：文湖，一名西河泊，在縣東十里。《白楊神新廟碑》據碑文，該廟祀白楊神，因孝文帝系馬白楊下而立廟祭祀。據趙明誠《金石錄》卷九第一千六百四十八：《唐白楊新廟碑》，令狐楚撰，鄭造正書，貞元十六年七月〔註123〕。該廟遺址在今代縣東十公里段景村〔註124〕。《沁源縣琴高靈泉碑記》，據碑文知琴高爲沁水之神，其廟旁泉水貞元十五年乾涸，至二十一年重新出水，令狐楚撰文紀念，廟在沁水之東，據《元和志》卷十三太原府沁州沁源縣條：沁水，從綿上縣界流入，在縣東一里。《汾州石鼻溪賀魯諸泉碑》，儲《志》卷二十山川四汾州府汾陽縣條引汾陽古志云：城西北石鼻溪賀魯諸泉，其碑令狐楚辭，董叔經書，文翰絕妙。由令狐楚碑文，可見三

〔註123〕《金石錄校證》，〔宋〕趙明誠著，金文明校證，桂林：廣西師範大學出版社，2005 年，160 頁。

〔註124〕謝鴻喜，《唐詩與山西》，太原：三晉出版社，2009 年，39 頁。

事：令狐楚文名之盛，河東道民間信仰之篤，唐河東道水系發達。

令狐楚佚文《〈白雲孺子表奏集〉自序》，是令狐楚在四任幕府中軍國應制文創作的結集。佚文存《昭德先生郡齋讀書後志》卷二別集類，自序云：「登科後，爲桂、并四府從事，掌箋奏者一十三年，始遷侍御史。綴其稿得一百九十三篇。」《舊唐書》本傳云：「李說、嚴綬、鄭儋相繼鎮太原，高其行義，皆辟爲從事。自掌書記至節度判官，歷殿中侍御史。」〔註125〕此集是令狐楚在太原幕將結束時自編，包括在王珙桂管觀察使幕府掌書記時所作，令狐楚在王珙幕一年時間。按現存此期表奏文章一百餘篇，佚失近一半，其中太原幕所作九十餘篇。就現存作品看，令狐楚在太原所作四六文章成爲他創作的主體部分，可以代表他的四六文創作水平。

43·李商隱

詩：《謝書》，作於大和六年春初入令狐楚太原幕府時。

考略：李商隱早年受知於令狐楚。大和六年二月應舉落第，同年二月令狐楚由天平軍節度使轉任太原尹、北都留守、河東節度使〔註126〕。李商隱隨即入太原幕府。李商隱同年赴太原幕府之前有致書令狐楚云：「不審近日尊體何如？太原風景恬和，水土深厚。」又云「自叨從歲貢，求試春官」「猶摧頹不遷」等語。張采田據此，謂「是年，義山應舉，爲賈餗所斥，旋從楚太原幕」。次年六月令狐楚離任，李商隱亦隨之離去。

44·馬 戴

詩：《答太原從事楊員外送別》，《抒情留別并州從事》，作於大和年間。

考略：馬戴在河東道行迹有兩地。一爲大同軍幕，一爲河東幕府。上兩詩皆作於太原，應爲在太原幕府時所作。《唐才子傳校箋》據《答太原從事楊員外送別》中有「西遊還獻賦」，《抒情留別并州從事》中有「鶴髮生何速，龍門上苦遲」，應爲馬戴未第時入河東幕所作，可信。按馬戴會昌四年登進士第，是作於會昌四年之前。又《金華子雜編》、《唐語林》謂馬戴於大中初爲太原李司空幕府掌書記，《校箋》謂「大中」爲「大和」之誤。戴偉華《唐方鎮文職僚佐考》證李司空爲李程，寶曆二年至大和四年爲河東節度使，則馬戴爲李程掌書記。戴偉華又疑馬戴《贈祠部令狐郎中》亦作於太原幕府，定令狐郎中爲令狐從，時爲檢校膳部郎中參河東軍事，亦在李程幕府。戴考誤，《贈詩》有「待制松陰

〔註125〕劉昫，《舊唐書》，北京：中華書局，1975 年，4459 頁。

〔註126〕尹楚兵，《令狐楚年譜》，上海：上海古籍出版社，2008 年。

移玉殿，分宵露氣靜天台」又有「小儒新自海邊來」句，創作地點應在長安。楊軍謂令狐郎中爲令狐定，較可信。令狐定開成中任祠部郎中〔註127〕。

45・狄兼謨

佚詩：《寄贈劉賓客》或《寄贈劉秘監》（擬）作於開成四年或五年。

考略：狄兼謨開成二年至五年爲河東節度使〔註128〕。劉禹錫有詩《酬太原狄尙書見寄》，則狄兼謨先有詩贈之。按狄兼謨開成三年十二月任河東節度使，四年檢校工部尙書，則唱和應在四年至五年之間。又據朱金城《劉禹錫年譜》，劉禹錫開成初至開成四年以太子賓客分司東都，開成五年轉以秘書監分司東都，故詩題未敢遽定。

46・薛能

詩：《中秋夜寄李溟》、《留題汾上舊居》、《太原使院晚出》、《并州》、《并州寓懷》、《北都題崇福寺》、《題龍興寺》、《題大雲寺西閣》、《乞假歸題候館》。創作時間不詳。

考略：薛能爲河東汾州人，會昌六年登進士第。《唐詩紀事》、《郡齋讀書志》、《唐才子傳》均謂薛能曾辟太原從事，具體時間不詳。按《唐詩紀事》載，薛能入中八年，書判入等，補盩厔尉，辟太原、陝虢、河陽從事，李福鎮滑州，表觀察判官。戴偉華《唐方鎮文職僚佐考》謂《紀事》有誤，李福鎮滑州在大中八年至咸通二年，則馬戴大中八年入李福幕前已歷三鎮，時間不詳，戴考疑入太原幕在王宰會昌四年至大中四年任河東節度使期間。薛能入幕在登第以後，會昌六年登進士第，守選三年爲盩厔尉，任三年縣尉後始入幕，已到大中三年以後，王宰大中四年尙在河東節度使任，王宰時入河東幕近理。《唐才子傳校箋》據《乞假歸題候館》中「塞外經年皆未歸」之句，推測薛能在太原幕應有兩年以上，有理。按王宰以後河東節度使有李業大和五年至六年，盧均大和六年至九年，又薛能太原幕後又相繼入陝虢、河陽幕府，八年入滑州幕，則具體創作時間以大和四年至五年爲宜。詩中幾處寺廟皆爲北都佛寺。按崇福寺，題下自注：寺即高祖舊宅。應在晉陽城中。龍興寺，具體方位不詳，應即是中宗神龍中中興寺所改。中宗復位以後，曾下詔於天下各州置一所大唐中興寺觀，群議以爲不可，復改中興寺爲龍興寺〔註129〕。大雲寺方位不詳，武則天置。《舊

〔註127〕陳貽焮主編，《增訂注釋全唐詩》第三冊，北京：文化藝術出版社，1694 頁。

〔註128〕郁賢皓，《唐刺史考全編》，合肥：安徽大學出版社，2000 年，1304 頁。

〔註129〕張景源《請改中興寺爲龍興疏》云：「伏見天下諸州各置一大唐中興寺觀者，

唐書・則天皇后紀》載初元年七月，「有沙門十人僞撰《大雲經》，表上之，盛言神皇受命之事。制頒於天下，令諸州各置大雲寺，總度僧千人」〔註130〕。《增訂注釋全唐詩》注謂薛能詩大雲寺即今臨汾大雲寺，誤。按詩中有「鼙和調角秋空外，砧辦征衣落照間。方擬殺身酬聖主，敢於高處戀鄉關」，臨汾即唐晉州，非軍鎮要地，應以太原爲是。

47・李　頻

詩：《遊烈石》，作於大中八年之前。

考略：李頻行迹，《唐才子傳校箋》謂其大中八年登第後曾經屢入黔中、鄂岳幕府，遊蹤多在南方。其未第前早年曾遠謁姚合以期延譽，譚優學《李頻行年考》推定求謁姚合在會昌四年，時爲二十歲。觀李頻詩有《贈長城庾將軍》、《朔中即事》、《送邊將》、《送友人往振武》，可知其曾遠至邊塞。又《送友人陸肱往太原》有「戍煙來自虢，邊雪下無時」，《送友人遊塞北》中有「日西身獨遠，山轉路無窮。樹隔高關斷，沙連大漠空」之句，非親至其地不能道。唯入太原具體時間不詳。烈石，即太原西北烈石山，道光《陽曲縣志》有載，位於今太原市北部與陽曲縣交界處，山下有竇大夫祠，祀春秋時晉國大夫竇犨。詩中有「竇犨遺像在林巒」句，確是烈石山無疑。

48・李　節

詩：《贈釋疏言還道林寺詩並序》，作於大中九年八月。

考略：《唐方鎮文職僚佐考》列李節於河東節度使盧鈞條下，是。盧鈞大中六年至九年爲河東節度使，九年九月離任。《序》云疏言「以大中九年秋八月，輦自河東而歸於湘焉」，其時盧鈞尚在任。作者李節生平無考。疏言又見《佛祖統紀》卷四十二：「大中八年，……潭州嶽麓寺沙門疏言往太原求大藏經，河東節度使盧鈞副使韋宙以經施之。」知疏言八年來太原，九年離去，

故以式標昌運，光贊洪名，聖圖遠著，無得而稱焉。竊有未安，廣進芻言。……伏惟應天皇帝陛下深仁至孝之德，古先帝代未之前聞也。況唐運自隆，周親撫政，母成子業，周贊唐興，雖有紹三朝，而化牟一統。既承顧復，非謂中興。夫言中興者，中有阻間，不承統曆。既奉成周之業，實揚先聖之資，君親臨之，厚莫重焉。中興立號，未益前規。以臣愚見，所置大唐中興寺觀，及圖史並出制語，咸請除中興字，直以唐龍興爲名。」見董誥《全唐文》卷270，2745 頁。中宗《答張景源請改中興寺敕》云：「自今已後，更不得言中興。其天下大唐中興寺觀，宜改爲龍興寺觀。諸如此例，並即令改。」見《全唐文》卷 17，203 頁。

〔註130〕劉昫，《舊唐書》，北京：中華書局，1975 年，121 頁。

唯李《序》云潭州道林寺，《統紀》云嶽麓寺，疑一寺二名。李節之詩為騷體。《序》文雲會昌滅佛，南方毀滅甚為嚴重，北都佛寺眾多，藏經甚富，故疏言千里跋涉，得佛經五千四十八卷。

49・魚玄機

詩：《寄劉尚書》，作於咸通四年至六年間

考略：魚玄機與夫李億咸通四年至六年在河東節度使劉潼幕，詩中有「小才多顧盼，得作食魚人」句，應是李億求節度使垂顧入幕〔註131〕。魚玄機對太原之遊念念不忘，《書情寄子安》有「晉水壺關在夢中」之句。

50・李山甫

詩：《送職方王郎中吏部劉員外自太原鄭相公幕繼奉徵書歸省署》作於中和二年。《酬劉書記一二知己見寄》、《山中依韻答劉書記見贈》、《山中答劉書記寓懷》、《病中答劉書記見贈》、《酬劉書記見贈》、《答劉書記見贈》、《劉員外寄移居》、《山中覽劉書記新詩》、《遷居清溪和劉書記見示》作於廣明元年至中和三年之間。

考略：《唐才子傳校箋》謂李山甫廣明元年至中和三年之間居留太原，較可信。《送職方王郎中吏部劉員外自太原鄭相公幕繼奉徵書歸省署》，劉員外為劉崇龜，鄭相公為鄭從讜。《酬劉書記見贈》一系列唱和詩主要是與劉崇魯之間的酬贈。理由如下：鄭從讜廣明元年至中和三年為河東節度使，劉崇龜以前兵部員外郎銜入幕為節度判官，劉崇魯以前進士為節度推官尋轉掌書記。按：據《舊唐書・鄭從讜傳》，鄭從讜中和三年五月離任，以劉崇魯知觀察留後事，等待李克用交接事宜，並云「俟面李公，按籍而還」〔註132〕，知劉崇魯亦於三年還京。可知李山甫與劉崇魯之間的唱和時間在廣明元年至中和三年之間。觀李山甫詩內容，全無北都邊城的印迹。

51・韓偓

詩：《并州》，創作時間不詳。

考略：韓偓龍紀元年（889）登進士第，後曾佐河中幕。《唐方鎮文職僚佐考》謂偓所入為王重盈幕府。王重盈，據《唐刺史考全編》，光啟三年至乾寧二年為河中節度使〔註133〕，與韓偓仕履相合。此時當為從事河中時至太原

〔註131〕戴偉華，《唐方鎮文職僚佐考》，桂林：廣西師範大學出版社，2007 年，146 頁。

〔註132〕劉昫，《舊唐書》，北京：中華書局，1975 年，4172 頁。

〔註133〕郁賢皓，《唐刺史考全編》，合肥：安徽大學出版社，2000 年，1143 頁。

而作，具體時間不詳。

52·李襲吉

文：《爲周晉王貽梁祖書》作於天復中，《答李克用咨問》作於天復二年
三月。

考略：李襲吉爲晚唐五代時著名文士，擅長撰寫軍國文翰。李襲吉任河東
節度使李克用掌書記，前後垂十五年。按《舊五代史》卷60《李襲吉傳》云：
「光啓初，武皇遇難上源，記室歿焉，既歸鎮，辟掌奏者，多不如指。或有薦
襲吉能文，召試稱指，即署爲掌書記。」襲吉爲文名震一時，史稱其「博學多
通，尤諳悉國朝近事，爲文精意練實，動據典故，無所放縱，羽檄軍書，辭理
宏健」〔註134〕。《爲周晉王貽梁祖書》一文《舊五代史》全文錄入，天復中做，
爲一外交書信。《答李克用咨問》爲天復二年向李克用獻議強軍禦敵之策。天復
二年三月，朱溫軍圍晉陽，李克用拼力死守方解圍。嗣後，李克用咨問幕府強
兵之策，「不貯軍食，何以聚眾？不置兵甲，何以克敵？不修城池，何以捍禦？
利害之間，請垂議度」。李襲吉答其咨問，《資治通鑑》卷263全引。

綜合以上簡略考察，可以窺見唐代北都文學創作之概況，其基本特點是：
一，以幕府爲中心，有相當數量的唱和活動，本土之集中唱和，異地的遙寄
唱和，形式較爲多樣化，但幕府中詩人唱和詩作大多佚失，唯一留存較大規
模的一次唱和，詩藝平平。二，散文之創作分爲兩個部分，軍國表奏之文和
祠廟碑文。富嘉謨有《雙龍泉頌》和《千燭谷頌》的山水遊記創作，惜已佚，
李世民的《晉祠之銘並序》以山水比德之法描寫景色，與山水遊記之作尚有
區別，可以說北都的文學創作中缺少山水遊記之篇。而表奏之文和祠廟碑文
則大多應行政長官之要求而作，表現出鮮明的行政化色彩，其中的表奏文章
因集中了一批優秀文士，使得北都幕府成爲應制文創作的一個中心。

第三節　北都軍鎮　塞外江南——唐詩中獨特的都市 形象

太原，是唐代三京之一，又是軍事重鎮，地近塞北，而有著江南的美麗。
在唐人的筆下，從各個角度爲我們展現了一個具有獨特人文內涵和多層次自
然風光的都市形象。

〔註134〕〔五代〕薛居正，《舊五代史》，北京：中華書局，801頁。

　　太原作爲唐王朝的龍興之地，統治者著力經營，成爲當時北方最重要的都市，其繁榮自不待言。恣遊玩賞是都市生活的重要內容，詩人薛逢回憶少年時代在并州的浪漫時光云：「少年流落在并州，裘脫文君取次遊。攜挈共過芳草渡，登臨齊憑綠楊樓。庭前蛺蝶春方好，床上樗蒲宿未收。坊號偃松人在否，餅爐南畔曲西頭。」（《并州》）少年情事，記憶猶新。詩人們或任職，或寓居，或干謁，或漫遊，在北都處處留下吟遊的足迹。西山古寺，汾上樓閣，都是登高賦詩的佳處，特別是晉祠，成爲詩人們駐足流連舉行文會的勝地。李白開元二十三年夏北上太原，於次年夏天離晉東去，在北都生活一年左右，晉祠卻成爲他記憶中的一部分，《憶舊遊寄譙郡元參軍》云：「時時出向城西曲，晉祠流水如碧玉。浮舟弄水簫鼓鳴，微波龍鱗莎草綠。興來攜妓恣經過，其若楊花似雪何。紅妝欲醉宜斜日，百尺清潭寫翠娥。翠娥嬋娟初月輝，美人更唱舞羅衣。清風吹歌入空去，歌曲自繞行雲飛。」〔註135〕碧水浮舟，楊花如雪，紅妝靚姬，醉舞清歌，正是繁華都市中文人豔雅生活的眞實寫照。實際上，晉祠已成爲當時北都文人雅集吟唱的一個中心。嚴維《送房元直赴北京》中說「遙知到日逢寒食，彩筆長裾會晉祠」，是寒食節晉祠文人雅集已成定例。詩人李益即參加了一次晉祠的文人詩會，並作詩《春日晉祠同聲會集得疏字韻》：「風壤瞻唐本，山祠閱晉餘。水亭開帘幕，岩榭引簪裾。地綠苔猶少，林黃柳尚疏。菱茗生皎鏡，金碧照澄虛。翰苑聲依舊，賓筵醉止初。中州有遼雁，好爲繫邊書。」〔註136〕其時晉祠春色未濃，苔稀柳淡，而菱茗飄搖水際，日光照耀下，金碧可愛。詩人令狐楚少長太原，與友人李逢吉常至晉祠遊賞。大和六年（832）令狐楚任河東節度使，再遊晉祠，感慨叢生：「不立晉祠三十年，白頭重到一凄然。泉聲自昔鏘寒玉，草色雖秋耀翠鈿。少壯同遊寧有數，尊榮再會便無緣。相思臨水下雙淚，寄入並汾向洛川。」晉祠見證了一段友情，亦凝聚了一段人生。

　　幕府是太原都市文學書寫的又一個中心。河東節度使、太原尹、北都留守常常一人兼之，而行政、軍政系統分而設置，故官員眾多，文才濟濟。其中，以幕府府主爲中心的唱和，豐富了北都的人文內涵。其唱和的種類，有幕府普通文人之間的唱和，如李山甫和劉崇魯之間；有長官與僚屬之間的唱

〔註135〕詹鍈主編，《李白全集校注彙釋集評》，天津：百花文藝出版社，1996 年，1942頁。

〔註136〕范之麟，《李益詩注》，上海：上海古籍出版社，1984 年，82 頁。

和，如歐陽詹與鄭儋；有異地的唱和，如裴度與劉禹錫、白居易等人的唱和；有本府文人的集中唱和，如張弘靖與府中僚佐的山亭唱和。異地唱和是北都文人唱和活動的一個重要特點，主要在政壇領袖和文壇元老之間進行，以文武兼資的政治家裴度和令狐楚為中心。裴度兩任河東節度使，期間皆唱和不斷。第一次任職期間，寄太原良馬贈時任秘書省校書郎的張籍以代步，張籍以詩申謝，裴度酬答，當時在京諸詩人韓愈、白居易、元稹、李絳、張賈皆有唱和，劉禹錫時貶在外地，後還京亦有追和之作。第二次任職期間，亦有與劉、白之間較為頻繁的唱和。令狐楚任河東節度使時，更是與時任蘇州刺史的劉禹錫和河南尹的白居易三地傳詩唱和，驛路傳情，顯示著超時空唱和獨特的情致。中唐時在北都以裴度和令狐楚為中心的唱和活動，融擴了中唐時代最主要的詩人，標示了北都在詩壇地理上的獨特位置。可惜的是，裴度、令狐楚幕府中的唱和詩歌沒有留存下來。中唐時另一位河東節度使張弘靖任職期間的一次唱和詩歌完整留存了下來，茲具引如下，以見一斑。

張弘靖《山亭懷古》：叢石依古城，懸泉灑清池。高低袤丈內，衡霍相蔽虧。歸田竟何因，為郡豈所宜。誰能辨人野，寄適聊在斯。

韓察《和張相公太原山亭懷古詩》：公府政多暇，思與仁智全。為山想岩穴，引水聽潺湲。軒冕跡自逸，塵俗無由牽。蒼生方矚望，詎得賦歸田。

崔恭《和張相公太原山亭懷古詩》：高情樂閒放，寄迹山水中。朝霞鋪座右，虛白貯清風。潛竇激飛泉，石路躋且崇。步武有勝概，不與俗情同。

陸瓘《和張相公太原山亭懷古詩》：激水瀉飛瀑，寄懷良在茲。如何謝安石，要結東山期。入座蘭蕙馥，當軒松桂滋。於焉悟幽道，境寂心自怡。

胡證《和張相公太原山亭懷古詩》：飛泉天台狀，峭石蓬萊姿。潺湲與青翠，咫尺當幽奇。居然盡精道，得以書妍詞。豈無他山勝，懿此清軒墀。

張賈《和太原山亭懷古詩》：中庭起崖谷，漱玉下漣漪。丹丘誰云遠，寓象得心期。豈不貴鍾鼎，至懷在希夷。唯當蓬萊閣，靈鳳復來儀。

崔公信《和太原張相公山亭懷古》：疊石狀崖巘，翠含城上樓。前移盧霍峰，遠帶沅湘流。瀟灑主人靜，夤緣芳徑幽。清輝在昏旦，豈異東山遊。

高銖《和太原張相公山亭懷古》：斗石類岩巘，飛流瀉潺湲。遠壑簷宇際，孤巒雉堞間。何必到海嶽，境幽機自閒。茲焉得高趣，高步謝東山。

李德裕《奉和太原張尚書山亭書懷》：岩石在朱戶，風泉當翠樓。始知峴亭賞，難與清暉留。餘景淡將夕，凝嵐輕欲收。東山有歸志，方接赤松遊。

　　此次唱和為五言八句古詩，吟飛泉峭石，兼帶張弘靖的東山之志。眾幕僚因追和長官，亦步亦趨，限制了詩思，整體藝術價值較低。但亦有佳句錯雜期間，如「潛竇激飛泉」寫泉水噴湧之勢，「漱玉下漣漪」狀泉水跌落微波蕩漾，「餘景淡將夕，凝嵐輕欲收」，寫時近黃昏景色的微妙變化，「飛泉天台狀，峭石蓬萊姿。潺湲與青翠，咫尺當幽奇」寫峭石泉水相互映襯的幽趣，平中見采。

　　北都承載著詩人們的仕途陞降，離合悲喜，更以婚姻和愛情的詩篇，流譽文壇。唐人重門第，於婚姻尤甚。盛唐時代，元載娶將門女王韞秀為妻，隨妻寓居北都，因貧窮受到王氏家族戚屬之歧視，故被迫離開太原遊長安求取功名，行前贈妻詩云：「年來誰不厭龍鍾，雖在侯門似不容。看取海山寒翠樹，苦遭霜霰到秦封。」訴說壓抑淒苦之情，王韞秀矢志隨夫而去，答詩云：「路掃飢寒迹，天哀志氣人。休零別離淚，攜手入西秦。」勉勵丈夫，共度難關。此夫妻情分，在門第時代至為可貴。到中唐，歐陽詹與太原妓又在北都上演了一齣貧士的愛情悲劇。歐陽詹五舉進士，四試於吏部，始授四門助教之卑官，俸祿微薄，不足養家，遂北遊太原，尋求出路。不得志於仕途的歐陽詹卻在北都得到了一位紅顏知己，知遇心理的替換補償，促成纏綿繾綣的相依相守。然幕府亦無希望，只得離北都歸京。二人相約，歐陽詹赴京後接太原妓同居相守。前後一年的感情，離別依依。初發太原，寄詩抒情：「驅馬覺漸遠，回頭長路塵。高城已不見，況復城中人。去意自未甘，居情諒猶辛。五原東北晉，千里西南秦。一屨不出門，一車無停輪。流萍與繫匏，早晚期相親。」後太原妓久候歐陽詹不至，相思成疾，截髮寄詩，絕筆而逝。詩云：「自從別後兼容光，半是思郎半恨郎。欲識舊來雲鬢樣，為奴開取鏤金箱。」詹睹髮思人，悲痛不已，不久亦去世。妓女與文士的愛情悲劇給太原的都市色彩染上幾許悲涼的色調。

　　太原的都市文化，文人們在詩歌裏用生命直接地表現了。而他的軍事重鎮的風貌則常常以側面的描摹表現出來。太原作為一座軍城，詩人們沒有留下一幅具體詳盡的素描。北都城內，往往在夜間，旅人感受著軍城警戒的氣氛。曹鄴《送進士李殷下第遊汾河》寫太原城：「邊士不好禮，全家住軍城。城中鼓角嚴，旅客常夜驚。」夜中鼓角頻頻，於長期居住在普通都市中的文人，感覺格外敏銳刺激。劉禹錫形容太原軍城是「鼛鼓夜聞驚朔雁，旌旗曉動拂參星」（《令狐相公自天平移鎮太原以詩申賀》）〔註137〕。白居易讚揚裴度

〔註137〕陶敏、陶紅雨，《劉禹錫全集編年校注》，長沙：嶽麓書社，2003年，556頁。

在太原的管理秩序有「客無煩夜柝」之語。軍隊士兵的家屬一起居住在軍城之中，亦特異之風俗，爲詩人銘記。會昌中，朝廷徵召太原守軍討伐澤路節度使劉稹，楊弁乘機在太原發動叛亂。時朝廷欲借外軍平叛，駐守榆社的太原軍兵聞訊，恐外來軍隊屠戮留在城中的妻兒，故回師太原生擒楊弁〔註138〕。

太原城的外圍，戍樓林立，號角時鳴，爲旅途中的人們所習見親聞。杜牧所見是「戍樓春帶雪，邊角暮吹雲。極目無人迹，回頭送雁群」（《并州道中》）〔註139〕。錢起想像太原城外是「漢驛雙旌度，胡沙七騎過」（《送王使君赴太原行營》）。溫庭筠描寫太原從事的生活「塞塵收馬去，烽火射雕還」（《送并州郭書記》）〔註140〕。而李宣遠的《并州路》寫秋日太原的郊野引發了詩人的羈旅之情：「秋日并州路，黃榆落故關。孤城吹角罷，數騎射雕還。帳幕遙臨水，牛羊自下山。征人正垂淚，烽火起雲間。」關城落日，號角長鳴，射獵的軍士騎馬歸來，奔馳在星星點點的帳幕之間，次第的烽火逗下征人之淚。張祜則不僅僅像李宣遠以過客的眼光審視作爲軍鎮的北都，而是在精神世界裏融入軍事生涯。一個冬季，張祜因公征行在并州的郊野，給遠在楚地的朋友寄詩明志云：「聖明神武尙營邊，我是何人不控弦。身著貂裘隨十萬，心思白社隔三千。雲沈古戍初寒日，鴈下平陂欲雪天。卻爲恩深歸未得，許隨車騎勒燕然。」（《冬日并州道中寄荊門旅舍》）時詩人從幕河東，冬日征行在外，雲沈欲雪的初寒天色引發了他的壯志豪情，欲立功邊塞，酬報明主。

太原城軍鎮的核心，是節度使幕府。詩人們想像中的幕府氛圍是「千群白刃兵迎節，十對紅妝伎打毬」（王建《送裴相公上太原》）〔註141〕，「綺羅二八圍賓榻，組練三千夾將壇」（白居易《寄太原李相公》），「幽并俠少趨鞭弭，燕趙佳人奉管絃」（劉禹錫《酬太原狄尙書見寄》）〔註142〕，刀槍林立中美人歌舞，極稱軍鎮元帥的英武風流。節度使是太原軍鎮的主帥，將領是軍隊的靈魂。詩人們不吝筆墨，在對軍鎮統帥的讚美中，深度表現了太原軍鎮的內在特徵。裴度是河東裴氏在唐代最爲傑出的人物，出將入相，文武兼資，兩鎮河東，王建許爲「將相兼全是武侯」（《送裴相公上太原》）。張祜和白居易從抽象和具體的兩種不同角度表現裴度的傑出軍事才能。張祜《獻太原裴相

〔註138〕司馬光，《資治通鑑》，北京：中華書局，1996 年，7995～7998 頁。
〔註139〕吳在慶，《杜牧集繫年校注》，北京：中華書局，2008 年，1312 頁。
〔註140〕劉學鍇，《溫庭筠全集校注》，北京：中華書局，2007 年，643 頁。
〔註141〕尹占華，《王建詩集校注》，成都：巴蜀書社，2006 年，124 頁。
〔註142〕陶敏、陶紅雨，《劉禹錫全集編年校注》，長沙：嶽麓書社，2003 年，726 頁。

公三十韻》盛讚其軍事功績：「料敵窮天象，開邊過地圖。黃河歸博望，青冢
破凶奴。虎豹皆親射，豺狼例手誅。坐籌千不失，持鈇四無虞。勇義精誠感，
溫良美價沽。夔龍甘道劣，賈馬分材枯。曙色開營柳，秋聲動塞榆。縱橫追
穴兔，直下灌城狐。」親射虎豹，手誅豺狼，近於溢美，為抽象之泛寫；白
居易《寄獻北都留守裴令公》為裴度第二次出鎮河東時所作，之前二人在洛
陽遞相唱和，因為詩壇好友，故其頌揚裴度作為軍事家的才華和業績多圍繞
北都軍務，較為實在。詩云：「晉國封疆闊，并州士馬豪。胡兵驚赤幟，邊雁
避烏號。令下流如水，仁沾澤似膏。路喧歌五袴，軍醉感單醪。將校森貔武，
賓寮儼雋髦。客無煩夜柝，吏不犯秋毫。神在臺駘助，魂亡獫狁逃。德星銷
彗孛，霖雨滅腥臊。烽戍高臨代，關河遠控洮。汾雲晴漠漠，朔吹冷颾颾。
豹尾交牙戟，虬鬚捧佩刀。通天白犀帶，照地紫麟袍。」詩寫軍鎮軍令嚴明，
兵強馬壯，胡兵驚避，遠控臨洮。裴度威儀雄武，通天照地。此處之裴度不
再是儒雅的文人，而是雄鎮的元戎形象。楊巨源《述舊紀勳寄太原李光顏侍
中二首》則塑造了戰功卓著的軍事將領形象。詩歌如下：

其一

　　　玉塞含淒見雁行，北垣新詔拜龍驤。弟兄間世真飛將，貔虎歸
　　時似故鄉。鼓角因風飄朔氣，旌旗映水發秋光。河源收地心猶壯，
　　笑向天西萬里霜。

其二

　　　倚天長劍截雲孤，報國縱橫見丈夫。五載登壇真宰相，六重分
　　閫正司徒。曾聞轉戰平堅寇，共說題詩壓腐儒。料敵知機在方寸，
　　不勞心力講陰符。

　　詩歌贈給時為河東節度使的李光顏。按，李光顏與兄李光進皆為中唐時代
著名的軍事將領，故詩云「弟兄間世真飛將」。光彥與光進兄弟少長太原，本河
曲部落稽阿跌族人。《舊唐書》李光顏本傳云：「光顏與兄光進以葛旃善騎射，
兄弟自幼皆師之，葛旃獨許光顏之勇健，己不能逮。及長，從河東軍為裨將，
討李懷光、楊惠琳皆有功。後隨高崇文平蜀，搴旗斬將，出入如神。」後隨裴
度討伐淮西吳元濟，史云「時伐蔡之師，大小凡十餘鎮，自裴度使還，唯奏光
顏勇而知義，終不辱命」〔註143〕。李光顏一生轉戰南北，為唐王朝立下赫赫戰
功，寶曆初回太原任河東節度使，故楊巨源詩中有「貔虎歸時似故鄉」之句。

〔註143〕劉昫，《舊唐書》，北京：中華書局，1975 年，4218～4219 頁。

寶曆二年在任去世，李程《河東節度使太原尹贈太尉李光顏神道碑》評其政績云：「公發跡并部，人皆懷之，及公之來，如渴者得飲，寒者挾纊，吏不按而奸自息，軍不刑而令無犯，無小無大，各附所安。」其去世以後「并人罷市，天子撤懸，廢朝三日」，誠一代名將。李光顏兄弟之墓現存晉中市榆次區使趙村。楊巨源詩中的李光顏是一位豪壯之飛將，既能「轉戰平堅寇」，又能「題詩壓腐儒」，文武兼資，不守兵書，臨機料敵，勇謀兼備。按之《神道碑》，「忠孝兩大，文武全才。負劍既成，耽書不倦」〔註144〕，楊巨源所言非虛。此亦可見當時太原的人文氣氛。唐詩中太原的戍樓烽火，獵馬歸禽，旌旗號角，塞壘兵鋒，是河東軍鎮的外衣，英武卓越的戰將才是其活的靈魂。

北都，詩人們年年「彩筆長裾會晉祠」，美人吟唱，清碧浮舟；另一面，又有「倚天長劍截雲孤」，鐵騎突出，縱橫馳騁。城內有漻漊的龍泉晉水，城外有荒寒的塞壘烽煙。太原，在唐詩中，是軍鎮和國都的混合體，是文武的兼容。作爲都市的人文形象，在唐代文學中獨現異彩。

從自然地理的角度言之，唐詩中的北都可稱塞北江南。在地理位置上，太原靠近少數民族聚居區，太原周圍亦內遷安置了許多少數民族，所以詩人說「并州近胡地」（李端《送王副使還并州》），「縣屬并州北近胡」（耿湋《送太谷高少府》）。塞雪塞雁，胡帳駿馬，是詩人們對并州邊塞形象敘寫中常常出現的意象。盧綸：「積冰營不下，盛雪獵方休。白草連胡帳，黃雲擁戍樓。」（《送鮑中丞赴太原》）李端：「鐵馬垂金絡，貂裘犯雪花。」（《送王副使還并州》）錢起：「漢驛雙旌度，胡沙七騎過。驚蓬連雁起，牧馬入雲多。」（《送王使君赴太原行營》）又如「塞屯豐雨雪，虜帳失山川」（盧綸《送馬尙書郎君侍從歸觀太原》），「戍樓春帶雪，邊角暮吹雲。極目無人迹，回頭送雁群」（杜牧《并州道中》），「鼙鼓夜聞驚朔雁」（劉禹錫《令狐相公自天平移鎮太原以詩申賀》），「古塞春草宜牧馬」（耿湋《送太谷高少府》），「戍煙來自號，邊雪下無時」（李頻《送友人陸肱往太原》）。以上所舉詩歌皆是詩人們送行的想像之詞，時詩人印象裏或經驗中并州的自然特色。寒雪塞雁是氣候所致，虜帳牧馬和太原的民族雜居有關。親至太原的詩人們則強烈的感受到氣候溫度的巨大變化。開元十一年玄宗君臣由北而南過雀鼠谷，都感受到南北季候的早晚差異，張說有詩云「山南柳半密，谷北草全稀」。李白在太原度過第一個秋天，感受到秋來之早，「歲落眾芳歇，

〔註144〕董誥，《全唐文》，北京：中華書局，1983年，6385～6386頁。

時當大火流。霜威出塞早，雲色渡河秋」（《太原早秋》）〔註145〕。早秋的到來
甚易引發詩人悲秋的情緒，「北風吹白雲，萬里渡河汾。心緒逢搖落，秋聲不可
聞」。蘇頲此詩題名《汾上驚秋》，秋的早至似乎讓詩人猝不及防，還未準備好，
生命已經流逝。同樣，詩人們驚異於太原春天的晚到。「汾水風煙冷，并州花木
遲」（耿湋《太原送許侍御出幕歸東都》），「六月胡天冷，雙城汾水流」（張南史
《送鄭錄事赴太原》），「戍旗青草接榆關，雨裏并州四月寒」（韓偓《并州》）〔註
146〕，韓愈春天出使河北途經太原，途次壽陽驛，深刻感受到太原和長安季節
的差異：「風光欲動別長安，春半邊城特地寒。不見園花兼巷柳，馬前唯有月團
團。」早秋晚春的季候特點，汾河兩側山巒起伏的地理條件，胡漢雜居的生活
習俗，映襯著邊塞的荒寒氣象。曹松印象裏太原周圍是「廢巢侵燒色，荒冢入
鋤聲。逗野河流濁，離雲磧日明」，非常具有代表性。然而，太原又有著江南水
鄉的明麗風貌。

　　貞元十六年秋，北遊太原的歐陽詹與河東節度行軍司馬鄭儋登上太原中城
汾橋上的樓閣，遠眺吟詩。鄭儋詩云：「汾桂秋水闊，宛似到閶門。惆悵江湖思，
惟將南客論。」歐陽詹和詩云：「并州汾上閣，登望似吳間。貫郭河通路，縈村
水逼鄉。城槐臨枉渚，巷市接飛梁。莫論江湖思，南人正斷腸。」張偉然先生
認爲歐陽詹所寫的景象「在北方其他地方是不多見的」〔註147〕。按鄭儋之「惆
悵江湖思，惟將南客論」應指歐陽詹而言，非自我抒懷。據韓愈《唐故河東節
度觀察使滎陽鄭公神道碑文》，鄭儋之父鄭洪於涼州戶曹參軍任上去世，鄭儋少
依母家隴西李氏，從小生長在北方，且成年後的仕履亦無任職南方的記載〔註
148〕。歐陽詹，籍貫福建泉州，於泉州入貢登進士第。唱和緣由的合理解釋是，
登上汾橋之閣樓，因風景的相似，引動了歐陽詹的思鄉之情，訴之於鄭儋，鄭
儋出之以詩，歐陽詹和答。「貫郭河通路，縈村水逼鄉。城槐臨枉渚，巷市接飛
梁。」小橋流水，巷市相接，水鄉之際，河陸相通，宛似江南水鄉的清幽小鎮，
卻又是實實在在的唐代北都風景，非歐陽詹的誇張與幻覺。如前所言，唐代北

〔註145〕詹鍈主編，《李白全集校注彙釋集評》，天津：百花文藝出版社，1996年，3102
　　　　頁。
〔註146〕陳繼龍，《韓偓詩注》，上海：學林出版社，2001年，312頁。
〔註147〕李孝聰主編，《唐代地域結構與運作空間》，上海：上海辭書出版社，2003年，
　　　　341頁。
〔註148〕馬其昶，《韓昌黎文集校注》，馬茂元整理，上海：上海古籍出版社，1984年，
　　　　400頁。

都的水系非常發達，晉水、汾水、洞過水迴環穿繞在城市中間，周圍遍佈大小的湖泊池沼。太原三城，西城晉陽縣西南六里有周長四十一里的晉澤，有飛泉瀑布的晉祠園林；中城跨汾橋而建，橋上的樓閣堞堞，面對汾河，河中船隻傳橋而過；東城有李勣修建的晉渠，又有馬燧引晉水注之東城，儲以爲池，又決汾水環繞太原城，多爲池沼，堤上柳樹成蔭。太原府水系發達，水源充足，可以種植水稻。太原附近的文水縣城，爲武則天故鄉，《元和郡縣圖志》載其城甚寬大，周回三十里，百姓於城中種植水稻，洵爲一時奇觀。詩人趙嘏在太原也有相似的感受，《汾上宴別》云：「雲物如故鄉。」太原城北的烈石山中亦有泉水噴流，其林泉盛景讓南方詩人李頻聯想到浙江桐鄉之七里灘。詩云：「遊訪曾經駐馬看，寶輦遺像在林巒。泉分石洞千條碧，人在冰壺六月寒。時雨欲來騰霧靄，微風初動漾波瀾。個中若置羊裘叟，絕勝當年七里灘。」歐陽詹又有詩寫河流之多云「千條水入黃河去，萬點山從紫塞來」（《和太原鄭中丞登龍興寺閣》）。水系發達，北都行政長官紛紛開發遊賞之噴泉池沼，裴度開龍泉晉水二池，張延賞建造人工的假山噴泉，並賦詩唱和，見前《山亭懷古》唱和詩。

　　塞上水鄉的特色並非能引起所有詩人的注意，如李白從小生長蜀地，漫遊長江兩岸；韓愈亦久居長安，又曾貶潮州刺史，他們見慣了遍佈河沼的江南景色，至太原，他們強烈感覺到的是季候的差異。總之，詩人們從不同的角度觀察著北都，感受著北都，抒寫著北都。水鄉澤國之中，騷人吟唱，樂舞翩翩，城池之外，戍樓林立，烽火時現。都市的繁華與軍鎮的威嚴，塞北的荒寒與水鄉的明麗，奇特的組合在一起，唐代詩人們演奏了一曲剛柔相濟的北國之音，塑造了唐詩中最爲獨特的都市形象。

第四節　「富吳體」之變及其與北都文化淵源

　　唐代北都，人文特盛。由晉陽尉吳少微、富嘉謨在散文領域獨創的「富吳體」，在當代產生很大影響，顯示出唐代散文變革的迹象，在唐代散文發展史上具有獨特的地位，而「富吳體」的形成與北都文化傳統具有密不可分的關係。

一、「富吳體」得名始末

　　「富吳體」之稱見於文獻，以《舊唐書》卷 190《文苑傳》中《富嘉謨傳》之記載爲最早。傳云：「富嘉謨，雍州武功人也。舉進士。長安中，累轉晉陽

尉，與新安吳少微友善，同官。先是，文士撰碑頌，皆以徐、庾爲宗，氣調漸劣；嘉謨與少微屬詞，皆以經典爲本，時人欽慕之，文體一變，稱爲「富吳體」。嘉謨作《雙龍泉頌》、《千蠋谷頌》，少微撰《崇福寺鐘銘》，詞最高雅，作者推重。并州長史張仁亶待以殊禮，坐必同榻。嘉謨後爲壽安尉，預修《三教珠英》。中興初，爲左臺監察御史，卒。有文集五卷。」〔註149〕《吳少微傳》云：「少微亦舉進士，累至晉陽尉。中興初，調於吏部，侍郎韋嗣立稱薦，拜右臺監察御史。臥病，聞嘉謨死，哭而賦詩，尋亦卒。有文集五卷。」〔註150〕與富嘉謨吳少微同時又有太原主簿谷倚，三人「皆以文詞著名，時人謂之『北京三傑』」。谷倚後流寓客死，文章遺失。

　　《新唐書》則稱之爲「吳富體」。《新唐書》卷202《文藝傳》云：「時又有富嘉謨、吳少微，皆知名。嘉謨，武功人，舉進士，長安中，累轉晉陽尉；少微，新安人，亦尉晉陽，尤相友善；有魏谷倚者，爲人原主簿。並負文辭，時稱『北京三傑』。天下文章尚徐、庾，浮俚不競，獨嘉謨、少微本經術，雅厚雄邁，人爭慕之，號『吳富體』。豫修《三教珠英》。韋嗣立薦嘉謨、少微並爲左臺監察御史。已而嘉謨死，少微方病，聞之爲慟，亦卒。」〔註151〕

　　《唐詩紀事》與《新安志》亦稱「吳富體」。《唐詩紀事》卷六富嘉謨條云：「嘉謨，武功人。長安中爲晉陽尉。吳少微者，亦尉晉陽。有太原魏谷倚者，爲太原主簿，時稱『北京三傑』。時天下文章尚徐、庾，浮俚不競，獨嘉謨、少微本經術，雅厚雄邁，人爭慕之，號『吳富體』。」《新安志》卷八「敍先達」條云：「吳御史少微，新安人。第進士，長安中，累至晉陽尉，與武功富嘉謨同官友善。先是天下文章以徐庾爲宗，氣調益弱，獨少微嘉謨屬詞本經學，雄邁高雅，時人慕之，文體一變，稱爲『吳富體』。」

　　按以上四種文獻記載互有異同。根據其表述的內容，遣詞用語，《新唐書》之記載應爲簡括《舊唐書》而來，並未增加新的內容。唯「以經典爲本」代以「本經術」，「詞最高雅」變以「雅厚雄邁」，「富吳體」之人名先後顛倒。計有功《唐詩紀事》因襲《新唐書》而來，唯「谷倚」之名誤爲「魏谷倚」〔註152〕。

〔註149〕劉昫，《舊唐書》，北京：中華書局，1975年，5013頁。
〔註150〕劉昫，《舊唐書》，北京：中華書局，1975年，5013～5014頁。
〔註151〕歐陽修、宋祁，《新唐書》，北京：中華書局，1975年，5752頁。
〔註152〕《舊唐書》明確爲魏郡谷倚，《新唐書》簡化爲魏谷倚，計有功遂誤以地名爲姓，並徑改谷倚籍貫爲太原，誤上加誤。據《元和姓纂》卷十：「《唐晉陽尉谷倚狀》云谷永之後，詩入《正聲集》，與吳少微、富嘉謨爲友。」

羅願《新安志》雜取新舊唐書而成，唯敘事中二人的前後順序發生變化，因是地方志體例的需要。由此可知「富吳體」之名的文獻記載，應以《舊唐書》所記較爲合理，理由有二：第一，在史傳的敘事中，富嘉謨在前，吳少微在後，《新唐書》亦然，懷疑「吳富體」爲宋祁一時手誤。第二，《舊唐書》記載中有并州長史張仁亶，後來避睿宗李旦諱，改名張仁願。《舊唐書》的記載中時爲張仁亶，時爲張仁願，應爲原始文獻的記載時間不同，有的在睿宗登基之前、有的在其後之故。五代時修《舊唐書》，直取舊史記載，未加統一，留下了原始文獻的痕迹。富吳二人卒於神龍二年（706），則其事迹的記載在景雲元年（710）睿宗登基之前已經完成，故其記載較爲切近當事人生活的時代，以稱「富吳體」爲宜。

在有關「富吳體」的評價方面，《新唐書》增爲「雅厚雄邁」，其「雄邁」之評，應是襲取自張說對富嘉謨文章的評價。《大唐新語》卷八《文章》第十八載開元間張說歷評已經去世文學家的文章風格，評富嘉謨之文，是「如孤峰絕岸，壁立萬仞，叢雲鬱興，震雷俱發，誠可畏乎！若施於廊廟，則爲駭矣。」〔註153〕雄邁應是對張說評價的一個概括。

「富吳體」名稱既定，再考察其作者和文體形成時間。據《舊唐書》本傳，富吳二人進士及第，時間不詳。胡可先「吳富體」考論」簡述二人履歷云，聖曆中，富嘉謨與張昌宗等二十六人同修《三教珠英》，吳少微亦預修。長安元年，《三教珠英》書成，富嘉謨與吳少微同授晉陽尉，與魏郡谷倚並稱「北京三傑」。長安二年，吳少微在晉陽尉任，與崔日用同遊太原開化寺閣作詩。又作《唐北京崇福寺銅鐘銘》。神龍元年冬，二人同拜監察御史。神龍二年，富嘉謨卒於監察御史任。吳少微時正臥病，聞之號慟賦詩，不久亦卒。所述二人履歷基本可信，但二人同在晉陽尉的任職時限，因關乎「富吳體」形成時間，亦須一辨。

長安元年，富吳二人是否同授晉陽尉，尚難遽定。胡《考》引《唐會要》卷三六張昌宗主持修撰《三教珠英》事，證富嘉謨曾經於聖曆中預修《三教珠英》，又據引《舊唐書·張說傳》、《新唐書·李适傳》，謂張說、李适皆在長安初《三教珠英》修成後陞遷，則富嘉謨亦由壽安尉遷爲晉陽尉，可信〔註154〕。

〔註153〕〔唐〕劉肅，《大唐新語》，北京：中華書局，1984年，130頁。
〔註154〕按壽安屬畿縣，晉陽屬京縣，據《新唐書·百官志四下》，京縣尉六人，從八品下；畿縣，尉二人，正九品下。見歐陽修、宋祁，《新唐書》，北京：中華書局，1975年，1319頁。

胡《考》又據《玉海》卷五四引《劉禹錫集》云《珠英》卷後列學士姓名，一本吳少微亦預修之說法，謂「一本」爲《三教珠英》的另一版本。徐俊《珠英學士前記》則謂「一本」是出於對《新唐書》記載中穿插敘述的誤解，吳少微實未予其事。胡《考》近理。但胡可先又云與富嘉謨同授晉陽尉，則證據薄弱。一則最早的《舊唐書》中二人同時立傳，富嘉謨預修《三教珠英》，吳少微則無。二則富吳二人現存北都作品甚少，富嘉謨只有三篇表文，而長安元年、神龍元年都有，吳少微存詩一首，文三篇，都作於長安二年以後，《和崔侍御日用遊開化寺閣》作於長安三年秋，見前文考略。胡《考》繫於二年，誤。因此，富吳二人同官晉陽尉有證據確鑿的時間是長安二年至神龍元年冬。富嘉謨、吳少微合撰《有唐朝散大夫守汝州長史上柱國安平縣開國男贈衛尉卿崔公墓誌》同署官銜爲晉陽尉，據墓誌，崔公去世在神龍元年十一月二十四日。又據《新安志》卷八、《唐僕尚丞郎表》卷十，韋嗣立神龍元年冬薦富吳二人同時爲左右臺御史，是二人入京在同年底〔註155〕。

　　由以上考察可以確定兩點，一，富嘉謨吳少微散文風格之稱謂爲「富吳體」而非「吳富體」；二，富吳體在北都任晉陽尉時形成，同任職時間爲長安二年至神龍元年，前後三年時間。

二、「富吳體」之新變

　　「富吳體」在當代產生了很大影響，而富嘉謨、吳少微留存下來的作品卻寥寥無幾。富嘉謨共存文四篇，《麗色賦》、《爲建安王賀赦表》、《爲并州長史張仁亶謝賜長男官表》、《賀幸長安起居表》，表文爲北都時所作，其享有盛名的《雙龍泉頌》《千燭谷頌》已佚。吳少微存文六篇，《代張仁亶賀中宗登極表》、《爲桓彥範謝男授官表》、《爲任虛白陳情表》、《爲并州長史張仁亶進九鼎銘表》、《唐北京崇福寺銅鐘銘並序》、《冬日洛下登樓宴序》，作於北都者三篇，另二人合撰墓誌一篇。

　　據前引新舊唐書所載，「富吳體」所指的文類主要是碑頌之文，其特徵在內容上是「以經典爲本」，在藝術上是格調的高雅和氣勢的雄邁。其文體變化是相對於流行於當時的徐庾體而言的，「氣調漸劣」，「浮俚不競」。經典與「俚」相對，雄邁與「浮」相對，從兩個方面挽文風的頹勢。

〔註155〕胡可先，《吳富體考論》，《唐代文學研究》，2002年。

就第一個方面而言，富吳二人合撰的墓誌《有唐朝散大夫守汝州長史上柱國安平縣開國男贈衛尉卿崔公墓誌銘》，鮮明地體現了「富吳體」「以經典為本」的內容特徵。茲具引一節，以見一斑：「初公皇考洛縣府君儼在蜀之歲，公年始登十，而黃門郎齊璿長已倍之，與公同受《春秋》三傳於成都講肆，公日誦數千言，有疑門異旨不能斷者，公輒為之辨精，齊氏之氏未嘗不北面焉。由是博考五經，纂乃祖德，則我烈曾涼州刺史大將軍說，烈祖銀青光祿大夫弘峻之世業也，累學重光，於赫萬作。公尤好老氏、《道德》、《金剛》、《般若》，嘗戒子監察御史渾、陸渾主簿沔曰：『吾之《詩》、《書》、《禮》、《易》，皆吾先人於吳郡陸德明、魯國孔穎達重申討核，以傳於吾，吾亦授汝，汝能勤而行之，則不墜先訓矣。因修家記，著《六官適時論》。』」

《墓誌》又云：公博施周睦，仁被眾堅，是以有文昌之拜；大惠不泯，是以有宜陽之歌；守正不回，是以有三途之歸，海浙之遠。昔十歲，執先夫人之喪，十五，執先府君之喪，禮童子不杖，而公柴病，孝也。嘗與博士李玄植善，植無所居，公亦窶陋，分宅與之，義也。性命之分，人莫之測，而公先知之，命也。」〔註156〕

文章敘墓主的儒學儒行，非泛泛之論，就其一生選擇片段，樸實可信。墓主既熟讀精研儒家經典，撰者亦以儒家的道德對其進行人格的評價，確是以經典為本，岑仲勉先生讀此文以為「富吳體」為韓柳古文的先聲。《續貞石證史》云：「今讀其文，誠繼陳拾遺而起之一派，韓、柳不得專美於後也。」〔註157〕胡可先繼而從文體上申論，認為此篇墓誌雖有少量駢文句式，大部分已經散體化，說明富吳二人變革文體的魄力〔註158〕。全篇墓誌敘述從容不迫，有高雅之風，無雄邁之氣。

就第二個方面而言，「富吳體」氣調雄邁。此特點最早見於張說對富嘉謨之文的評價：「富嘉謨之文，如孤峰絕岸，壁立萬仞，叢雲鬱興，震雷俱發，誠可畏乎！」氣勢如此，以至於張說認為不宜施之廊廟。富嘉謨碑頌全佚。現存吳少微《唐北京崇福寺銅鐘銘並序》，為魏元忠紀功而撰，亦頗具雄邁的氣勢。文中敘述鑄造銅鐘的過程云：「故良冶歔欷，群真愓躍，自相與建高臺於西廂，殫土木之環峻赫如也。則俯絿以累之，攢棄以扛之，千人引，萬人唱，

〔註156〕引文見岑仲勉《金石論叢》，北京：中華書局，2004年，207頁。
〔註157〕岑仲勉《金石論叢》，北京：中華書局，2004年，209頁。
〔註158〕胡可先，《論吳富體的特徵和影響》，《江海學刊》，2001年第3期。

夫力斯拔，乃登大懸焉。猛虎贔負以奮騩，長鯨綱曳以麋捽，四縕用壯，是拒是考。始作也，鍠鍠乎雙城井陌，震來虩虩。少縱也，惊遠而懼迩，山訛而河泄，蹶狂故顏齟齪爾其亂也。天地殷，雷霆鬥，魚脫淵，羽翣雛，戲駿栗栗而汗涸，況貔虎與百獸？夫其終也，戢怒游威，春容將盡，久而不絕，雄雄乎無聞北方之強能與，罔不諦聽而求時夜。於是旭旦之音達，而人用悰惕，伐虞泉而人悲衰老，鼓昏定而人悟煩愛。宵中哉人釋其病，昧爽哉人窒其意，欲惣九圍而利萬有者，勉是夫！」氣勢猛烈，有驚憚駭人的藝術效果，誠不宜廊廟。《銘》文形容銅鐘的品質，又具有儒家道德的高雅純正：「大而不楓，敏也；長而不掉，正也；固而無瑕，忠也；扣之則應，信也。大扣則龘屬而猛奮，勇也；小扣則清逾而溫韻，仁也。剛而爲圓，天也；含章可貞，地也。非夫虛妙純粹，幽贊而不測者，孰能致於此？」〔註159〕作者在銅鐘之上彙聚天地之德，忠勇仁義之質，語言剛正有力。郭預衡先生認爲此文原本經術，不同於徐庾格調〔註160〕。

　　既然富吳體作爲獨具藝術特徵的變革文體在當代已得到廣泛的承認，則其在散文發展史上有其獨特之地位，前此學者們多有論述，竊有未當之處，茲進一步申論。謝无量《中國大文學史》謂唐代的文學體裁多發軔於武則天時期，中列「陳子昂、盧藏用之古文，富嘉謨、吳少微之經術」〔註161〕，其述古文運動的淵源云：「唐興，陳伯玉始以經典之體格爲文。同時有盧藏用、富嘉謨之流和之，然其勢未盛。」〔註162〕謝氏指出其地位，而未詳細闡釋「經術」於文學發展變化的意義。後岑仲勉先生即明確指出「富吳體」是介於陳子昂和韓柳古文之間的一派，亦未作深論。胡可先、楊潔琛則繼岑說之後進一步論證其散文變革之功〔註163〕。馬茂軍則對岑說提出質疑，認爲「富吳體」難成古文發展中間之一派〔註164〕。諸人之說互有得失，茲申而辨之，以明「富吳體」之變在唐代散文發展中的具體貢獻。

〔註159〕董誥，《全唐文》，北京：中華書局，1983年，2379頁。

〔註160〕郭豫衡，《中國散文史》，上海：上海古籍出版社，2000年。

〔註161〕《謝无量文集》第九卷，中國人民大學出版社，2011年，377頁。

〔註162〕《謝无量文集》第九卷，中國人民大學出版社，2011年，422頁。

〔註163〕胡可先，《吳富體考論》，《唐代文學研究》，2002年，《論吳富體的特徵和影響》，《江海學刊》，2001年第3期，楊潔琛，《試論初唐散文家革新散文的功績——從陳子昂、富吳體談起》，《石油大學學報》，2003年第3期。

〔註164〕馬茂軍，《富吳體考論》，《船山學刊》，2006年第4期。

就「富吳體」革新的對象言，胡可先認為富吳二人創作的努力方向與陳子昂相同，都是為了逆挽南朝齊梁以來徐庾影響下的浮靡文風。陳子昂有理論上「風雅」「興寄」的提倡，也有創作的實績，故「天下翕然，質文一變」〔註165〕。「子昂始論著，當世以為法」〔註166〕。而「吳少微與富嘉謨在追求風雅，變革文風方面，與陳子昂是一致的，只是他們僅體現在創作上，而沒有系統的理論」〔註167〕。胡氏就吳少微《冬日洛下登樓宴序》與陳子昂《梁王池亭宴序》作比較，認為二者在創作實踐上體現了古文發展過渡時期駢散兼行的特徵，且吳少微本文散文化程度超過陳子昂。另外富吳二人合撰的墓誌銘與吳少微《唐北京崇福寺銅鐘銘並序》中散體化的程度亦較為明顯，其指向徐庾奢靡駢體文風的變革傾向非常鮮明。楊潔琛則進一步將「富吳體」變革的對象具體化為「上官體」。他認為，承徐庾餘緒而來的上官體作為一種文化現象，非單指詩歌而言，涵蓋了整個文學領域。「富吳體」的創作正是以儒家的文學價值觀反撥「上官體」所體現的審美抒情的文學價值觀，在此點上，與陳子昂趨向一致。

就「富吳體」對後來古文家的影響方面，胡可先直接韓愈。他引《舊唐書・韓愈傳》中敘述韓愈的文學取向一段文字云：「常以為自魏、晉已還，為文者多拘偶對，而經誥之指歸，遷、雄之氣格，不復振起矣。故愈所為文，務反近體，抒意立言，自成一家新語。」〔註168〕胡氏認為以經誥為指歸、有遷雄之氣格、自成一家新語等三點，富吳二人為其先導。楊潔琛則以為富吳二人以儒家的功利觀為文章的價值依歸，與陳子昂的創作實踐一起成為天寶以來散文改革理論的先聲，次則雜文學觀念的回歸客觀上提高了應用文地位，為新的古文出現奠定了基礎。與胡楊二人觀點相反，馬茂軍則對自岑仲勉先生以來把富吳體作為古文運動一環的觀點提出質疑。理由有三：第一，「富吳體」以經典為本，是承繼北方文學歷來復古重質的傳統，且文體指向是碑頌之文，並據《崇福寺銅鐘銘》，吳少微並無追求散體的傾向，全篇主要還是駢體。第二，就當時的社會評價看，富吳二人主要以才子、善文辭名世，無古文家之譽。第三，據張說對富嘉謨之文的評價，其所持的是批評而非讚

〔註165〕盧藏用，《右拾遺陳子昂文集序》，見《全唐文》卷 238，北京：中華書局，1983 年，2402 頁。
〔註166〕歐陽修、宋祁，《新唐書》，北京：中華書局，1975 年，4078 頁。
〔註167〕胡可先，《論吳富體的特徵與影響》，《江海學刊》，2001 年第 3 期。
〔註168〕劉昫，《舊唐書》，北京：中華書局，1975 年，4203～4204 頁。

賞的態度，批評其張狂、狂怪傾向，故其表現是文章復古的矯枉過正〔註169〕。

　　胡、楊二人所論，模糊籠統。與「富吳體」相對的文風，泛指初唐以來徐庾影響下的駢體侈靡之風格，楊傑琛雖指「上官體」，仍是泛論，無具體作品指向。《舊唐書》富吳傳記云：「先是，文士撰碑頌，皆以徐庾爲宗，氣調漸劣。」明確指向碑頌之文，且文風就存在於富吳二人生活的同時代。故馬茂軍解釋有理，以爲碑頌多歌功頌德，綺豔爲宗，故氣調漸劣。具體所指氣調漸劣的碑頌之文，此點後文申論。「富吳體」與後起古文家的關係，胡氏所論與韓愈的三條相似點，楊傑琛所論文學觀念的先導，除「以經典爲本」與古文家有相通之處外，其餘皆泛論，無具體堅確之證據，施之同時代若干人皆合適，因駢散兼行的寫作方法和儒家觀念爲主的文學主張，是許多文人的共性，難以指實。因之強行說明「富吳體」對古文運動的影響就顯得空洞不實。富吳二人所作，確實有駢散兼行的特點，就現存文章看，還是以駢體文爲主，並無在語言表達上刻意追求散體的傾向。以其部分文章出現駢散兼行便刻意將其納入古文運動的軌道，理據未足。馬茂軍的第一條反駁頗爲有力，「富吳體」的影響主要在碑頌之文的領域。第二條理由前後矛盾，前文批評富吳狂怪之缺陷，後文又表揚其陽剛風骨與力量。

　　如前所言，與「富吳體」風格相對的碑頌應制文，當處於富吳生活的同時代。郭豫衡先生即指出「謂之高雅，是對時文的鄙俗而言」。富吳二人生活在武則天統治時期，「富吳體」形成在武則天統治後期的長安年間，則「富吳體」所反對的應該是武則天統治時期碑頌類應制文的文風。《大唐新語》載張說評價已經去世的集賢學士文學風格的優劣，頗可窺見其中消息。「張說、徐堅同爲集賢學士十餘年，好尚頗同，情契相得。時諸學士凋落者眾，唯說、堅二人存焉。說手疏諸人名，與堅同觀之。堅謂說曰：「諸公昔年皆擅一時之美，敢問孰爲先後？」說曰：「李嶠、崔融、薛稷、宋之問，皆如良金美玉，無施不可。富嘉謨之文，如孤峰絕岸，壁立萬仞，叢雲鬱興，震雷俱發，誠可畏乎！若施於廊廟，則爲駭矣。閻朝隱之文，則如麗色靚妝，衣之綺繡，燕歌趙舞，觀者忘憂。然類之《風》、《雅》，則爲俳矣。」〔註170〕文中評數人皆曾經活動於武后時期的著名文士，其中關於閻朝隱的評價較爲切近徐庾體浮靡侈豔的特點。按閻朝隱現存賦一篇，碑文一篇。碑文平庸，然《晴虹賦》

〔註169〕馬茂軍，《富吳體考論》，《船山學刊》，2006年第4期。
〔註170〕劉肅，《大唐新語》，北京：中華書局，1984年，130頁。

頗有柔豔之風，賦中有句云：「若乃碧嶂無雲，清江息浪，曲折異體，低昂殊狀。半出高岊，疑蟾魄之孤生；全入澄瀾，若蛾眉之相向。又乃綺窗遠闥，錦帳斜褰，彷彿天上，依稀目前。暐兮煜兮，既類丹山碧樹之重疊；斷兮連兮，又似美人彩女之嬋娟。」〔註171〕移張說之評於此，恰如其分，然雖近於徐庾體而非碑頌。又有崔、李、薛、宋四人，亦當代文章巨手，胡可先謂此處評價指詩歌非指文章，恐不確。按張說評富嘉謨、閻朝隱二人皆針對文章而言，以文類詩，當不如是。四人中崔融、李嶠二人為武則天時期公認的文壇領袖，屬於善於製作朝廷應制文章的大手筆。鄭亞《太尉衛公會昌一品制集序》云：「我高祖革隋，文物大備，在貞觀中則顏公師古、岑公文本興焉。在天后時，則李公嶠、崔公融出焉。燕、許角立於玄宗之朝，常、楊繼美於代宗之代。」〔註172〕鄭亞所言即朝廷廊廟之文。李嶠，「當代詞宗」〔註173〕，「則天深加接待，朝廷每有大手筆，皆特令嶠為之」〔註174〕。文水縣武士彠昊陵改稱攀龍臺，則天命李嶠撰寫近八千字的《攀龍臺碑》，為一時巨製，文成，賜物四百段〔註175〕。崔融，亦碑文作手，「聖曆中，則天幸嵩嶽，見融所撰《啟母廟碑》，深加歎美，及封禪畢，乃命融撰朝覲碑文」〔註176〕。崔李二人，當代文章領袖，其文章風格必影響其時代，故考察二人碑文之作即可概見時代之風氣。按李嶠《攀龍臺碑》，近八千字，為武則天父親武士彠寢陵碑文，長篇巨製，盡武士彠一生行迹事業。碑文極盡諛頌之能事，四六駢體，錯雜變化，盡徐庾之陳規。其氣調可知。崔融《嵩山啟母廟碑》，為嵩山少姨廟而作，無涉諛頌，更能客觀體現出其碑文特點。試看中間一段形容描寫：「粵若玉斗璇璣，李母之居鄰北極；金臺石室，王母之宅在西山。氣為母則群物以萌，月為母則容光必照，坤為母則上下交泰，后為母則邦家有成。故華胥履跡而雄氏孕，女登感神而炎運作，星流華渚而白帝生，月貫幽房而黑精降。明明有夏，穆穆塗山，予娶於度土之辰，女婚於台桑之地。搜奇帝紀，摭異歸藏，束生發蒙而有迷，韓子稱賢而不朽。漢臣之筆墨泉海，陳其令名；秦相之一字千金，敘其嘉應。士歌南國，徒聞候禹之詞；石破北方，終見生余

〔註171〕董誥，《全唐文》，北京：中華書局，1983年，2095頁。
〔註172〕董誥，《全唐文》，北京：中華書局，1983年，7531頁。
〔註173〕徐浩，《唐尚書右丞相中書令張公神道碑》，見董誥，《全唐文》，4490頁。
〔註174〕劉昫，《舊唐書》，北京：中華書局，1975年，2993頁。
〔註175〕董誥，《全唐文》，北京：中華書局，1983年，2490頁。
〔註176〕劉昫，《舊唐書》，北京：中華書局，1975年，2996頁。

之兆。則郭璞所謂陽城西啓母石，李彤所謂嵩山南啓母祠，隋巢之說有徵，《鴻烈》之言無爽者矣。」〔註177〕觀此段文字，意重語贅，氣調平庸。尤可注意者，爲夏代帝王之母廟作碑文，崔融未徵之儒家經典，而是大量引用子部典籍如《山海經》，卜筮的《歸藏》，《韓非子》、《呂氏春秋》、《淮南鴻烈》等，與「富吳體」之本於經術迥不相牟。作爲一代文章領袖的文章尚且如此，等而下之，效法者庸劣更甚。故長安中富嘉謨、吳少微雅厚雄邁之文出，時人耳目一新。據此大致可以確定，「富吳體」所反對的是武則天時代以李嶠、崔融爲代表的碑頌文風格。

　　「富吳體」在散文發展史上的影響之功，應放到其實際的時代中考察，其文學發展細節才能展現出來。富吳二人同去世於神龍二年（706），盛唐之古文家蕭穎士、李華等皆尚未出生，距韓愈出生尚有六十餘年，則期間之聯繫，如無特別的線索，則流爲泛論。按「富吳體」形成在長安二年至四年，止值武則天末期，處於武則天時代文壇盟主李嶠、崔融和開元時期盟主張說、蘇頲之間，而「燕許大手筆」正是對初唐以來碑頌文創作革新作出重大貢獻的作家，他們與富吳之間應存在先後繼承發展的關係。林大志教授已指出了此點：「他們（富吳）在文章創作，特別是碑銘二體方面已經開始出現一些新的變化。蘇張的變化是緊承而來，甚至同時發生的，這也說明，在初盛唐之交的這一階段，文章的變化、變革並不是孤立、個別的現象。……從而也由此被史家稱爲唐文三變過程中承上啓下的重要一環。」〔註178〕林大志教授此處總結燕許文體變革之功，整體上限定在駢文的範疇，因爲無論是作家個人還是時代風氣，駢文還是主要運用的文體，「富吳體」亦無例外。「富吳體」表現出的幾個藝術特徵與蘇張在駢文變革的藝術方向上有著基本的一致性。「崇雅黜浮」是燕許文風的總體特徵〔註179〕，林大志教授認爲燕許文章變革之功具體表現在三個方面，一是文質並重，崇尚雅正；二是追求恢宏壯大的氣勢；三是語言形式上少數散文化特徵。第一點崇尚雅正，與富吳體「以經典爲本」有精神上的一致性，林大志教授舉蘇頲《御史大夫贈右丞相程行謀神道碑》爲例，碑文形容碑主剛正之性，所引皆由儒家經典而出，依循雅正

〔註177〕董誥，《全唐文》，北京：中華書局，1983年，2220～2221頁。

〔註178〕林大志，《蘇頲張說研究》，濟南：齊魯書社，2007年。

〔註179〕《新唐書‧文藝傳上》云：「玄宗好經術，群臣稍厭雕琢，索理致，崇雅黜浮，氣益雄渾……燕許擅其宗。」見歐陽修、宋祁，《新唐書》，北京：中華書局，5725頁。

之體。前引富吳二人合撰墓誌銘，其評價墓主亦以儒家經典爲主，只是未有蘇文的融括精整。《崇福寺銅鐘銘》以德比鐘，層層揭示，一依儒家道德，亦爲雅正之表現，此點，富吳應爲蘇張之先導。第二，蘇張追求宏大的氣勢方面，與富吳體以氣勢見長的特點相通，張說評富嘉謨之文重在其駭人的氣勢方面。林大志教授認爲張說評價富嘉謨之文「若施於廊廟，則爲駭矣」與《舊唐書》中「以經典爲本」的評論似乎存在矛盾。對於富文之氣勢，張說持讚賞驚異的態度，但以廊廟之文的標準衡量，則「不可太過奇崛」〔註180〕。張說之朝廷大製作多壯大的氣勢，如《大唐封祀壇頌》，避免了富嘉謨文章氣勢過於猛烈的傾向，適合於廊廟禮樂的要求。第三點，駢文的局部散體化。如前所論，在富吳二人的應制文中間有出現，應屬於非自覺的文體形式方面的追求，完全取決於表達的需要。實際上，在表狀之文中，富吳二人亦有駢散兼用的情況，如富嘉謨《爲建安王賀赦表》以駢體爲主，《爲并州長史張仁亶謝賜長男官表》以散體爲主，吳少微《代張仁亶賀中宗登極表》以駢體爲主，《爲桓彥範謝男授官表》以散爲主。由此，大體可以確定，富吳體應該視作駢文領域內由李嶠、崔融時代向蘇頲、張說時代發展過程中一個先導性的轉折點，視其爲古文運動的先聲則顯得疏闊不實。

三、「富吳體」與北都文化淵源

「富吳體」形成的原因，研究者略有涉及。胡可先認爲「富吳體」的產生來自兩個方面的原因：一是武則天時期獎掖文學的文化背景，二是二人任職晉陽尉時期受到北方文化重質不重文的傳統之影響，相互切磋，形成獨特風格〔註181〕。馬茂軍則重點指出其受北方文化影響的一面，並舉牛弘、李諤、劉炫、王通爲例以說明北方文化復古重質的傳統。胡馬二人所指出的原因都比較中肯。竊以爲，「富吳體」既然產生在太原，則考察的範圍應該由北方縮小到河東道的太原周圍，如此更爲具體切實。茲從文學與文化兩個方面追溯北都文化傳統對富吳體形成的內在影響。

太原在唐前即有優良的文學傳統。自魏晉以後，太原大家族王氏、溫氏、孫氏、郭氏不僅在政治上地位顯赫，而且在文學上亦人才輩出，帶動了一個地區文學創作的繁榮。如太原王氏，自東漢末王允顯名，代有尚文之傳統。

〔註180〕林大志，《蘇頲張說研究》，濟南：齊魯書社，2007年，272頁。
〔註181〕胡可先，《論吳富體的特徵和影響》，《江海學刊》，2001年，第3期。

曹魏王昶，《隋書·經籍志》著錄《王昶集》五卷，今存其奏疏之文。王沈文才秀異，高貴鄉公曹髦時號稱「文籍先生」〔註181〕，爲著名的文學侍從之臣。王濟是與孫楚齊名的文學家。北魏王遵業，以文學著名，「曾應詔作《釋奠侍宴詩》，時人語曰：『英英濟濟，王家兄弟。』」〔註182〕隋代太原王劭，奇才卓異，隋文帝時，有人得二白石，附會以文字言異象而上奏皇帝，王劭變本加厲，復廻互其字，作詩二百八十篇奏之。上以爲誠，賜帛千匹〔註183〕。太原郭氏有郭淮、郭澄之、郭祚，特別是北魏郭祚，涉歷經史，以尺牘文章見稱於世〔註184〕。太原溫子升爲北朝三才之一，其文章傳於江南，蕭衍有「曹植、陸機復生於北土」之歎〔註185〕。太原孫氏有孫放、孫楚、孫盛、孫綽，亦以文學傳家。需要說明的是，太原大家族之文學創作，不一定在本土發生，但其家族仕籍貫地繁衍生息，愛好文學的家族傳統自然影響到本土文學創作之氛圍。

「富吳體」特徵之一是「以經典爲本」。太原地區自漢代以來即有儒學教育的傳統。兩漢時期，河東地區法吏之學興盛，儒學傳承薄弱，但亦不乏傳經之士。如劉茂，太原晉陽人，能習禮經，教授常數百人〔註186〕。郭泰，東漢末著名儒士，蔡邕評其儒學造詣云「考覽六經，採綜圖緯，周流華夏，隨集帝學。收文武之將墜，拯微言之未絕」（蔡邕《郭有道碑》）。後郭泰回鄉教授儒學，促進了太原儒學之發展。至曹魏時代，河東太守杜畿任命大儒樂詳爲文學祭酒，河東學業大興，影響亦及於太原〔註187〕。西晉郭琦，晉陽人，博學，善天文五行，通《穀梁傳》、《京氏易》，居鄉教授〔註188〕。北朝時，太原儒學傳授不衰。太原中都張偉，學通諸經，講授於鄉里，受業者常數百人。東魏北齊時代，有上黨李業興，北朝大儒徐遵明高弟，父祖皆以儒學舉孝廉，「業興愛好墳籍，鳩集不已，手自補治，躬加題帖，其家所有，垂將萬卷。覽讀不息，多有異聞，諸儒服其淵博」〔註189〕。業興後除太原太守，於經學

〔註181〕房玄齡，《晉書》，北京：中華書局，1974年，1143頁。
〔註182〕〔北魏〕魏收，《魏書》，北京：中華書局，1974年，879頁。
〔註183〕〔唐〕魏徵，《隋書》，北京：中華書局，1973年，1608頁。
〔註184〕〔北魏〕魏收，《魏書》，北京：中華書局，1974年，1421頁。
〔註185〕魏收，《魏書》，北京：中華書局，1974年，1876頁。
〔註186〕范曄，《後漢書》，北京：中華書局，1966年，2671頁。
〔註187〕陳壽，《三國志》裴注引《魏略》，北京：中華書局，1975年，496頁。
〔註188〕房玄齡，《晉書》，北京：中華書局，1974年，2436頁。
〔註189〕魏收，《魏書》，北京：中華書局，1974年，1865頁。

在太原的傳播教育應有相當的影響。徐遵明另一弟子李鉉，渤海南皮人，二十三便撰定《孝經》、《論語》、《毛詩》、《三禮義疏》及《三傳異同》《周易義例》三十餘卷。「燕趙間能言經者，多出其門」。東魏武定中，入晉陽教授高歡諸子。《北齊書‧儒林傳》云：「高祖令世宗在京妙簡碩學，以教諸子。世宗以鉉應旨，徵詣晉陽。時中山石曜、北平陽絢、北海王晞、清河崔瞻、廣平宋欽道及工書人韓毅同在東館，師友諸王。鉉以去聖久遠，文字多有乖謬，感孔子『必也正名』之言，乃喟然有刊正之意。於講授之暇，遂覽《說文》、爰及《倉》、《雅》，刪正六藝經注中謬字，名曰《字辨》。」〔註190〕又有中山張雕，兼通五經，尤明三傳，弟子上百數，魏末，以明經徵入晉陽，高祖令與諸子講讀〔註191〕。晉陽為高齊的霸府、別都，帝王經常延至名師教授諸子，這些皇家教師在太原的行蹤，一定程度上對晉陽的儒學發展起著潛在的促進作用，影響到地方的學風。如劉逖，魏末徵至晉陽，「遠離鄉家，倦於羈旅，發憤自勵，專精讀書。晉陽都會之所，霸朝人士攸集，咸務於宴集。逖在遊宴之中，卷不離手，值有文籍所未見者，則終日諷誦，或通夜不歸，其好學如此」〔註192〕。

再從宏觀角度言之，北朝官方儒學教育亦十分普及，北魏太和十一年，孝文帝下詔令將學校教育推廣至基層組織黨裏之內，而太原屬於北魏統治的核心區域，所受影響自然較其他地域為深。北齊時代，以經明行修選拔人才納入國家政策體系，《北齊書‧儒林傳》云：「諸郡俱得察孝廉，其博士、助教及遊學之徒通經者，推擇充舉。射策十條，通八以上，聽九品出身，其尤異者亦蒙抽擢。」〔註193〕其時儒學景象是「橫經受業之侶，遍於鄉邑；負笈從宦之徒，不遠千里」〔註194〕。晉陽處於北魏、北齊統治的核心區域，東魏時為高歡、高洋父子的霸府所在地，北齊時雖建都鄴城，政治中心依然在晉陽，「東魏北齊時代，晉陽乃軍國政務號令所出的政治、文化、軍事中心。晉

〔註190〕李百藥，《北齊書》，北京：中華書局，1972 年，585 頁。
〔註191〕李百藥，《北齊書》，北京：中華書局，1972 年，594 頁。
〔註192〕李百藥，《北齊書》，北京：中華書局，1972 年，615 頁。
〔註193〕李百藥，《北齊書》，北京：中華書局，1972 年，583 頁。
〔註194〕北魏、北齊崇經重儒的風氣，詳參陳朝暉，《北朝儒學教育及其影響》，《齊魯學刊》，1991 年第 6 期；劉振東，《中國儒學史魏晉南北朝卷》第四章第三節《北朝儒學的發展》，廣州：廣東教育出版社，1998 年；焦桂美，《南北朝經學史》第三章《北朝經學》，上海：上海古籍出版社，2009 年。

陽城的地位甚至超過了首都鄴城，成為霸府別都」〔註195〕。北齊先進的文化
制度和繁榮的文化氛圍，對晉陽的影響是不言而喻的。陳寅恪先生《隋唐制
度淵源略論稿》敘論謂隋唐制度出於三源，北魏北齊、梁陳、西魏北周。並
謂北魏、北齊為其最主要的文化制度來源，文云：「所謂（北）魏、（北）齊
之源者，凡江左承襲漢、魏、西晉之禮樂政刑典章文物，自東晉至南齊其間
所發展變遷，而為北魏孝文帝及其子孫摹仿採用，傳至北齊成一大結集者是
也。」〔註196〕黃永年先生《論北齊的文化》則從《隋書・地理志》中所記載
的北齊和北周各自統轄區域文化風俗的比較出發，論證北齊文化較北周的優
越性〔註197〕。

　　至隋代，太原有王頗，遍誦五經，究其旨趣，著《五經大義》三十卷，
大為儒者所稱，後為漢王諒諮議參軍，助其謀反被殺〔註198〕。隋末又有張中、
張後胤父子在太原傳播經學，教授李世民。《舊唐書・儒學傳上》云：「張後
胤，蘇州崑山人也。父中，有儒學，隋漢王諒出牧并州，引為博士。後胤從
父在并州，以學行見稱。時高祖鎮太原，引居賓館。太宗就受《春秋左氏傳》。」
〔註199〕隋末王通講學河汾之間，其儒學影響亦及於太原，太原溫彥博、王珪
亦從其問學。入唐以後，太原儒風不墜，王之渙祖父王德表，先居太原，後
遷於絳州。據《大周故瀛洲文安縣令王府君墓誌》，王德表是一位儒釋道兼通
的學者。中唐之王彥威，太原人，世為儒學。少孤貧苦學，精通三禮。後掇
拾隋以來禮制沿革傳三十卷《元和新禮》〔註200〕。

　　北都之儒學傳統必然影響到富吳二人的創作傾向，其宗於經典的創作方
法未必始自晉陽尉時，但北都文化氛圍推波助瀾之力必有焉。竊以為，「富吳
體」重質輕文的傾向和雄邁的氣勢亦與北都地域風俗有一定聯繫。《隋書・地
理志》云太原「人物殷阜，然不甚機巧」〔註201〕。《通典》云「山西土瘠，其

〔註195〕汪波，《魏晉北朝并州地區研究》，北京：人民出版社，2001年，176頁。據
　　　　該書統計，文宣帝高洋在位十年，居於晉陽超過五十六個月；孝昭帝在位一
　　　　年多，大都居於晉陽；武成帝作皇帝太上皇共八年，居於晉陽超過四十個月，
　　　　見該書177頁。
〔註196〕陳寅恪，《隋唐制度淵源略論稿》，上海：上海古籍出版社，1982年，1頁。
〔註197〕黃永年，《論北齊的文化》，《陝西師大學報》，1994年第4期
〔註198〕魏徵，《隋書》，北京：中華書局，1973年，1732～1733頁。
〔註199〕劉昫，《舊唐書》，北京：中華書局，1975年，4950頁。
〔註200〕劉昫，《舊唐書》，北京：中華書局，1975年，4154頁。
〔註201〕魏徵，《隋書》，北京：中華書局，1973年，860頁。

人勤儉」〔註202〕，均指其質樸少文而言，文學上的重質少文與之有相通之處。另太原自古爲游俠之地，又爲軍事重鎮，少數民族雜居，「人性勁悍」，有豪邁之風，亦有可能影響及於「富吳體」文章風格的選擇。

第五節　北都幕府軍國應制文創作的繁榮──以令狐楚爲中心

北都在當代有軍國文翰創作繁榮的特殊政治優勢，在歷史上有著久遠的傳統，以令狐楚爲代表的一批文學家的應制文創作，顯示了北都在唐代文壇散文創作格局分佈中佔有的重要地位。

一、北都幕府應制文創作的作家群考察

唐代北都爲軍政要地，政務軍務甚爲繁劇，軍國文翰關涉機要，應制文創作自然繁榮。幕府機務所需，故延致辭章之士甚眾，代有傑才。鄭從讜廣明元年出鎮太原，開幕府廣延人才，時人目之「小朝廷」〔註203〕。李德裕元和十二年至十四年任河東節度幕府掌書記，行將離任時撰《掌書記廳壁記》盛稱河東幕府人才之盛：「《續漢書‧百官志》稱三公及大將軍皆有記室，主上表章報書記。雖列於上宰之庭，然本爲從軍之職，故楊雄稱軍旅之際，飛書馳檄用枚皋。非夫天機殊捷，學源濬發，含思而九流委輸，揮毫而萬象駿奔，如庖丁提刃，爲之滿志，師文鼓瑟，效不可窮，則不能稱是職也。昔安豐侯竇融徵還京師，光武問曰：『所上表章，誰與參之？』融曰：『皆從事班彪所爲。』及竇憲貴寵，班固、傅毅之徒，皆置文戎幕，以典文章，憲邸文章之盛，冠於當代。魏氏以陳琳、阮瑜管記室。自東漢以後，文才高名之士，未有不由於是選，其簡才之用，亦金馬、石渠之亞。況河東精甲十萬，提封千里，半雜胡虜，遙制邊朔，惟師旅之威容，爲列藩之儀表，典茲羽檄，代有英髦。間者吳少微、富嘉謨、王翰、孫逖，咸有製作存於是邦，其所不知，蓋闕如也。暨太尉臨淮王總節制之師，德裕叔父嘗與斯職，尋以才識英妙，肅宗召拜監察御史。厥後僕射高貞公、今河陽節度令狐公以人文掌宸翰，國子司業鄭公、給事河南尹杜公以才華登貴仕，繼斯躅者，不亦盛歟。丙申歲，

〔註202〕杜佑，《通典》，北京：中華書局，1988 年，4745 頁。
〔註203〕劉昫，《舊唐書》，北京：中華書局，1975 年，4170 頁。

丞相高平公始自樞衡以膺謀帥，以右拾遺杜君為主記。明主惜其忠規，復拜舊職，尋參內庭視草之列。次用殿中侍御史崔君。德裕獲接崔君之後，文學空虛，才術莫逮，繼清塵於吾祖，挹芬烈於前賢。」〔註204〕文中引古代班彪父子、陳琳、阮瑀等章表之才，受到帝王的倚重，說明掌書記之職的重要性。又歷敘唐以來元和十二年之前河東節度使幕府表奏人才，皆斑斑可考，非李德裕虛言。文中提到的文才之士有：

吳少微、富嘉謨，長安年間同為晉陽尉，互相切磋文義，變革碑頌文風，創為名盛一時的「富吳體」。

王翰，開元間著名詩人，太原人。史稱其「少豪健恃才，及進士第」，「張嘉貞為本州長史，偉其人，厚遇之。翰自歌以舞屬嘉貞，神氣軒舉自如。張說至，禮益加」〔註205〕。王翰受到兩任并州長史的器重。按張嘉貞開元四年至八年，張說開元八年至九年相繼為并州長史。如李德裕言，王翰在太原幕府中亦有軍國應制文的創作，惜今不存。張說在開元中評價文壇新秀王翰之文云：「有如瓊林玉斝，雖爛然可珍，而多有玷缺。若能箴其所闕，濟其所長，亦一時之秀也。」〔註206〕張說所評皆當時文壇的佼佼者，諸人皆優劣並存，可見王翰之文在當代的影響。

孫逖，唐制誥文大家。《舊唐書》本傳云，開元十年，應制登文藻宏麗科。開元十五年至十八年間為河東節度使李暠幕府從事〔註207〕。《新唐書》卷202《孫逖傳》云：「李暠鎮太原，表置幕府。」〔註208〕孫逖在太原所作表奏無存，今存一篇《伯樂川記》，敘李暠與幽州長史因軍務相會於伯樂川之事，當時文士盛稱之。」後開元二十四年任中書舍人，「掌誥八年，制敕所出，為時流歎服」，「孫逖尤善思，文理精練，加之謙退不伐，人多稱之」〔註209〕。顏真卿為其文集作序，盛讚其文「其序事也，則《伯樂川記》及諸碑誌，皆卓立千古，傳於域中……其詞言也，則宰相張九齡欲擠摭疵瑕，沉吟久之，不能易一字」（《尚書刑部侍郎贈尚書右僕射孫文公集序》）〔註210〕。今《全唐文》

〔註204〕傅璇琮、周建國，《李德裕文集校箋》，石家莊：河北教育出版社，2000年，538頁。
〔註205〕歐陽修、宋祁，《新唐書》，北京：中華書局，1975年，5759頁。
〔註206〕劉肅，《大唐新語》，北京：中華書局，1984年，130頁。
〔註207〕劉昫，《舊唐書》，北京：中華書局，1975年，5043頁。
〔註208〕歐陽修，《新唐書》，北京：中華書局，1975年，5760頁。
〔註209〕劉昫，《舊唐書》，北京：中華書局，1975年，5043～5044頁。
〔註210〕董誥，《全唐文》，北京：中華書局，1983年，3415頁。

多存其入朝後所撰制誥文。

高郢，即李德裕文中「僕射高貞公」。據《舊唐書》本傳，高郢元和二年以尚書右僕射致仕，卒贈太子太保，諡曰貞。高郢大曆中爲河中節度使李懷光幕府判官，懷光反叛，高郢密款朝廷上表輸忠，後懷光興元元年被誅，河東節度使馬燧辟高郢爲掌書記，後入朝爲中書舍人，仕至宰相。《舊唐書》本傳云「九歲通《春秋》，能屬文」〔註211〕。

鄭叔規，即李德裕文中「國子司業鄭公」。《唐故邵州刺史鄭使君墓誌銘》云鄭叔規「以健筆奇畫，意氣名節，交馬北平燧，李中書泌，張徐州建封，掌北平書記十年，箋檄冠諸府，得兼御史中丞，副守北都」〔註212〕。鄭叔規曾爲馬燧之弟馬炫撰寫墓誌，署名爲中大夫國子司業上騎都尉賜紫金魚袋鄭叔規。可知鄭叔規曾在太原馬燧幕掌書記十年，頗有文名。幕府文今無存。

令狐楚，貞元十一年至元和四年先後任李說、鄭儋、嚴綬幕府掌書記。史稱令狐楚「才思俊麗。德宗好文，每太原奏至，能辨楚之所爲，頗稱之」〔註213〕。令狐楚爲唐代應制四六文大家，今存在太原幕府撰表狀之文百餘篇，是其現存四六文的代表作，亦是太原幕府存文最多的作家，其藝術創新和貢獻，後文詳論。

杜兼，即李德裕文中「河南尹杜公」。《舊唐書》本傳云：「元和初，入爲刑部、吏部郎中，……旋授河南少尹、知府事，尋正拜河南尹。」〔註214〕韓愈《故中散大夫河南尹杜君墓誌銘》敘其履歷云：「公諱兼，字某，郎中第三子，舉進士第。司徒北平王燧戰河北，掌書記，累官至監察御史。」〔註215〕馬燧任職河東節度使時間在大曆十四年至貞元三年之間，則杜兼建中初登第後即入幕。韓愈評其撰作幕府公文「纂辭奮筆，渙若不思。公牒盈前，笑語指麾」。

杜元穎，即「右拾遺杜君」。元和十一年至十四年爲張弘靖幕府掌書記〔註216〕。杜元穎亦擅長制誥表狀之文，《舊唐書》本傳云：「元穎，貞元末

〔註211〕高郢傳文詳見劉昫，《舊唐書》，北京：中華書局，1975年，3975～3977頁。
〔註212〕周紹良主編，《唐代墓誌彙編》，上海：上海古籍出版社，1992年，2536頁。
〔註213〕劉昫，《舊唐書》，北京：中華書局，1975年，4459頁。
〔註214〕劉昫，《舊唐書》，北京：中華書局，1975年，3969頁。
〔註215〕馬其昶，《韓昌黎文集校注》，馬茂元整理，上海：上海古籍出版社，1984年，390頁。
〔註216〕戴偉華，《唐方鎮文職僚佐考》，桂林：廣西師範大學出版社，2007年，139頁。

進士登第，再辟使府。元和中爲左拾遺、右補闕，召入翰林，充學士。手筆敏速，憲宗稱之。吳元濟平，以書詔之勤，賜緋魚袋，轉司勳員外郎，知制誥。穆宗即位，召對思政殿，賜金紫，超拜中書舍人。其年冬，拜戶部侍郎承旨。」〔註217〕由於其撰製朝廷文誥之功，陞轉甚速，史云「元穎自穆宗登極，自補闕至侍郎，不周歲居輔相之地。辭臣速達，未有如元穎之比也」。

李德裕《掌書記廳壁記》歷敍諸人皆一時英俊，辭才秀異，即德裕本人亦唐代制誥奏議文大手筆，今存《會昌一品集》正集二十卷，全部爲制誥、奏議、表狀之文。李德裕登上仕途之初即入太原爲河東幕府掌書記，既因文才召之，亦復進一步得到文章的鍛鍊，此期應爲其一生的重要階段。後入朝爲翰林學士，與元稹、李紳號爲「三俊」。「禁中書詔，大手筆多詔德裕草之」〔註218〕。「凡號令大典冊，皆更其手」〔註219〕。鄭亞將李德裕置於李嶠、崔融、張說、蘇頲之列，盛推其文章地位〔註220〕。王士禎認爲其《會昌一品集》「駢偶之中，雄奇駿偉，與陸宣公上下」〔註221〕。今存太原作公文兩篇，《代高平公進書畫狀》、《進玄宗馬射圖狀》爲節度使張弘靖而作，簡短得體，孫梅《四六叢話》選入。

按河東節度使幕府軍國文翰之才，除李德裕所述外，尚有傑出者。如：

盧簡辭、盧簡求兄弟。先後爲太原幕府從事。二人皆詩人盧綸之子，頗富文才。《新唐書》卷177《盧簡辭傳》云：「與兄簡能、弟弘止簡求皆有文，並第進士。歷佐帥府……李程鎮太原，表爲節度判官。」〔註222〕李程寶曆二年至大和四年爲河東節度使。盧簡求則於開成二年至三年爲裴度太原幕府掌書記，才能卓異。《舊唐書‧盧簡求傳》云：「簡求辭翰縱橫，長於應變，所歷四鎮，皆控邊陲。屬雜虜寇邊，因之移授，所至撫御，邊鄙晏然。太原軍素管退渾、契苾、沙陀三部落，或撫納不至，多爲邊患。前政或要之詛盟，質之子弟，然爲盜不息。簡求開懷撫待，接以恩信，所質子弟，一切遣之。故五部之人，欣然聽命。」〔註223〕

〔註217〕劉昫，《舊唐書》，北京：中華書局，1975年，4263～4264頁。
〔註218〕劉昫，《舊唐書》，北京：中華書局，1975年，4509頁。
〔註219〕歐陽修、宋祁，《新唐書》，北京：中華書局，1975年，5327頁。
〔註220〕鄭亞，《太尉衛公會昌一品制集序》見董誥，《全唐文》，北京：中華書局，1983年，7531頁。
〔註221〕〔清〕王士禎，《池北偶談》，北京：中華書局，1982年，416頁。
〔註222〕歐陽修、宋祁，《新唐書》，北京：中華書局，1975年，5283頁。
〔註223〕劉昫，《舊唐書》，北京：中華書局，1975年，4272頁。

崔元翰，馬燧幕府掌書記。據《舊唐書·崔元翰傳》，元翰應博學宏詞制科，又應賢良方正、直言極諫科，三舉皆升甲第。「後北平王馬燧在太原，聞其名，致禮命之，又爲燧府掌書記」。後入朝，「用爲知制誥，詔令溫雅，合於典謨」。「其對策及奏記、碑誌，師法班固、蔡伯喈，而致思精密」〔註224〕。權德輿爲其文集作序，評其文「閎茂博厚，菁華縝密，足以希前古而聳後學」（權德輿《比部郎中崔君元翰集序》）〔註225〕。今存太原代馬燧所作表文三篇，可見一斑。

鄭畋，咸通中爲鄭從讜幕府從事〔註226〕。後入朝爲中書舍人知制誥。畋才思敏捷，《舊唐書》本傳云：「（大中）十年，王師討徐方，禁庭書詔旁午，畋灑翰泉湧，動無滯思，言皆破的，同僚閣筆推之。」〔註227〕

又有許多幕府從事在太原得到了應制文的鍛鍊，後入朝爲辭臣近侍。如張褘，咸通間爲盧簡求幕府掌書記，後入朝爲翰林學士，司勳郎中知制誥。蕭遘，咸通間爲劉潼幕府從事，後入朝爲翰林學士，考功員外郎知制誥。劉崇魯，鄭從讜幕府掌書記，後入朝爲水部郎中知制誥。太原幕府成爲培養制誥撰作人才的文藪。

晚唐李襲吉，李克用幕府掌書記，爲一時軍國文翰大才，爲河東節度使幕府中書檄奏記應制文創作作一光榮的結束。李襲吉任李克用幕府共十五年，《舊五代史·李襲吉傳》云：「襲吉在武皇幕府垂十五年，視事之暇，唯讀書業文，手不釋卷。……天祐三年六月，以風病卒於太原。」〔註228〕本傳敘其掌書記經歷云：「光啓初，武皇遇難上源，記室歿焉，既歸鎮，辟掌奏者，多不如旨。或有薦襲吉能文，召試稱旨，即署爲掌書記。襲吉博學多通，尤諳悉國朝近事，爲文精意練實，動據典故，無所放縱，羽檄軍書，辭理宏健。自武皇上源之難，與梁祖不協，乾寧末，劉仁恭負恩，其間論列是非，交相聘答者數百篇，警策之句，播在人口，文士稱之。三年，遷節度副使，從討王行瑜，拜右諫議大夫。及師還渭北，武皇不獲入覲，爲武皇作違離表，中有警句云：『穴禽有翼，聽舜樂以猶來；天路無梯，望堯雲而不到。』昭宗覽之嘉歎。洎襲吉入奏，面詔諭之，優賜特異。」《冊府元龜》卷718《幕府部·才學》云：「後唐李襲吉爲武

〔註224〕劉昫，《舊唐書》，北京：中華書局，1975年，3766～3767頁。
〔註225〕董誥，《全唐文》，北京：中華書局，1983年，4998頁。
〔註226〕《舊唐書》本傳云劉瞻鎮北門，辟爲從事，誤。戴偉華《唐方鎮文職僚佐考》辨之甚詳，見該書146～147頁。廣西師範大學出版社，2007年。
〔註227〕劉昫，《舊唐書》，北京：中華書局，1975年，4631頁。
〔註228〕〔五代〕薛居正，《舊五代史》，北京：中華書局，1976年，805頁。

皇河東節度副使，好學，有筆述，雖軍前馬上手不釋卷，凡太原自中和來所發箋奏軍書，皆襲吉所爲也。」《全唐文》今存李襲吉文兩篇，《爲周晉王貽梁祖書》和《答李克用咨問》，皆爲太原幕府時所作。其中《爲周晉王貽梁祖書》爲一時名文，《舊五代史》全文錄入，史傳云朱溫閱書後大怒，命敬翔回書詬罵，「及翔爲報書，詞理非勝」〔註229〕，襲吉文名益盛。

二、北都應制文創作的歷史傳統

　　以吳少微、富嘉謨、孫逖、崔元翰、令狐楚、李德裕、李襲吉爲代表的北都幕府文人，形成了一個實力雄厚的地方創作群體，使得北都幕府成爲軍國應制文創作的一個中心。許多文人初入河東幕府撰寫政治公文，如孫逖、李德裕、崔元翰、杜元穎等，經過幕府文字生涯的歷練，之後皆成爲撰寫朝廷制誥文的著名文士，北都成爲一個培養朝廷大手筆的實習基地。北都軍國應制文創作的繁榮，由於許多製作沒有留存下來，難窺全豹。吳少微、富嘉謨在北都完成了對頹劣文風變革的「富吳體」，令狐楚則完成了一生最主要的四六文創作，並結集爲《白雲孺子表奏集》，晚唐的李襲吉成爲當時軍國應制文創作的一流作者，顯示了北都的文學實力。

　　如前所言，北都特殊的軍政地位吸引了大批幕府文士，成爲應制文創作繁榮現實方面的原因；另外在地域歷史方面，太原軍國文翰的創作傳統亦影響了幕府文人的創作。如「富吳體」的產生，與北都文士之間切磋交流的風氣有關，與文體的選擇傳統有關；令狐楚從十二歲隨父在太原，其四六文創作才能，亦與當地的教育傳統有密切的關係。事實上，北都的這一文體創作傳統延自北朝，久盛不衰。

　　光緒《山西通志》曾指出：「嘉謨與少微屬詞皆以經典爲本，時人欽慕，文體一變，稱富吳體，而太原人士實先化之。」但未言具體影響之證據。本章第四節已討論富吳體在經學和一般文學傳統方面所受北都文化的影響。作爲軍國應制文章，還有其更爲具體的歷史傳統。《隋書·地理志》云太原近代以來，風教優越於北方其他地區，其「近代」所指即北朝，特別是東魏以來的傳統。東魏、北齊文化的優越性，陳寅恪、黃永年先生言之甚詳〔註230〕。

〔註229〕〔五代〕薛居正，《舊五代史》，北京：中華書局，1976 年，804 頁。
〔註230〕參見陳寅恪，《隋唐制度淵源略論稿》，上海：上海古籍出版社，1982 年，1～2 頁；黃永年，《論北齊的文化》，《陝西師大學報》，1994 年第 2 期。

而北朝軍國文翰創作的地域特色，研究者多有指出。郭豫衡先生認爲，北朝高允、溫子升、邢邵、魏收都善於章表書記的寫作，其文筆大致可以代表北朝的正統文風〔註231〕。魏收，「魏齊文誥，典司最久」〔註232〕。溫子升，「北魏各派政治力量常常要他起草文書」〔註233〕。曹道衡、沈玉成先生曾具體指出北朝產生此種文風的社會原因云：「從社會需要來看，北方自永嘉之亂以後，詩賦等純文學作品的創作極爲蕭條，而應用文的創作雖然比較粗糙，卻一直沒有中斷。所以《周書·王褒庾信傳論》才說『章奏符檄，則粲然可觀；體物緣情，則寂寥於世。非其才有優劣，時運然也』。」〔註234〕至北齊時此一傳統依舊不衰，「眞正成爲北齊散文核心的依舊是軍國文翰」〔註235〕。當時，「詩歌不能同軍國文章抗衡，文林館所招攬的人才，用之創作文章，《北齊書·文苑傳》就是這樣劃分文士成分的，用『參掌綸誥』、『以文章著名』、『參知詔敕』、『撰述除官詔旨』、『關涉軍國文翰』、『諸軍國文書及大詔誥』，這樣的語言表達士人的文學形式的選擇」〔註236〕。東魏、北齊時代的晉陽，一直是政治文化的中心，則其影響必在。細繹之，亦有一龐大的軍國文翰創作群體。

　　東魏時期，晉陽爲高歡父子霸府所在，是全國軍政號令所出的政治軍事中心。高歡、高洋、高澄父子在霸府都設置了龐大的軍政組織機構，保證行政和軍事管理的正常運轉。其中霸府中吸納了眾多的僚佐擔任各個機構的相關職務，人員眾多，見於歷史記載的高歡幕府二十三人，高澄十五人，高洋十五人〔註237〕。其中的一部分僚佐即參掌軍國機務的著名文士。如李義深，高歡大丞相府記室參軍，「學涉經史，有當世才用」〔註238〕。陳元康，高歡相府功曹參軍，「頗涉文史，機敏有幹用」〔註239〕，內掌機密。崔瞻，高歡相府主簿，「聰明強學，有文情」〔註240〕，盧思道稱「崔瞻文詞之美，實有可稱，但舉世重其

〔註231〕郭豫衡，《中國散文史》上冊，上海：上海古籍出版社，2002年，530頁。
〔註232〕《漢魏六朝百三家集題辭注》〔明〕張溥著，殷孟倫注，北京：人民文學出版社，1981年。
〔註233〕曹道衡、沈玉成，《南北朝文學史》，北京：人民文學出版社，1991年，351頁。
〔註234〕曹道衡、沈玉成，《南北朝文學史》，北京：人民文學出版社，1991年，351頁。
〔註235〕周建江，《北朝文學史》，北京：中國社會科學出版社，1997年，131頁。
〔註236〕周建江，《北朝文學史》，北京：中國社會科學出版社，1997年，117頁。
〔註237〕陶賢都，《高歡父子霸府述論》，《青島大學師範學院學報》，2006年第1期，54～55頁。
〔註238〕李百藥，《北齊書》，北京：中華書局，1972年，323頁。
〔註239〕李百藥，《北齊書》，北京：中華書局，1972年，342頁。
〔註240〕李百藥，《北齊書》，北京：中華書局，1972年，335～336頁。

風流，所以才華見沒」。杜弼，「長於筆箚，每爲時輩所推」，「元象初，高祖徵爲大丞相府法曹行參軍，署記室事。……或有造次不及書教，直付空紙，即令宣讀」。後從高祖破西魏於邙山，命爲露布，弼手即書絹，曾不起草〔註241〕。孫騫，「少勵志勤學」，以文才著稱，「會高祖西討，登風陵，命中外府司馬李義深、相府城局李士略共作檄文。二人皆辭，請以騫自代。高祖引騫入帳，自爲吹火，催促之。騫援筆立成，其文甚美。高祖大悅，即署相府主簿，專典文筆」〔註242〕。以上爲高歡時期晉陽幕府軍國文士，其中崔瞻、杜弼至高澄、高洋時代尚在幕府。高澄大將軍幕府文士有崔季舒，爲文林館學士，任將軍府中兵參軍，「性明敏，涉獵經史，長於尺牘，有當世才具」，「文襄每進書魏帝，有所諫請，或文辭繁雜，季舒每修飾通之」〔註243〕。高洋時，崔暹爲丞相府長史，薦邢邵爲丞相府僚佐。又有李廣，爲高洋幕府掌書記，「博涉經史，有才思文議之美，少與趙郡李謇齊名，爲邢魏之亞」。太原軍國應制之創作傳統如是。此傳統由北齊傳至唐初，有太原溫大雅兄弟，擅長軍國書檄之文的寫作。其父溫君悠，北齊文林館學士。溫大雅，「高祖鎮太原，甚禮之。義兵起，引爲大將軍府記室參軍，專掌文翰」，其弟大有，「性端謹，少以學行稱」，「義旗初舉，高祖引爲太原令。從太宗擊西河，高祖謂曰：『士馬尚少，要資經略，以卿參謀軍事，其善建功名也！事之成敗，當以此行卜之。若克西河，帝業成矣。』及破西河而還，復以本官攝大將軍府記室，與兄大雅共掌機密」。溫彥博，「幼聰悟，有口辯，涉獵書記」，後仕至宰相。進入唐代，又因太原特殊的政治軍事地位，兩種因素結合在一起，促成了北都軍國應制文創作的繁榮。

　　《隋書·地理志》云太原近代以來，風教不爲比也；杜佑《通典》謂河東「魏晉以來，文學興盛，閭里之間，習於程法」。所謂「風教」有儒學教化的內容，亦應有文學內容，「程法」則應兼指詩文而言，側重於文。令狐楚在太原幕府時所創作的表奏文章，在太原即爲人所傳寫摹習。劉禹錫在大和六年令狐楚回太原任河東節度使時寄詩申賀，中有句云「孔璋舊檄家家有，叔度新詩處處聽」（劉禹錫《令狐相公自天平移鎮太原以詩申賀》）〔註244〕。由此知北都士人有學習軍國應制文的風氣。

〔註241〕李百藥，《北齊書》，北京：中華書局，1972年，346～348頁。
〔註242〕李百藥，《北齊書》，北京：中華書局，1972年，341頁。
〔註243〕李百藥，《北齊書》，北京：中華書局，1972年，403頁。
〔註244〕陶敏、陶紅雨，《劉禹錫全集編年校注》，長沙：嶽麓書社，2003年，556頁。

三、令狐楚的表狀之文

令狐楚爲北都軍國應制文創作留存作品最爲豐富的作家。他與太原頗有淵源。令狐氏世居太原，至令狐楚二十六世祖令狐稱以下輾轉遷徙於敦煌、華原、咸陽，至令狐楚之父令狐承簡先後在河東道任正平縣尉、汾州司法參軍、太原府功曹參軍。令狐楚十二歲隨父居住在河東道，直到成年。他的學習和教育都在河東道完成，受其文化之薰陶〔註245〕。《舊唐書》本傳云：「楚始自書生，隨計成名，皆在太原，實如故里。」〔註246〕貞元六年，在太原取得鄉貢資格，第二年進士及第。貞元八年應桂管觀察使王琪辟爲從事，後因父在太原，急於奉養，遂於貞元十年歸太原。貞元十一年入河東節度使李說幕府任掌書記，歷李說、鄭儋、嚴綬三任節度，至元和三年丁憂解職，先後在河東節度幕府十二年。他在幕府期間創作了大量表奏應制文章，加在桂管觀察使幕府所作，自編爲《白雲孺子表奏集》，共193篇。其文佚失甚多，今存制誥表奏之文共128篇，在太原幕府創作94篇〔註247〕。太原的創作可以反映令狐楚整體的四六文創作水平。

按令狐楚在當代即獲文章盛名，被譽爲「一代文宗」〔註248〕。《舊唐書》本傳云：「李說、嚴綬、鄭儋相繼鎮太原，高其行義，皆辟爲從事。自掌書記至節度判官，歷殿中侍御史。楚才思俊麗，德宗好文，每太原奏至，能辨楚之所爲，頗稱之。鄭儋在鎮暴卒，不及處分後事，軍中喧嘩，將有急變。中夜十數騎持刃迫楚至軍門，諸將環之，令草遺表。楚在白刃之中，捊管即成，讀示三軍，無不感泣，軍情乃安。自是聲名益重。」〔註249〕其應急權變之才和敏速的文思皆罕有。後入朝爲官，「憲宗時，累擢職方員外郎，知制誥。其爲文，於牋奏制令尤善，每一篇成，人皆傳諷」〔註250〕。劉禹錫《唐故相國贈司空令狐公集紀》評價令狐楚「以文雄於國」，「在藩聳萬夫之觀望，立朝賁群僚之頰舌，居內成大政之風霆，導畎澮於章奏，鼓洪瀾於訓誥，筆端膚寸，膏潤天下，文章之用，極其至矣。」〔註251〕劉禹錫從實用方面盛讚令狐

〔註245〕令狐楚先世經歷詳參尹楚兵，《令狐楚年譜》，上海：上海古籍出版社，2008年。
〔註246〕劉昫，《舊唐書》，北京：中華書局，1975年，4462頁。
〔註247〕據尹占華、楊曉靄整理《令狐楚集》和尹楚兵《令狐楚年譜》統計。
〔註248〕劉昫，《舊唐書》，北京：中華書局，1975年，4332頁。
〔註249〕劉昫，《舊唐書》，北京：中華書局，1975年，4459～4460頁。
〔註250〕歐陽修、宋祁，《新唐書》，北京：中華書局，1975年，5099頁。
〔註251〕陶敏、陶紅雨《劉禹錫全集編年校注》，長沙：嶽麓書社，2003年，1281頁。

楚制誥表奏之文的經國濟世之功，孫梅《四六叢話》則從藝術方面評價其爲文的特色云：「詳觀文公所作，以意爲骨，以氣爲用，以筆力馳騁出入，殆脫盡裁對隸事之迹，文之深於情者也。滔滔矗矗，一往清婉，而又非宋時一種空腐之談，盡是失駢儷眞面目者所可藉口。由其萬卷塡胸，超然不滯，此玉谿生畢生服膺，欲從末由者。吾於有唐作家集大成者，得三家焉，於燕公極其厚，於柳州致其精，於文公仰其高。」後來的文學史、駢文史研究者，皆認同孫梅之說，但缺少進一步圍繞作品展開具體的解析。聶石樵先生認爲「令狐楚是當時最善於用駢體作應用文者」〔註252〕。駢文形式方面唯美的藝術性特點與制誥表奏文章的應用性之間具有不可調和的矛盾。軍國應制文沒有表達創作者個人感情的自由，實用的要求限制著藝術的表達；另一面，駢文偶對藻飾用典的裝飾性對於實際意義的傳達造成了一定障礙。令狐楚最大程度上克服了兩者之間的矛盾，其應制駢文「不在單純追求屬對之精工，文詞之華美，而在更重視情感之豐富，氣韻之自然」〔註253〕。他把駢文的藝術性和實用性較爲完美地結合在一起。

今存令狐楚個人原表奏之文主要是表和狀兩種。表 28 篇，狀 60 篇。按表狀皆臣下向君主陳事諫言的應用文體。表，蔡邕《獨斷》卷上云：「凡群臣上書於天子者有四名：一曰章，二曰奏，三曰表，四曰駁議。」其主要功能即上書言事，《文心雕龍·章表》云：「夫設官分職，高卑聯事。天子垂珠以聽，諸侯鳴玉以朝。敷奏以言，明試以功。」劉勰又云「表」的文體要求是「章以謝恩，奏以按劾，表以陳請，議以執異。……表者，標也。《禮》有《表記》，謂德見於儀，其在器式，揆景曰表。章表之目，蓋取諸此也。」〔註254〕在現實政治的運用過程中，表的功能範圍不斷擴大，《文選》卷三十七李善注「表」云：「表者，明也，標也，如物之標表。言標著事序，使之明白，以曉主上，得盡其忠，曰表。三王以前，謂之敷奏。故《尚書》云敷奏以言，是也。至秦併天下，改爲表。總有四品：一曰章，謝恩曰章；二曰表，陳事曰表；三曰奏，劾驗政事曰奏；四曰駁，推覆平論，有異事進之曰駁。六國及秦、漢兼謂之上書，行此五事。至漢、魏已來，都曰表。」〔註255〕徐師曾《文

〔註252〕聶石樵，《唐代文學史》，北京：中華書局，2007 年，427 頁。

〔註253〕聶石樵，《唐代文學史》，北京：中華書局，2007 年，426 頁。

〔註254〕《文心雕龍注》，劉勰著、范文瀾校注，北京：人民文學出版社，1958 年，363 頁。

〔註255〕蕭統，《文選》，上海：上海古籍出版社，1986 年，1667 頁。

體明辨序說‧表》更加具體而言「表」：「後世因之，其用浸廣。於是有論諫，有請勸，有陳乞，有進獻，有推薦，有慶賀，有慰安，有辭解，有陳謝，有訟理，有彈劾，所施既殊，故其詞亦異。」〔註 256〕令狐楚之表文即涵蓋了其中的許多事項。

狀。劉勰云：「狀者，貌也，體貌本原，取其事實。」〔註 257〕狀之功用似專在陳情述事。陳師曾亦云「狀之爲言，陳也」，並與啓、疏歸爲一類，「多用駢儷以爲恭」〔註 258〕。但於「狀」施之於朝廷公文的具體要求，劉勰和陳師曾皆語焉不詳。觀令狐楚所作表狀之文，二者之間並無嚴格之區分，兩者往往通用，如有《賀靈武破吐蕃表》、《賀行營破賊狀》，《謝賜多衣表》、《謝賜多衣狀》，《進異馬駒表》、《進異馬駒狀》，《代李僕射謝男賜緋魚袋表》、《代李僕射謝子恩賜狀》。蓋唐時公文往往如此，無嚴格的文體要求〔註 259〕。觀令狐楚之文，似乎表文更加側重於重大禮儀性的事務，狀則偏於一般性的公務往來，隨事異用，難爲分別。故此處考察令狐楚的四六應制文，不強爲區分，通而觀之，亦可反映其文學創作的總體藝術特徵。

令狐楚表狀，按照陳事上言的意圖分，有陳請之文，如《爲樓煩監楊大夫請朝覲表》、《爲人作請行軍司馬及少尹狀》；有陳謝之文，如《爲太原李少尹謝上表》、《代李僕射謝子恩賜狀》；有進獻之文，如《進異馬駒表》、《降誕日進鞍馬狀》；有慶賀之文，如《賀赦表》、《賀劍南奏破吐蕃表》；有慰安之文，如《奉慰過山陵表》、《代太原李僕射慰義章公主薨表》；有推薦之文，如《爲人作薦劉孟修狀》；有訟理之文，如《爲人作奏貶晉陽縣主簿姜銖狀》；有軍政公文，如《奏教習長槍及弓弩狀》、《奏排比第二般差撥兵馬狀》。種類極其繁多，大部分爲禮儀性質的表狀，少數爲涉及實際軍政事務的公文。

表奏之文，用途極廣，事既不同，所施各異。眞德秀云：「表章工夫，最宜用力。先要識體制。賀謝進物，體各不同。」〔註 260〕令狐楚隨表奏的實際

〔註 256〕〔明〕徐師曾，《文體明辨序說‧書記》，北京：人民文學出版社，1962 年
〔註 257〕《文心雕龍注》，劉勰著，范文瀾校注，北京：人民文學出版社，1958 年，459 頁。
〔註 258〕徐師曾，《文體明辨序說‧書記》，北京：人民文學出版社，1962 年，128～129 頁。
〔註 259〕如張說有《謝賜藥表》又有《謝賜藥狀》；蘇頲有《爲群官請公除表》又有《爲政事請公除狀》。
〔註 260〕〔清〕孫梅，《四六叢話》引《辭學指南》，北京：人民文學出版社，2010 年，240 頁。

內容情事用功，充分展現了其四六文寫作的卓越技巧。如陳請類的表奏，孫梅認為應該達到「字與傾葵共轉」的藝術效果，衡之令狐楚文，當之無愧。《為樓煩監楊大夫請朝覲表》《第二表》《第三表》，是令狐楚陳請類表奏文的代表作。樓煩監為唐代國家養馬場，位於河東道之憲州〔註261〕。楊大夫為楊鉢，原為唐德宗藩邸時舊僚，任樓煩監牧使十餘年，急欲回京朝覲德宗，倩令狐楚代作朝覲表。連上三表，表表不同。

　　第一表全為駢體句式，表達感情濃烈誇張，可見其歸朝面君的急迫心情。表文云：「臣某言：臣聞君猶父也，臣猶子也。子事父有冬溫夏清之禮，臣事君有大聘小聘之義。臣雖庸鄙，嘗感斯言。況乃地離京師，千里而近，身去王室，十年有餘。心既傾而陽光未回，目已極而雲路猶阻。此臣所以形留神往，淚盡血繼者也。況監司之寄甚重，馬乘之務非細。或物有因襲，革之而無妨；或事無典據，為之而有利。咸非翰墨，所可升聞，貯於中心，期以上達。伏惟陛下迴天地之鑒，垂日月之明，俯借恩光，暫令朝奏。倘得飛纓於赤墀之下，委佩於彤庭之前，目見龍顏，足履几地，則犬馬大幸，與天無窮。無任悃款之至。」

　　狀文先敘君臣父子之情，再訴戀闕之深，以致於「形留神往，淚盡血繼」，修辭誇飾。欲回朝面聖述職，公私兼顧，情事兩全。語言傾瀉而下，極富於駢文的裝飾性風格，表達簡潔精緻，無冗沓之弊。上表不報，又上第二表，寫法大變：「臣某言：臣自罷侍龍樓，出班馬政，星霜驟變，十有三年。伏惟陛下光宅寰瀛，惟新景命。奏簫韶之九變，獨臣未聞；舞干羽於兩階，唯臣未見。累歲有違離之苦，終朝懷戀慕之誠。是以屢獻封章，懇求朝覲，愚衷不達，聖眷未回。邊山之中，躑躅愁結。比者臣雖庸鄙，兼領嵐州，職在治人，固難離局。今既專知監務，特有使名，伏櫪多暇，望雲增切。且臣所部，濱河近塞，兵家利病，時事便宜，難於遠陳，願一敷奏。而況道途非遠，僕御不多。次舍之費，誠未擾於郡縣；往來之期，當不逾於旬月。伏望俯迴天鑒，曲遂臣心，使得稱慶於中朝，然後代勞於外廄。至願斯畢，死無所恨。無任懇迫戀結之至。」

　　此表單刀直入，寫違離日久，愁苦思念之情。接著敘入朝面君的四條理

<hr>

〔註261〕《新唐書·地理志三》：「憲州，下。本樓煩監牧，嵐州刺史領之，貞元十五年別置監牧使。」《舊唐書·地理志二》河東道憲州條：「貞元十五年，楊鉢鉢為監牧使，遂專領監司，不繫州司。」

由：第一，臣子念主之誠；第二，職務閒暇，有入京之機會；第三，順便彙報邊塞軍情利病；第四，路途非遠，費時日短，且不騷擾沿途郡縣。全篇申說朝觀理由，鉅細無遺，而以臣子戀棧之情貫穿其中，娓娓道來，如家人絮語，從容不迫，其節奏與第一篇迴異。此表亦無回覆，更上第三表，變第二表之申說理由為傾訴恩情：

臣某言：臣聞心孤者觸緒而悲，意切者發言皆懇。揣情循理，今古同塵。嘗謂無之，今乃信有。臣某中謝。臣雖頑鄙無取，亦嘗側聞長者之論，上自古昔，迄至於今。才能事業，百十於臣，而不升名宦之級，不知祿廩之數者，何可一二其紀。臣某無耿介之節，開濟之能，且有極愚至陋之累，而微生際會，事陛下於藩邸之中，周旋出處。雖無擁戴神聖之績，便蕃左右，曾有侍從言語之樂，竊自欣賀，若升雲天。伏惟陛下握圖御極，凝旒垂象，惠均於動植，信及於細微。擢臣於方岳之中，委臣以監牧之務。仰憑殊造，俯竭愚衷。封人粗安，國馬稍息。今者秩視賓客，位為大夫，耳煩絲竹之音響，口厭粱肉之滋味。馳驅駿足，偃息華榱。蒙陛下覆育之恩，已為太過；顧微臣止足之分，實所甚榮。豈敢更冒寵光，別求獎用？伏以狗馬之齒，衰暮相迫；螻蟻之命，危殘不常。日往月來，懼貽敗覆；天長地久，不勝瞻戀。每至木葉下，邊馬嘶，切思指畫君前，以畢平生之力。常恐先霜露填溝壑，不見丹闕，長恨黃泉。伏惟陛下仁愛惻隱，及於萬類，察臣之至願，表臣之赤心。使一入帝城，死無所恨。無任哀迫懇苦之至。

感聖恩為一篇之骨。敘說自己才下位高，蒙君恩以擢用，「耳煩絲竹之音響，口厭粱肉之滋味」，盡享榮華。結末以年老衰殘，「不見丹闕，長恨黃泉」，再訴朝觀之情。此表拋開了第一表的虛詞誇飾，第二表的客觀理由，專注於感聖恩、戀帝京反覆婉轉訴說，頗能打動人心。

以上三篇表文充分展示了令狐楚寫作駢體應制文的高超技巧，同時也代表了他駢文的一般特徵。用典不多，語言清華簡潔。四六為主，偶而間以簡短的散句過渡。駢文句與句之間常常以轉折虛詞銜接連綴，雖為駢體，而不顯跳躍突兀，閱讀中無生硬牽強之感。如以上三篇表文，皆以朝觀為主題，表達臣子對君主的思念之情，而富於變化。劉勰《文行雕龍‧章表》云：「懇惻者辭為心使，浮侈者情為文使。」令狐楚第一表近於「情為文使」，第三表近「辭為心使」。或濃烈，或哀婉，或客觀之陳述，或主觀之傾訴，極富藝術感染力。誠如聶石樵先生言：「令狐楚駢體之作，主抒情，重氣韻，善用典，

巧裁對，四者渾然一體，不著痕迹。」〔註262〕

令狐楚進獻之文展現了他運用駢文摹寫事物的藝術功力。《進異馬駒表》爲河東節度使向皇帝進獻一匹小馬駒而作：「臣某言：得當道徵馬使穆林狀稱：忻州定襄縣王進封村界，去五月十二日夜，孳化馬群內異駒一匹，白騧文馬，畫圖送到者。臣謹差虞候辛峻專往考驗，並母取到太原府，而毛色變換與青色，駝頭跌額，紅鼻肉駿，尾上茸毛，額帶星及旋，肋骨左右各十八枝，四蹄青，兩眼黑。續得穆林狀稱：當生之夜，群馬皆嘶，靈質炳然，休徵備矣。中謝。臣聞馬之精也，自天而降；馬之功也，行地無疆。是以武藉其威，文榮其德。謹按《馬經》云：肋數十六者行千里。伏惟陛下握負圖之瑞，總服皁之靈，異物殊祥，蔚然叢集。臣觀前件駒靈表挺特，雄姿逸異，頭昂昂而鳳顧，尾宛宛以虯蟠，信坤元之利貞，誠太乙之元貺。自將到府，便麗於宮，每飲以清池，牧於芳草，則彌日翹立，驅之不前。及長風時來，微雨新霽，輒驤首奔騁，追之莫及。臣某恒親省視，專遣柔馴，倘駿骨峰生，奇毛日就，獲登華廄，既備屬車，遠齊飛兔之名，上奉應龍之馭。天下大慶，微臣至願。見今養飼，至秋中，即專進獻。伏惟陛下兼愛好奇，想其風采。今謹圖畫隨表上進，伏乞聖恩宣付史館，俾此丕烈，垂於無窮。臣無任戰越之至。」馬駒出生未久，未即進獻，畫圖附表以供皇帝觀瞻。文中突出馬駒之奇，從三點渲染：馬駒出生時的異象「當生之夜，群馬皆嘶」；生理特徵，肋骨左右各十六條，引《馬經》之說爲千里馬；馬駒神駿之姿，表文前半寫馬駒之形，後半寫馬駒之神，形神兼備。特別是「每飲以清池」至「追之莫及」，表現馬駒不受束縛，愛好奔馳的自由個性，尤爲精彩。王志堅《四六法海》評云：「詩文中形容良馬不乏，若生馬駒，則未有如此篇之得景也。」確爲古典文學中刻畫馬駒的優秀之作。

陳謝之表狀文最容易千篇一律，空洞乏味。令狐楚謝表，措辭得體，用情樸至，寫法富於變化。貞元十五年，河東節度使李說之子李公敏因耳疾回長安治療，屢蒙皇帝恩賜醫藥食品，短時間內，令狐楚連作六狀陳謝，《代李僕射謝子恩賜狀》、《第二狀》、《第三狀》、《第四狀》、《第五狀》、《第六狀》，而無雷同因襲之病。

第一狀，中和日賜李公敏內宴，並賜綾羅銀碗。狀文先陳帝王慈惠勳賢，繼而敘公敏無功受賞之深恩：「男公敏年方童幼，智乏老成，何殊一芥之微，

〔註262〕聶石樵，《唐代文學史》，北京：中華書局，2007年，427頁。

忽宴九天之上。乳口而餐嘗鼎食，青衿而陪列朝班，越次之恩已深，逾涯之賜仍及。」感恩訴說以公敏爲主。

第二狀，皇帝賜李公敏藥黃，派醫生診治耳疾。狀文與上篇不同，轉以帝王爲主敘無上恩德：「豈意陛下惻隱之德，俯加於纖芥；敦睦之慈，旁流於枝葉。殊恩猥及，渥澤曲臨。特降醫工，厚沾藥直。雛犢之疾，料即痊除；君親之恩，何可報效？」變第一狀長句爲短句，又在君臣之分中夾以親屬之誼〔註263〕。

第三狀、第四狀，皆賜公敏歲節食品羊酒面等作。狀文中感帝德效微命之意義，如前狀。唯第四狀，兼敘李說、皇帝、公敏，聯翩而下，氣韻十足。狀文云：「臣自領北藩，於今五稔，曾無明略，以奉大猷。孤直愚忠，未足報陛下萬分之一。男公敏伏緣醫療，勒赴京都，尚未平除，爰逢歲節。豈意翩絹微物，飛舞於東風；藿靡輕生，沾濡於春雨。降少牢而頒賜，迂中使以宣傳。面起玉塵，酒含瓊液。鼴鼠飲河之腹，聞以滿盈；老牛舐犢之心，喜無終極。深恩似海，宏覆如天。寧惟感激一門，實亦光明九族。何階報答，終日慚惶。空將許國之身，誓竭在邊之力。」孫梅云「表」，「以之陳謝，則句隨寸草偕春」〔註264〕。此篇足以當之。高步瀛先生《唐宋文舉要》選入此篇，評其「隸事生動，尤得子山遺意」〔註265〕。

第五狀、第六狀，亦爲賜節日食品而作，寫法變以描寫食品爲主而間以帝王恩德。如第五狀：「頒首之羊，委其全體；擢芒之麥，散以輕塵。粥既擬於瓊膏，餕有同於萍實。出爲寵錫，皆申上帝之心；食以充盈，莫非小人之腹。涓毫未展，饕餮已頻。常懷覆餗之憂，有忝分甘之施。」第六狀：「寵榮便繁，錫賚稠疊，或陳於廊廡，或貯在樽壺。酒可駕車，面擬經市，而況屑杏實以爲粥，味甜於蜜，卷牢肉以成餕，規大於拳，皆出御廚，無非仙饌。面牆之目，未嘗窺風；含糗之口，忽此捧嘗。恩逾涯分，榮冠倫列。」羊酒面麥，皆以清新之筆點綴出之，見作者追求變化的用心。

爲同一人短期內連續寫六篇謝恩狀，而能各出機杼，講求章法的變化，充分顯示出令狐楚藝術上的才力和在應用文製作方面以文辭遊藝的創作傾向。

〔註263〕李說爲淮南王李神通後裔，唐宗室。
〔註264〕〔清〕孫梅，《四六叢話》，北京：人民文學出版社，2010年，205頁。
〔註265〕高步瀛，《唐宋文舉要》乙編卷二，上海：上海古籍出版社，1982。

　　令狐楚之賀表賀狀，亦因祝賀主題的不同而顯現不同風格。如賀帝王登基、立皇太子、賀赦、賀祥瑞，爲程序化的禮文，事涉皇帝之仁德，皇家之統緒，華貴喜慶，其文自然是雍容典雅厚重的風格。元和三年正月，群臣爲憲宗上尊號曰睿聖文武皇帝，御宣政殿受冊，之後，移仗丹鳳樓，大赦天下〔註266〕。令狐楚代節度使嚴綬作《賀赦表》，形容大赦天下是「恩均而萬物昭蘇，慶洽而三軍鼓舞」，渲染憲宗皇帝仁德的一段文字尤爲恰切周備，有頌揚而無諛媚：「伏惟睿聖文武皇帝陛下並日而明，配天爲大，冠三皇之道，宏十聖之風，保合太和，緝熙帝載。是以廓清氛霧，曾不累旬；虔奉郊禮，未嘗虛歲。百蠻梯航以內面，萬國歌舞而宅心。所謂巍乎其有成功，煥乎其有文章也。尚復勞謙仄席，勤恤納隍，釋累繫之幽囚，無分輕重；歸遐遠之放逐，不問存亡。棄通償於窮人，戒多求於貪吏。憫朔邊之介士，厚其寒衣，恢武功也；裦闕里之冑嗣，賚以布帛，振義教也。推恩而九族既睦，行慶而六師用張。忠貞必表於門閭，耆耋遍羞其牢醴。百神咸秩，一物不遺。安人之所未安，理人之所未理。天波渙汗，綸旨丁寧。有以知天地覆載之仁，有以見日月照臨之德。」四六長句的連續運用，使文氣更顯舒展從容，鋪寫帝王溥惠天下之功德，無論是幽囚逐臣，窮民貪吏，還是駐邊的士兵，儒聖之後裔，貞夫烈婦，耆耋孩童，封域之內，普霑甘露。

　　《賀劍南奏破吐蕃表》是爲軍事戰爭勝利所作賀表。貞元十三年，劍南節度使韋皋大破吐蕃軍。《舊唐書‧吐蕃傳下》云：「（貞元十三年）五月十七日，吐蕃於劍南山、馬嶺三處開路，分軍下營，僅經一月，進軍逼臺登城。巂州刺史曹高任率領諸軍將士並東蠻子弟合勢接戰，自朝至午，大破之，生擒大籠官七人，陣上殺獲三百人，餘被刀箭者不可勝紀，收穫馬畜五百餘頭匹、器械二千餘事。」〔註267〕又《舊唐書‧德宗紀下》：「（貞元十三年六月）壬午，韋皋奏於巂州破吐蕃，生擒大籠官七人，馬畜器械不可勝紀。」〔註268〕令狐楚此賀表既爲軍事勝利而寫，氣勢鼓蕩，斬截有力：「臣聞順實臣道，仗順者至柔而全；禮爲大經，無禮者雖眾必敗。陛下君臨萬國，天覆兆人，恩罩於幽微，澤及乎荒遠。蠢茲蕃醜，假息西陲。惟天地含宏之心，未能翦滅；以豺狼貪戾之性，輒肆陸梁。爰整其師，不攻而取，此皆降睿略於一豐，頒

〔註266〕劉昫，《舊唐書》，北京：中華書局，1975年，424頁。
〔註267〕劉昫，《舊唐書》，北京：中華書局，1975年，5258～5259頁。
〔註268〕劉昫，《舊唐書》，北京：中華書局，1975年，386頁。

明謀於閫外，制士之死命，得人之歡心，所以殪戎如羊，破虜若虱，毆彼牛馬，獲其侯王。威加於殊域，武暢於群動，自然赤山之壤可蹈，青海之波可涉。必當封土刻石，以垂大聲。」與《賀赦表》風格迥異。

表奏之文，皆爲代府主而作，令狐楚能夠懸想揣摩，體察人情，隨事賦文，應時而作，其才卓異。觀其在白刃之中草遺表而令三軍感泣，令人嚮慕。孫梅《四六叢話》卷 10《表五之一》云：「案令狐公於白刃之下，立草遺表，讀示三軍，無不感泣，遂安一軍。與宣公草興元赦書，山東將士讀之流涕，同一手筆。必如此始爲有用之文，四六所由與古文並垂天壤也。」〔註 269〕前文已指出，令狐楚是一位將駢文的實用性發揮到很高程度的作家，他能夠突破四六文體形式方面的限制，在呆板重複的公文製作中，放進情感的內容，增強了軍國文翰的文學性和感染力。

令狐楚的駢文創作的影響，主要體現在對李商隱的培養教育。李商隱少爲古文，令狐楚賞愛奇才，擢置門下，授以駢文創作之法〔註 270〕。李商隱學令狐楚，得其創作精神，而變其風格。孫梅云：「義山章奏之學，得自文公，蓋具體而微者矣。」〔註 271〕《郡齋讀書志》卷十八別集類中亦云：「（義山）初，爲文瑰麗奇古，及從楚學，儷偶長短，而繁縟過之。旨意能感人，人謂其橫絕前後無儔者。」〔註 272〕聶石樵先生亦具體指出了二人之間的承繼關係，他說：「李商隱是一位富有情感的文學家，其駢體之作，即使是應用性質的，也充滿了感情，這與令狐楚是一脈相承的。而其用典之繁密，造語之綺麗，聲調之協調，四六句式之嚴整，則爲令狐楚所不及。」〔註 273〕更有學者認爲令狐楚的影響還及於同代之元稹、宋代楊劉之西崑體、歐蘇之四六創作〔註 274〕，惜言之簡略，具體的影響線索和例證，尚待進一步研究。

〔註 269〕孫梅，《四六叢話》，北京：人民文學出版社，2010 年，211 頁。

〔註 270〕《樊南四六甲集·自序》云：「樊南生十六，能著《才論》、《聖論》，以古文出諸公間。後聯爲鄆相國、華太守所憐，居門下時，敕定奏記，始通今體。」《舊唐書·文苑傳》下云：「商隱能爲古文，不喜偶對。從事令狐楚幕。楚能章奏，遂以其道授商隱，自是始爲今體章奏。」見劉昫《舊唐書》，5078 頁。

〔註 271〕孫梅，《四六叢話》，北京：人民文學出版社，2010 年，658 頁。

〔註 272〕《郡齋讀書志校證》，晁公武著，孫猛校證，上海：上海古籍出版社，2011年，910 頁。

〔註 273〕聶石樵，《唐代文學史》，北京：中華書局，2007 年，432 頁。

〔註 274〕楊曉靄，《令狐楚簡論》，《蘭州大學學報》，2002 年第 6 期。

第五章　三晉軍事文化與唐代文學（上）

　　廣義上的文化把人類發現的自然、社會發展規律和人類發明創造的物質和精神產品，以及由此展開的一系列生產生活活動作為研究的對象，軍事亦其中之分支，它是一種特殊形態的文化。斯賓格勒云：「戰爭的精華，卻不在勝利，而在文化命運的展開。」〔註1〕唐・M・斯奈德認為軍事文化指的是組織的內存結構，根植於主導地位的假說、規範、價值、習俗和傳統中，這些假說、價值、規範、習俗和傳統經過長期的發展，集體地創造了各成員之間的共同願望〔註2〕。他所定義的軍事文化，還主要限定在精神文化的範圍之內，實際上，軍事文化所包含之內容，應有物質和精神兩個方面，像戰爭行為，軍營生活所體現的軍事文化側重於物質的層面，戰爭遺址、堡壘、關隘的產生也是軍事文化的標誌。在歷史軍事戰爭影響下形成的特定的思維習慣，人生觀念和地域性格，則屬於軍事文化無形的但更為具體的層面。不同地域，軍事文化的體現程度有很大的差別。就河東道而言，由於其特殊的地理地形，導致了該地戰爭的頻繁和軍事戰略地位的重要。軍事文化氛圍亦非常濃厚，軍事文化景觀異常密集，軍事人才眾多，軍事文化影響下的民風習俗悠久，軍事文化影響下的尚武俠風亦稱名於世。

　　軍事文化與文學之間的影響關係，最為直接的即是軍事作為文學創作題材，軍旅文學、邊塞文學即是。另外密集的軍事文化景觀亦成為描寫戰爭、戰士、軍營的又一軍事文學題材。此其影響之一。特殊地域軍事文化的氛圍

〔註1〕斯賓格勒，《西方的沒落》，張蘭平譯，西安：陝西師範大學出版社，2008年，84頁。

〔註2〕Don. M. snider. An Uniformed Debate on Military Culture. Orbis Winter. 1999年，22～25頁。

和傳統則影響到創作主體的價值觀念和個性行爲模式，進而影響到作家創作題材的選擇和創作風格的形成，本土作家和外來作家皆易受此地域風氣之影響，而發生創作風格的改變。此其影響之二。獨特的軍事文化生活區域往往成爲作家創作特定題材文學作品的背景選擇地，即故事發生地，使作品帶上深厚的歷史軍事文化內涵。此其影響之三。

第一節　三晉軍事文化略論

　　唐代三晉軍事文化之形成，有三個方面的因素，自然地理的先天條件、歷史戰爭的凝聚、唐代現實的軍事地位。其內容主要包括軍事物質文化景觀、軍事人才和民風民俗三個方面。

一、三晉優越的軍事地理條件

　　顧祖禹關於山西軍事地理的一段論述極具代表性。他說：「山西之形勢最爲頑固。關中而外，吾必首及夫山西。蓋語其東則太行爲之屏障；其西則大河爲之襟帶；於北則大漠、陰山爲之外蔽，而勾注、雁門爲之內險；於南則首陽、底柱、析城、王屋諸山濱河而錯峙，又南則孟津、潼關，皆吾門戶也。汾澮縈流於右，漳沁包絡於左，則原隰可以灌注，漕粟可以轉輸矣。且夫越臨晉，泝龍門，則涇渭之間可以折箠而下也。出天井下壺關，邯鄲井陘而東，不可以惟吾所向乎？是故天下之形勢必有取於山西也。」〔註3〕當代軍事研究者亦充分認識到山西在古代史上軍事地理戰略地位之重要性。他們認爲「山西的戰略地位很大程度上決定於山西的地理形勝，而山西戰略地位的變化又與整個中國統一與分裂史緊密聯繫在一起」。山西省介於「太行山與黃河中游峽谷之間，太行山的東面是華北大平原，黃河中游峽谷的西面是陝西。陝西在中國歷史的早期，華北大平原在中國歷史的晚期，分別具有重要的意義，是當時的政治中心所在。黃河南面的河南地區乃天下之中，四戰之地。這樣的地理位置，使得山西成爲影響範圍廣大，牽一髮而動全身的特殊區域」〔註4〕。

〔註3〕顧祖禹，《讀史方輿紀要》，北京：中華書局，2005年，268頁。
〔註4〕胡阿祥主編，《兵家必爭之地——中國歷史軍事地理要覽》，南京：河海大學出版社，1996年，295頁。

中國古代王朝受到的軍事威脅主要來自兩個方面，一是北方游牧民族的侵擾，一是政權內部的分裂勢力，山西正處於有效防範這兩股勢力的優越地理位置。就自然地形言，山西高原正處於游牧民族盤踞的蒙古高原和華北平原之間，游牧民族要想進入中原腹地，必先經過山西，山西成為中原政權防禦少數民族入侵的前沿屏障。對內則可以鎮壓中原內部割據勢力的反叛，保證國家的統一。山西處於這個政治軍事地理框架的核心。中國古代的戰爭，一方面是處於統治地位的王朝對於這個框架的維護，另一面就是這個框架崩潰後的重建。戰爭的焦點就是對山西地區的經營和爭奪。在框架重建過程中，無論是北方游牧民族還是河北、關中的割據勢力，誰佔據了河東，誰就佔有了戰略上的主動，然後攻佔華北各地，取得政治上的統治權。

河東道獨特的軍事戰略地位是由其內部的獨特地形特點決定的。河東道內部山川起伏，河谷縱橫，山地、高原、臺地、谷地、半原等各類地形均有分佈。以山地為主，山區面積占總面積的 80%，且大部分山地海拔在 1000 米～2000 米之間，屬於高原山地。其中東有太行山，西有呂梁山，北有恒山、五臺山，中有霍山，南有中條山。境內大小河流 1000 多條，分屬於黃河、海河兩大水系，皆為外流河。其中汾河、沁河、涑水河、三川河、昕水河，向西南注入黃河；北部桑乾河、滹沱河、東南的漳河向東越過太行山進入海河。這些河流，流域面積皆大於 4000 平方公里，長度在 150 公里以上。就外部地形而言，地勢異常險要。西北—東南走向的太行山脈「首師河內，北至幽州」，從北向南分佈著六棱山、恒山、五臺山、繫舟山、太行山、王屋山、中條山，屬於中國第一階梯向第二階梯過度的邊沿山系，雄踞於華北平原和黃土高原之間，山頂海拔在 1500～1800 米，南北長 400 公里。由於太行山為褶皺斷塊山，東麓有大斷層切過，因此東坡特別陡峻，東面華北平原開闊平坦，海拔 100 米以下〔註5〕。自華北平原仰望太行，雄險異常。顧炎武云：「居太行之巔，據天下之脊，自河內觀之，則山高萬仞；自朝歌望之，則如黑雲在半天。即太原、河東亦環趾而處於山之外也。及其勢東南絕險，一夫當關，萬軍難越。」〔註6〕

河東道西部外表由黃河自北而南與河西隔開。黃河東岸的呂梁山脈呈東

〔註5〕 山西省史志研究院，《山西通志》卷二中華書局，1996 年，138 頁。
〔註6〕 顧炎武，《天下郡國利病書》卷 17《山西潞安府志》，上海：上海古籍出版社，2012 年。

北西南走向，由北至南，分佈著管涔山、洪濤山、雲中山、呂梁山、龍門山，綿延近千里，將汾河河谷緊密地包裹起來。

河東道北部的外長城從陽高到偏關，是與蒙古高原標誌性的分界線。向內穿過大同盆地，到達管涔山、恒山內長城一線，群峰突兀，山勢更加險要，天下九塞之一的勾注塞就在恒山之上，有千古雄關雁門關，屬於游牧文明與農耕文明的分界線。

南部的中條山面臨黃河，西渡蒲津關，南下風陵渡，即可抵達長安。晉西南的河中府是拱衛京師的重要屏障。

宏觀而言，河東道東有太行山脈，西有呂梁山脈和黃河峽谷，北部外有長城，內有勾注恒山，南有中條黃河，完全是一座天然的軍事堡壘。

微觀而言，河東道內部表裏山河的塊狀分佈地形，又形成了一個個獨立的軍事堡壘。河東道地形整體上是兩山夾一谷之勢。東西方向依次爲山地、盆地、高原山地，中部由北到南依次是大同盆地、忻定盆地、晉中盆地、臨汾盆地、運城盆地，呈串珠狀排列，每一個盆地形成一個較爲獨立的地理單元，各盆地之間既有山脈阻隔，又有隘道相通。戰爭期間，據高負險，憑山控水，都是天然的堡壘。另有上黨盆地晉東南高原之上，屬於山間盆地，扼守華北平原。總之，河東道是由眾多的微型堡壘構成的一個天然軍事要塞。

二、河東道唐前軍事戰爭述略

由於前述河東道獨特的軍事戰略地位，此地區成爲歷史上民族之間、統治集團之間爭奪最激烈的地區，也是戰爭最頻繁的地區。

從西周到唐前發生在河東道的大規模戰事，有 261 次〔註7〕。古史傳說時代，蚩尤與黃帝之間的阪泉之戰即發生在河中府鹽池附近，這是兩個部族爲爭奪鹽池而發生的著名戰事。先秦時代，發生在河東的大規模戰事有 87 次，中原諸侯與游牧民族之間的戰事有 11 次，中原諸侯之間的戰事有 76 次，兩者比例懸殊，說明河東道境內先秦時的戰爭主要是中原諸侯之間的兼併戰爭。春秋時期，晉國主要通過戰爭的方式兼併周圍的小國和部落，虞、虢、焦、

〔註7〕據靳生禾《山西古戰場》統計體例，在取材上，地域範圍以現行山西省境內爲限；時間上以迄今有確切史料記載的西周爲上限；內容則以可資徵信的文獻記載、考古考察所得，以及確曾作戰過者爲限。戰爭傳說或駐防而未戰和小規模殺傷，均捨之不敘。參見該書第 3 頁。山西人民出版社，2001 年。

滑、霍、楊、韓、魏等小諸侯國都被晉國吞併，周邊山區的白狄、赤狄、山戎、茅戎、陸渾等游牧民族建立的潞鼓、肥、無終、仇由等部落先後被晉國或攻滅、或驅逐。較大規模的戰爭主要集中於春秋末至戰國時期。

此期歷史上著名的戰事有秦晉韓馬之戰，晉四卿晉陽之戰，趙武靈王破林胡、樓煩之戰，山東五國攻秦鹽氏之戰，秦趙閼與之戰，秦趙長平之戰。其中晉陽之戰是春秋進入戰國的歷史性戰役。春秋末年，晉國智、韓、魏、趙、中行、范六卿勢力最強，互相吞併。六卿中中行、范氏先行滅亡，後智氏脅迫韓、魏二卿攻打趙根據地之晉陽。趙襄子四年（公元前 454），智伯圍趙襄子於晉陽，圍城一年餘，又決汾晉二水灌城，「城中懸釜而炊，易子而食」〔註8〕，後謀士張孟談反間韓、魏，遂裡應外合滅智伯。此役為我國古代社會由春秋過渡到戰國奠定了基礎。趙武靈王破林胡、樓煩之戰是先秦時代中原諸侯與北方少數民族的一次大戰。趙武靈王二十至二十六年（前 306～300），趙國通過胡服騎射的軍事改革，大破林胡樓煩，成為我國首次以騎兵制勝的重大戰役，是我國古代車戰向騎戰時代的轉變的里程碑。秦趙長平之戰是我國古代史上最大規模的一次戰役。秦昭襄王四十五至四十七年（前 262～260），秦趙戰於長平，歷時三年，秦兵百萬以上，趙國四十五萬以上，戰場以長平為中心，旁涉今沁水、陽城、晉城、陵川、壺關等縣，直徑上百公里，戰役結果趙國全軍覆沒，秦軍亦「死者過半，國內空」〔註9〕。此次戰役最牽動人心的是秦國統帥白起坑殺四十萬趙卒，成為歷代文人詠歎的題材。

秦漢時期，四百餘年間，河東道發生大規模戰事 55 次。其中與北方游牧民族 36 次，中原內部 19 次，此期戰爭以民族矛盾為主。漢初，劉邦令韓信出兵河東，滅魏王豹，於井陘大破陳餘軍，取得戰略上的主動。後據守并州的韓王信勾結匈奴叛亂，劉邦兵困白登山。武帝即位後，任命衛青、霍去病為帥，以河東北部為主戰場，三次大規模反擊匈奴。東漢末，軍閥混戰，丁原、呂布集團崛起於晉北，黃巾白波軍在晉南與官軍戰鬥十餘年。此期著名戰爭，有漢趙井陘之戰，漢匈白登之戰，漢匈馬邑之戰。楚漢相爭時期，漢高二年（前 204），韓信、張耳以數萬之師東伐趙，趙王歇與成安君陳餘在井陘口（唐代廣陽縣承天軍一帶），聚兵二十萬抵抗。井陘口地形有「車不得方軌，騎不得成列」之勢，陳餘兵多士眾，佔據有利地形，自詡「義兵不用詐

〔註8〕司馬遷，《史記》，北京：中華書局，1959 年，1795 頁。
〔註9〕司馬遷，《史記》，北京：中華書局，1959 年，2337 頁。

謀奇技」，拒絕李左車出奇制勝之策，最後韓信背水一戰，以少弱之兵破趙軍，為戰史佳例。漢匈白登之戰則以漢朝失敗告終。漢高祖七年（前 200）冬大，劉邦不顧塞北祁寒，親自統帥步卒 32 萬北伐，被詭詐的冒頓單于四十萬騎兵重重包圍於白登山（今大同市東北馬鋪山），相持七日，劉邦險被生俘，後陳平用計賄賂匈奴閼氏始脫圍，成為後世詩文中屢用之典故。

魏晉時期，河東道發生戰事 54 次，主要集中於十六國時期少數民族政權對河東地區的爭奪戰。由於游牧民族進入河東道腹地，戰事大部分發生於晉南地區。西晉末，前漢劉淵於左國城（今方山縣）起兵，率眾東征西討，後建都平陽。武鄉羯族人石勒亦趁亂起事，建都邢臺，頻頻以武力擴展統治地盤。并州刺史劉琨結鮮卑為外援，苦守晉陽十餘年，終為石勒所敗。之後，前秦和前燕東西對峙，潞川之戰（今山西黎城，唐潞州府），前秦擊潰前燕，統一北方。後燕慕容垂臺壁一戰（今黎城），擊敗據守上黨之西燕，西燕亡。北魏崛起後，通過晉陽之戰、參合陂之戰、蒲阪之戰、乾壁之戰、蒙坑之戰等一系列戰役，攻滅後燕、後秦，統一北方。此期戰爭中，劉琨堅守晉陽十餘年成為文人從軍、建功立業的英雄傳奇，後世詩人每以劉琨勵許，慷慨成篇。晉永嘉六年（312），七月，前趙攻佔北方重鎮晉陽；十月，枕戈待旦、志梟逆虜的新任并州刺史劉琨，聯合鮮卑拓拔猗盧，帥二十萬大軍，大破前趙劉粲，收復晉陽。劉琨守晉陽，艱苦卓絕，史載，一次胡騎圍困數重，形勢危急，劉琨登城清嘯，胡兵聞之傷心悲歡；夜半再吹笳，胡兵思家飲泣；凌晨再吹，胡兵解圍而遁，成為戰爭中的一段傳奇。

南北朝時代，河東道發生戰事 65 次，除少數平叛性的戰事外，大都屬於北方游牧民族之間的爭霸戰。主要戰爭有東西魏玉壁之戰，北齊、柔然黃花堆之戰，北周、北齊晉陽之戰，北周、北齊晉州之戰。其中玉壁之戰是東魏由戰略進攻轉入防禦的轉折性戰役，奠定了北周統一的基礎。大統八年（542）和十一年，東魏丞相高歡兩次帥大軍由晉陽取汾河谷道而南下，攻打西魏在河東的軍事重鎮玉壁城（今稷山汾河南岸）。第一次，高歡「連營四十里」，圍攻九日不下，時值隆冬，天降大雪，士卒飢寒，野戰露營，傷病侵襲，無奈班師。《資治通鑑》卷 158 梁大同八年條：「東魏丞相歡擊魏，入自汾、絳，連營四十里，……冬，十月，己亥，歡圍玉壁，凡九日，遇大雪，士卒饑凍，多死者，遂解圍去。」〔註10〕第二次「悉舉山東之眾」，伐魏攻城，晝夜不息，

〔註10〕司馬光，《資治通鑑》，北京：中華書局，1996 年，4912 頁。

鏖戰五旬。起土山，造攻車，穿地道，架雲梯，移汾絕水，灌油放火，遠射近搏，交戰雙方無所不用其極。結果是「城不拔，死者七萬人，聚為一冢」。高歡憂憤發病，退還晉陽，勉力見諸將，於席間命大將斛律金「作敕勒歌，神武自和之，哀感流涕」〔註11〕。因此次戰役而流傳的千古絕唱，出自晉陽，其中所含的悲涼意味非常濃厚。

綜合而言，唐前發生在河東道的戰爭數量密集，類型齊全，地域分散，遍及河東道所有地區而不是局部地區，戰爭之影響亦及於河東道的每一角落。此期共有十六次戰爭與民族遷徙融合在一起，深刻影響了中國歷史的進程。

三、唐代河東道軍事部署與軍事戰爭

唐代，河東道對內為拱衛京師的屏障，對外為防禦北部游牧民族入侵的前沿，戰略地位十分重要。故唐王朝在河東道置重兵以守，其格局與晉文化亞區的分佈相近，以河東節度使為核心的中部，以大同節度使為主的北部邊疆，澤路節度使統領的東南部，河中節度使管轄的晉南四個部分。

河東節度使司是河東道最主要的軍事機構，治所在太原。太原之最高軍事長官，開元十八年之前先後稱「并州大都督府長史」、「并州節度大使」、「天兵軍節度使」、「太原以北諸軍節度使」，至開元十八年十二月，正式稱為「河東節度使」，後相沿不改〔註12〕。天寶元年，全國設十大節度使統兵四十九萬人，河東節度使統兵五萬五千，排名第五。《資治通鑑》卷215天寶元年條謂：「河東節度與朔方掎角以禦突厥，統天兵、大同、橫野、岢嵐四軍，雲中守捉，屯太原府忻、代、嵐三州之境，治太原府，兵五萬五千人。」〔註13〕其中軍馬一萬四千匹，衣賜一百二十六萬匹段，軍糧五十萬石。天兵軍駐紮太原府城內，管兵二萬人，馬五千五百匹。大同軍，雁門郡北三百里，駐於朔州城內，管兵九千五百人，馬五千五百匹。橫野軍，蔚州東北百四十里，管兵七千八百人，馬一千八百匹，距太原九百餘里。岢嵐軍，在嵐州北百里，管兵千人。又有忻州駐兵三千人，距太原百八十里。代州駐兵四千人，距太原五百里。嵐州駐兵三千人，距太原二百五十里〔註14〕。太原之正北、西北

〔註11〕李百藥，《北齊書》，北京：中華書局，1966年，23頁。
〔註12〕王溥，《唐會要》，上海：上海古籍出版社，1991年，1687頁。
〔註13〕司馬光，《資治通鑑》，北京：中華書局，1996年，6849頁。
〔註14〕天兵軍，大同軍，橫野軍，忻州駐兵之數量，《元和郡縣圖志》與《舊唐書·地理志》所載有異，中華書局版《元和志》校記懷疑《舊唐書地理志》所載

東北方向皆駐紮軍隊，捍禦北部邊疆。

　　大同防禦使。大同防禦使司前稱大同軍，隸屬於河東節度使管轄。其軍鎮始名大武軍，調露二年改稱神武軍，天授二年改為平狄軍，大足元年復為大武軍，開元十二年稱大同軍〔註 15〕。隨著北方回紇騷擾的加劇，大同軍的戰略地位逐漸擢升，由軍鎮升為節鎮。《新唐書・方鎮表》云：「會昌三年，河東節度使罷領雲、朔、蔚三州，以雲、蔚、朔三州置大同都團練使，治雲州。」「會昌四年，升大同都團練使為大同都防禦使。乾符五年，升大同都防禦使為節度使。中和二年，河東節度增領麟州，以忻、代二州隸雁門節度。更大同節度為雁門節度，領左神策軍，天寧鎮遏觀察使，徙治代州。中和三年，賜雁門節度為代北節度。」〔註 16〕又據《新唐書・沙陀傳》：「龐勳亂，詔義成康成訓為行營招討使，赤心（李克用父）以突騎三千從。……勳平，進大同軍節度使，賜氏李，名國昌。」〔註 17〕《資治通鑒》咸通十年十月條亦載李國昌賜姓並授節度使之事。可知至遲在咸通十年，唐王朝已設大同節度使之職。後李國昌去職，又降為大同軍防禦使，似乎一度改名即為賞軍功之榮譽，待考。在大同軍防禦使管轄內，尚有許多較為低級的駐防單位，如橫水柵，保大柵，雲伽關，安眾塞等，遍佈於河東道北部與蒙古草原接壤的邊塞地區。橫水柵，《新唐書》卷 217《回鶻傳》下：「明年（會昌二年），回鶻奉主至漠南，入雲、朔，剿橫水，殺掠甚眾，轉側天德、振武間，盜畜牧自如。」〔註 18〕又《新唐書・武宗紀》會昌二年正月，「回鶻寇橫水柵，略天德、振武軍」〔註 19〕。保大柵，《新唐書・回鶻下》：（劉）沔進次雲州，思忠屯保大柵率河中、陳許兵與回鶻戰，敗之〔註 20〕。雲伽關，《新唐書》卷 217《回鶻下》：「（烏介可汗）進攻天德城，振武節度使劉沔屯雲伽關拒卻之。」〔註 21〕安眾塞，《新唐書・回鶻下》：「（劉）沔與天德行營副使石雄料勁騎及沙陀、契苾等雜虜，夜出雲州，走馬邑，抵安眾塞逢虜，與戰破之。」〔註 22〕

　　　　有誤，此處從《元和志》所記數目。
〔註 15〕王溥《唐會要》，上海：上海古籍出版社，1991 年，1687 頁。
〔註 16〕歐陽修、宋祁，《新唐書》，北京：中華書局，1975 年，1819～1825 頁。
〔註 17〕歐陽修、宋祁，《新唐書》，北京：中華書局，1975 年，6156 頁。
〔註 18〕歐陽修、宋祁，《新唐書》，北京：中華書局，1975 年，6131 頁。
〔註 19〕歐陽修、宋祁，《新唐書》，北京：中華書局，1975 年，241 頁。
〔註 20〕歐陽修、宋祁，《新唐書》，北京：中華書局，1975 年，6132 頁。
〔註 21〕歐陽修、宋祁，《新唐書》，北京：中華書局，1975 年，6131 頁。
〔註 22〕歐陽修、宋祁，《新唐書》，北京：中華書局，1975 年，6132 頁。

澤潞節鎮，亦稱昭義鎮。主要位於河東道東南上黨盆地。始置於安史之亂以後，《資治通鑑》卷 219 至德元載條：是歲，置北海節度使，領北海等四郡；上黨節度使，領上黨等三郡。《新唐書·方鎮三》云：「至德元載，置澤潞沁節度使，治潞州。」〔註23〕建制以後，轄區屢有變動，治所亦時有移動，但基本轄區為澤、潞、邢、洺、磁五州，至唐末未變。大曆元年，薛嵩任相衛六州節度使，「號其軍為昭義」〔註24〕，代宗即賜名為昭義節度使。在唐代中後期，澤潞鎮地位日漸重要。其東鄰魏博鎮，北接成德鎮，西北接河東節度使，西靠河中府，南屏河南府洛陽。澤潞節度使屬於中原防禦型藩鎮中重要的一環。其戰略作用，可以阻止魏博西進，成德南下，拱衛東都，屏障中原。《全唐文》卷 438《授薛元賞昭義軍節度使制》云：「上黨，古今之重地也，束山東之襟要，控河內之封壤。」元和五年李絳上言：「昭義五州據山東要害，魏博、恒、幽諸鎮蟠結，朝廷惟恃此以制之。邢、洺、磁入其腹內，誠國之寶地，安危所繫也。」〔註25〕澤潞節度之主幹澤州和潞州位於太行山盆地之中，關隘重重，險要萬分，對於河北諸鎮，進可攻，退可守，實為軍事要衝。

河中節鎮，治所在河中府，位於河東道南部。河中節度觀察處置等使，兼河中尹，領河中府，晉、絳、慈、隰四州。河中節度使亦設置於安史之亂以後，至德元載，置河中防禦守捉，蒲關使。二載，升河中防禦為河中節度使，兼蒲關防禦使，治蒲州。乾元二年，河中節度使兼河中尹、耀德軍使。之後屢有廢設易名，至貞元十六年以後復置河中節度使沿至唐末。河中節度之戰略地位異常重要，唐人沈亞之云：「蒲河中界三京，左雍三百里，且以天子在雍，故其地益雄。」（《河中府參軍廳記》）〔註26〕開元五年五月置中都，麗正殿學士韓覃力陳其不可，六月復為蒲州。即如韓覃亦認識到蒲州之重要：「夫河東者，國之股肱郡也。勁銳強兵，盡出於是。」〔註27〕大曆中，元載為相，再次建議於蒲州設都，其《建中都議》云：「長安去中都三百里，順流而東，邑居相望，有羊腸、底柱之險，濁河、孟門之限，以轘轅為襟帶，與關中為表裏。劉敬所謂『扼天下之吭而撫其背』，即此之謂。」〔註28〕故唐王

〔註23〕歐陽修、宋祁，《新唐書》，北京：中華書局，1975 年，1838 頁。

〔註24〕歐陽修、宋祁，《新唐書》，北京：中華書局，1975 年，4144 頁。

〔註25〕司馬光，《資治通鑑》卷 238 元和五年，北京：中華書局，1996 年，7675 頁。

〔註26〕董誥，《全唐文》，北京：中華書局，1983 年，7601 頁。

〔註27〕杜佑，《通典》卷 179《州郡蒲州》注引，北京：中華書局，1988 年，4726 頁。

〔註28〕元載，《建中都議》，載《全唐文》卷 369，北京：中華書局，1983 年，3743 頁。

朝於此置軍府以拱衛京師，貞觀十年，全國十道設折衝府 692 個，河東道 162，僅次於關內道，居第二。河東道內部，河中府 36，絳州 35，晉州 19，共 90 府，皆隸屬於河中節度使轄區，占到總數的一半以上，其軍事力量部署之密集可見一斑。

唐代河東道的軍事地位在有唐一代的軍事戰爭中充分體現出來。隋唐時期，河東道共發生大型戰事 184 次〔註 29〕。

初唐戰爭主要是與北方游牧民族突厥及其依附者之間發生，多集中於河東道北部。李淵由太原起兵揮師直下長安，顯示了河東軍事地理之優越。先是，劉武周武德二年得突厥之助，由馬邑南下入侵河東，先後佔領平遙、介休，下太原、晉州，陷龍門，進逼絳州，河東道幾全為其所有。李世民於同年十月出兵東渡黃河，次年四月滅劉武周。此次戰爭最能體現李世民獨特作戰風格，追擊劉武周部將宋金剛，一晝夜奔襲二百里，八戰八捷，斬俘數萬眾，取得決定性勝利。武德二年至九年的八年中，突厥南下入寇七十三次，河東道三十三次，是突厥入侵之主要地區，突厥之鐵騎幾乎踏遍河東道所有區域，最南端到達寶鼎縣〔註 30〕。為徹底擊潰突厥，貞觀三年，以太原為後方基地，以代北為主戰場，由李勣統帥，李靖、薛萬徹、柴紹為諸道行軍總管，共十餘萬人馬，分道出擊匈奴，第二年即生俘突厥頡利可汗，東突厥滅亡。

中唐的安史之亂中，河東道成為唐軍與安史叛軍爭奪的關鍵區域。從北至南，在四個軍事節鎮區都發生了扭轉戰局的戰役。

在北部，安史之亂初期，安祿山部將，大同兵馬使薛忠義攻陷靜邊軍，時任朔方節度使的郭子儀率眾收復失地。《資治通鑑》卷 217 天寶十四載：「安祿山大同軍使高秀巖寇振武軍，朔方節度使郭子儀擊敗之，子儀乘勝拔靜邊軍。大同兵馬使薛忠義寇靜邊軍，子儀使左兵馬使李光弼、右兵馬使高濬、左武鋒使僕固懷恩、右武鋒使渾釋之等逆擊，大破之，坑其騎七千。進圍雲中，使別將公孫瓊巖將二千騎擊馬邑，拔之，開東陘關。」〔註 31〕此役為安史之亂以來唐軍首次大捷，一舉奠定河東北部。

〔註 29〕 統計歷代戰爭數量，參據靳生禾，《山西古戰場》，太原：山西人民出版社，2001 年。

〔註 30〕 參見孫瑜，《唐代代北軍人群體研究》，首都師範大學 2011 年博士學位論文。

〔註 31〕 司馬光，《資治通鑑》，北京：中華書局，1996 年，6944 頁。

在中部，至德二載，史思明、蔡希德率眾十餘萬來攻太原。時北都留守李光弼麾下之精兵盡赴朔方，城中「麾下皆烏合之眾，不滿萬人」。李光弼身先士卒，掘塹壕，穿地道，百計運籌，帥城內軍民與敵苦戰五十餘日，後乘敵日漸沮喪之際，「光弼率敢死之士出擊，大破之，斬首七萬餘級，軍資器械一皆委棄」〔註32〕。太原保衛戰牽制十餘萬叛軍，牢牢掌控河東道核心基地太原，是唐軍由守勢轉入攻勢的轉折點。

晉東南上黨，也是安史叛軍重點進攻的戰略據點。史載，至德中賈曾云：「李光弼守太原，程千里守上黨，……未聞賊能下也。」〔註33〕《資治通鑑》卷219至德元載秋七月條：「賊屢攻上黨，常為節度使程千里所敗。蔡希德復引兵圍上黨。」〔註34〕後程千里為賊所擒，王思禮接任上黨節度使之職，繼續堅守，未予敵可乘之機，並隨時準備出擊河北之敵。乾元二年九節度圍相州，王思禮領關內及潞府行營步卒二萬，馬軍八千，參加此役。大軍潰，唯王思禮與李光弼軍獨全〔註35〕，為反擊叛軍保存了有生力量。

南部河中府，安史之亂初期為叛軍佔領。至德二載，「郭子儀以河東居兩京之間，得河東則兩京可圖。時賊將崔乾祐守河東，丁丑，子儀潛遣人入河東，與唐官陷賊者謀，俟官軍至，為內應」。同年二月，「郭子儀自洛郊引兵趣河東，分兵取馮翊。己丑夜，河東司戶韓旻等翻河東城迎官軍，殺賊近千人。崔乾祐逾城得免，發城北兵攻城，且拒官軍，子儀擊破之。乾祐走，子儀追擊之，斬首四千級，捕虜五千人。乾祐至安邑，安邑人開門納之，半入，閉門擊之，盡殪。乾祐未入，自白逕嶺亡去。遂平河東」〔註36〕。

晚唐時代，李克用據有河東，在與河北、關中的軍閥爭戰中，多數戰事發生於河東道南部。因李克用表面上忠於唐王朝，故其控制河東，尚能制衡不臣之藩鎮，唐廷尚能苟延殘喘，待李克用勢衰，唐朝即滅亡。

四、唐代河東道有形的軍事文化景觀

景觀是文化的載體。三晉軍事文化的濃烈色彩，在遍佈河東道的軍事文化景觀中體現出來。文化景觀之構成包括物質因素和非物質因素。物質因素

〔註32〕劉昫，《舊唐書》，北京：中華書局，1975年，3305頁。

〔註33〕歐陽修、宋祁，《新唐書》，北京：中華書局，1975年，4298頁。

〔註34〕司馬光，《資治通鑑》，北京：中華書局，1996年，7031頁。

〔註35〕劉昫，《舊唐書》，北京：中華書局，1975年，3313頁。

〔註36〕司馬光，《資治通鑑》，北京：中華書局，1996年，7017～7018頁。

指具有色彩和形態，可以被人們肉眼感覺到的有形的人文因素，包括聚落、人物、服飾、街道、交通工具、栽培植物、馴化動物等〔註37〕。軍事文化景觀作爲文化景觀的分支，亦包括有形和無形的兩個因素，但唐代年代久遠，無形之景觀難以考索，唯有形的軍事景觀，如軍事遺迹，年代分明，且最易勾起文人詠歎的詩情。

河東道有形的軍事文化景觀，主要是古戰場和古關隘。

（一）古戰場

河東道著名古戰場之數量，唐前共計 170 處遺存，歷史時代不同，數量稍有差異。先秦時代，共 57 處，以今沁縣——隰縣爲南北分界，以南爲南部，以北至忻州爲中部，忻州以北爲北部，其數量分佈，南部 39 處，中部 15 處，北部 4 處。秦漢時期古戰場 35 處，以太原爲界，南部 22 處，北部 17 處。魏晉十六國時期古戰場共 32 處，太原以北 27 處，以南 5 處。南北朝時期古戰場 46 處。此爲當代學者考察所得，在唐代的古戰場之數量，應更爲豐富〔註38〕。在唐代，河東道著名的古戰場遺迹有：

長平之戰古戰場。公元前 262～260 年之長平之戰，留下了眾多的戰爭遺迹。《元和郡縣圖志》卷 15 河東道四澤州高平縣條：「頭顱山，一名白起臺，在縣西五里。秦坑趙眾，收頭顱築此臺。」「米山，在縣東五里。趙將廉頗積糧此山，因名。」「長平故城，在縣西二十一里。白起破趙四十萬眾於此，盡殺之。」〔註39〕《新唐書・地理志》三：澤州高平郡，「（高平縣）有省冤谷，本殺谷，玄宗幸潞州，過之，因更名」〔註40〕。長平地勢，東西北三面環山，呈箕形，由西北向東南傾斜，爲理想的戰略要地。戰場之中心地帶，由今高平市區向西，北沿丹河至丹朱嶺（即唐代長平關所在），折東南循羊頭山至秦嶺（即故關所在），再折西南沿小東倉河之高平，周回約 50 公里，是一個大的三角形地帶。許多遺迹至今留存。今高平西北十餘公里丹河東岸之長平村，即當年之長平城；高平西南與沁水縣交界之空倉嶺，爲當年趙軍之西壘壁；高平北十五公里之韓王山，爲戰役決戰階段趙軍統帥趙括軍帳駐地；韓王山

〔註37〕湯茂林，《文化景觀的研究內容》，《南京師大學報》（自然科學版），2000 年第 1 期，111 頁。

〔註38〕此統計數據參見靳生禾，《山西古戰場》，太原：山西人民出版社，2001 年。

〔註39〕李吉甫，《元和郡縣圖志》，北京：中華書局，1983 年，424 頁。

〔註40〕歐陽修、宋祁，《新唐書》，北京：中華書局，1975 年，1008 頁。

西麓之永祿村當年秦軍統帥白起設計坑殺趙俘之屍骨坑；高平西北之丹朱嶺至東南至馬鞍壑，有廉頗構築的百里石長城防線遺迹。

漢趙井陘之戰古戰場。唐代典籍所載主要是指漢代井陘故關。《史記・淮陰侯傳》張守節《史記正義》注云「井陘故關在并州石艾縣東十八里，即井陘口」〔註41〕。《元和郡縣圖志》卷13太原府廣陽縣條：「井陘故關在縣東北八十里。《史記》曰：漢二年，韓信與張耳欲東下井陘擊趙王，成安君陳餘聚兵井陘口二十萬，廣武君李左車說成安君曰：『井陘道狹，車不得方軌，騎不得成列。假臣騎兵三萬，從間道絕其輜重，不至十日，兩將之頭，可致戲下。』餘不從，故敗。今按井陘亦名土門。」井陘關處於兩山之間，地勢險要。今名舊關，平定（唐廣陽縣）至舊關之古道向稱韓信道；舊關東與河北省交界處之界碑口石山古道，即韓信、張耳所走故道，今存長久碾壓形成的尺餘深的古車轍，舊時有碑亭，勒刻記載戰役始末。舊關西南有柏井村古稱柏井城，傳爲韓信所築。其地形突兀險峻，四面臨河谷，爲兵要之地。

東漢末白波黃巾軍古戰場。漢末河東農民郭泰於白波谷築壁壘，聚眾十萬，長期轉戰河東。《元和郡新圖志》卷12絳州太平縣條：「白波壘，在縣東南十二里。後漢末黃巾賊於西河白波谷寇太原，於此築壘。」按白波谷位於今襄汾縣西南22公里處的永固村，東瀕汾河，當河床中央，隔河爲古晉陽與河東之間汾河谷地古道，爲自古交通要衝。今永固村東北尚存有五處白波壘遺迹，均爲巨大土堡。堡長寬約100～350米，牆外側高7～10米，厚8米，各堡中央有地道，堡外有護壕圍繞，誠爲堅固之堡壘。

秦趙閼與之戰古戰場。公元前270～269年，秦伐趙，二十萬大軍圍困趙國要塞閼與（今沁縣西南烏蘇村），廉頗認爲道遠險狹，難以救援。田部吏趙奢率數萬精兵救閼與，運用兵法「能而示之不能，用而示之不用」之原則，大破強敵，使秦國遭受實施兼併戰爭以來的第一次重大慘敗。《元和郡縣圖志》卷15潞州銅鞮縣條：「閼與城，在縣西北二十里。」《通典》卷179上黨郡銅鞮縣：「有閼與故城，漢韓信擒代相夏說於此。」〔註42〕閼與，地當太行、太嶽兩大山脈之間濁漳河峽谷地帶，相對平闊，便於運動。爲東連邯鄲，西接晉陽之通道。今烏蘇村北九連山餘脈萬人堖，即《史記》所載趙奢遣精兵萬人搶佔之制高點「北山」。

〔註41〕司馬遷，《史記》，北京：中華書局，1959年，2615頁。
〔註42〕杜佑，《通典》，北京：中華書局，1988年，4731頁。

東西魏玉壁之戰古戰場。公元 542 和 546 年，高歡兩次帥軍攻打西魏在河東之軍事重鎮玉壁城（今稷山汾河南岸），皆失敗而還。《元和郡縣圖志》卷 12 絳州稷山條：「玉壁故城，在縣南十二里。後魏文帝大統四年，東道行臺王思政表築玉壁城，因自鎮之。八年，高歡寇玉壁，思政有備，攻不克。周初於此置玉壁總管，武帝建德六年廢總管。城周回八十里，四面並臨深谷。」今有 150 米牆體保存尚好，底寬 11 米，高 1～3 米，夯層十釐米，沿深塹而築，高聳險峻。

（二）關隘和城堡分佈考略

河東道關隘城堡在全境星羅棋佈，遍及表裏山河之際。粗略統計，當時所置和尚留存之古代之堡隘關防，有近百處之多，在全道分佈特點，東部倚靠太行山脈，西部面臨黃河而設，中部則沿汾河谷地呈珠串狀分佈，由南而北分佈情況如下：

蒲州

城堡：

1・桑泉故城。《元和郡縣圖志》卷 12 河中府臨晉縣條：「桑泉故城，在縣東十三里。《左傳》曰：『重耳圍令狐，入桑泉』，謂此也。」〔註43〕

2・王官故城。《元和志》卷 12 河中府虞鄉縣條：「王官故城，在縣南二里。《左傳》曰：『秦伯濟河焚州取王官。』」（327 頁）

3・令狐城。《通典》卷 179，蒲州猗氏縣，「有古令狐城，左傳云：『晉文公從秦返國，濟河圍令狐。』即此。」〔註44〕《太平寰宇記》蒲州猗氏縣條：「令狐城……在縣西十五里。」〔註45〕

4・東張城。《史記・曹相國世家》云：「將軍孫逖軍東張。」〔註46〕《史記正義》引《括地志》：「張揚故城一名東張城，在蒲州虞鄉縣西北四十里。」〔註47〕

5・羈馬故城。《太平寰宇記》蒲州河東縣條：「羈馬故城，在河東縣南三十六里。」（955 頁）此為春秋時秦晉羈馬之戰遺址。

〔註43〕引文出自李吉甫，《元和郡縣圖志》，北京：中華書局，1983 年，326 頁。以下只隨文注明頁碼。

〔註44〕杜佑，《通典》，北京：中華書局，1988 年，4727 頁。

〔註45〕樂廣，《太平寰宇記》，北京：中華書局，2008 年，4727 頁。

〔註46〕司馬遷，《史記》，北京：中華書局，1959 年，2026 頁。

〔註47〕司馬遷，《史記》，北京：中華書局，1959 年，2027 頁。

關隘：

1・風陵關。《元和志》卷 12 河中府河東縣：「風陵故關，一名風陵津，在縣南五十里。魏太祖西征韓遂，自潼關北渡，即其處也。」（326 頁）《新唐書・地理志》三河中府河東縣：「南有風陵關，聖曆元年置。」〔註48〕

2・蒲津關。《元和志》卷 12 河中府河東縣：「蒲阪關，一名蒲津關，在縣西四里。《魏志》曰：『太祖西征馬超韓遂，夜渡蒲津關。』即謂此也。今造舟爲梁，其制甚盛，每歲徵竹索價謂之橋腳錢，數至二萬，亦關河之巨防焉。」（326 頁）《通典》卷 179 河東郡河東縣：「蒲津關，後魏大統四年造浮橋，九年築城爲防。大唐開元十二年，河兩岸開東西門，各造鐵牛四，其牛下並鐵柱連腹入地丈餘，並前後鐵柱十六。」（4726 頁）張說作有《蒲津橋贊》。

絳州

城堡：

1・子奇壘。《元和郡縣志》卷 12 絳州太平縣：「子奇壘，在縣東三十里。後秦王姚興遣弟義陽公平字子奇，與征虜將軍狄伯支等帥步騎四萬伐魏，攻平陽陷之，遂據柴壁。魏軍大至，截汾水以守之。……今按此壘西臨汾水，壘側尚有柴村，子奇投汾水，即此處也。」（331 頁）

2・陘庭故城。《元和志》卷 12 絳州曲沃縣：「陘庭故城，在縣南十二里。《左傳》：『曲沃武公伐翼，次於陘庭。』是也。」（333 頁）

3・玉壁。《元和志》卷 12 絳州稷山縣：「玉壁故城，在縣南十二里。後魏文帝大統四年，東道行臺王思政表築玉壁城，因自鎮之。八年，高歡寇玉壁，思政有備，攻不克。……城周回八十里，四面並臨深谷。」（335 頁）

4・平隴城。（雍正）《山西通志》卷六十：「高歡城（稷山）縣西五里，東魏高歡攻韋孝寬築，此即平隴鎮也。」《北齊書・斛律光傳》：「（武平）二年，率眾築平隴、衛壁、統戎等鎮戍十有三所……韋孝寬等，步騎萬餘，來逼平隴，與光戰於汾水之北，光大破之。」〔註49〕由地方志記載可知，斛律光所築十三處堡壘在唐時應尚存。

5・華谷城。（乾隆）《大清一統志》絳州條：「華谷城，在稷山縣西北二十里。」《北齊書・斛律光傳》載，武平元年，「光又率步騎五萬於玉壁築華谷、龍門二城」（224 頁）。

〔註48〕歐陽修、宋祁，《新唐書》，北京：中華書局，1975 年，1000 頁。
〔註49〕李百藥，《北齊書》，北京：中華書局，1972 年，224 頁。

　　6·車廂城。《太平寰宇記》絳州絳縣條:「古理車箱城,去縣東南十里。在太陰山北,四面懸絕。西魏大統五年修其城,東西長,形如車箱,因名。」(993 頁)

　　7·柏壁。《元和志》絳州正平縣:「柏壁,在縣西南二十里。後魏明帝元年於此置柏壁鎮。……高二丈五尺,周回八里。」(330 頁)

　　8·薛通城。《元和志》卷 12 絳州萬泉縣:「薛通城者,後魏道武帝天賜元年,赫連勃勃僭號夏,侵河外,於時有縣人薛通率宗族千餘家,西去漢汾陽縣城八十里築城自固,因名之。」(332 頁)

　　9·白波壘。《元和志》絳州太平縣:「白波壘,在縣南十二里。後漢末黃巾賊於西河白波谷寇太原,於此築壘。」

關隘:

　　1·太平關。《元和志》絳州太平縣:「太平故關城,在縣東北二十七里。」(331 頁)《新唐書·地理志》絳州:「太平縣,有太平關,貞觀七年置。」(1001 頁)

　　2·家雀關。《通典》卷 179 絳州正平縣:「故家雀關,在縣南七里。」(4728 頁)

　　3·武平關。《元和志》絳州正平縣:「武平故關,在縣西三十里。高齊時置,周平齊廢。」(331 頁)

　　4·龍門關。《元和志》絳州龍門縣:「龍門關,在縣西北二十二里。」《讀史方輿紀要》蒲州河津縣(唐絳州)條:「龍門關,在縣西北龍門山下。後周所置,唐因之。關下即禹門渡也。」

　　5·瀺關。《水經注》卷四:「(瀺)水出垣縣王屋山西瀺溪,夾山東南流,逕故城東,即瀺關也。漢光武建武二年,遣司空王梁北守瀺關……獻帝自陝北渡安邑,東出瀺關,即是關也。」〔註50〕《讀史方輿紀要》絳州垣曲縣:「箕關,在縣東北七十里,亦曰瀺關。」可知此關唐時亦存。

晉州

城堡:

　　1·東池堡。《元和志》卷 12 晉州岳陽縣:「東池堡,在縣南三十三里。……北面絕崖,三面各二丈五尺,周回二里。」(339 頁)

〔註50〕楊守敬、熊會貞,《水經注疏》,南京:江蘇古籍出版社,1989 年,368〜369 頁。

2・洪洞故城。《元和志》晉州洪洞縣：「洪洞故城，在縣北六里。後魏鎮城也。姚最《序行記》曰：『周建德五年，從行討齊師，次洪洞，百雉相臨，四周重複，控據險要，城主張元靜率其所部肉袒軍門。』即此也。」（339 頁）

3・會昌故城。《元和志》晉州洪洞縣：「會昌故城，在縣東南二十四里。後魏太武帝禽赫連昌置，因以名焉。」（339 頁）

4・赤壁。《太平寰宇記》晉州岳陽縣條：「赤壁城，在縣西一里。隋岳陽縣理此。」（908 頁）

慈州

城堡：

1・倚梯故城。《元和志》卷 12 慈州昌寧縣：「倚梯故城，在縣西南一百五十里。累石爲之，東北兩面據嶺臨谷，西南兩面俯眺黃河，懸崖絕壁百餘尺，其西南角即龍門之上口也，以城在高嶺，非倚梯不得上，因以爲名。」（344 頁）

2・拓定城。《元和志》慈州仵城縣：「拓定故城，在縣西一里。周保定四年置，以高齊境，因以爲名。」（344 頁）

3・姚襄城。《元和志》慈州吉昌縣：「姚襄城，在縣西五十二里。本姚襄所築，其城西臨黃河，控帶龍門，孟門之險，周齊交爭之地。」（343 頁）

隰州

城堡：

1・姚嶽城。《讀史方輿紀要》隰州：「姚嶽城，在州東北。」《周書・韋孝寬傳》云：『汾州之北，離石以南，悉是生胡，抄掠居人，阻斷河路。孝寬深患之。而地入於齊，無方誅翦，欲當其要處，置一大城，乃於河西徵役徒十萬，甲士百人，遣開府姚岳監築之。」〔註51〕

2・橫城。《元和志》隰州隰川縣：「故橫城，在縣南三十五里。隋仁壽四年，楊諒作逆，遣僞將吳子通屯兵築城於此，橫絕蒲州道，因以爲名。」（345 頁）

關隘：

1・馬鬥關。《新唐書・地理志》隰州大寧縣，西有馬鬥關。（1002 頁）《讀史方輿紀要》隰州大寧縣：「馬鬥關，縣西七十五里，臨大河渡口，亦曰馬鬥渡，唐置關於此。」

〔註51〕令狐德棻，《周書》，北京：中華書局，1971 年，539 頁。

2・永和關。《元和志》卷 12 隰州永和縣:「以縣西永和關爲名也。」(347頁)《讀史方輿紀要》隰州永和縣:「永和關,縣西六十五里,下臨黃河。」

3・上平關。《新唐書・地理志》隰州石樓縣,北有上平津。(1003 頁)《元豐九域志》隰州石樓縣,有上平關。〔註52〕

太原府

城堡:

1・三角城。《元和郡縣圖志》卷 13 太原府晉陽縣:「三角城,在縣西北十九里,一名徒人城。」(365 頁)《永樂大典》引《晉陽志》云:『趙襄子作此城以處刑,慮其逃亡,內置卻敵,外安龍尾爲三面,故名三角城。」〔註53〕

2・捍胡城。《元和志》晉陽縣:「捍胡城,一名看胡城,在縣北二十三里。」(365 頁)

3・百井寨。《讀史方輿紀要》太原府陽曲縣:「百井鎮,府北四十里。唐廣明元年河東將張彥球追沙陀於代北,至百井軍變還晉陽,即柏井也。」《元豐九域志》太原府:「陽曲縣有百井寨。」

4・咸陽城。《元和志》太原府太谷縣:「咸陽故城,在縣西南十里。秦伐趙築之,以咸陽兵戍之,因名。」(370 頁)咸陽城今爲咸陽村,隸屬太谷縣。

5・蘿藦亭。《元和志》太谷縣:「蘿藦亭,俗名落漠城,在縣西北十九里。」(370 頁)《讀史方輿紀要》太原府太谷縣:「蘿藦亭,……相傳秦將王翦伐趙時所築。」今其地名爲六門村,太谷縣西北五里。按「蘿藦」、「落漠」、「六門」皆一音之轉。

6・柵城。《新唐書・地理志》太原府文水縣,西北二十里有柵城渠。(1004 頁)《永樂大典》卷5204《太原志》云:「柵城,在(文水)縣北二十里。《舊經》云:魏武帝築,以備北人,當文谷口,因以名焉。」(297 頁)

7・賀魯城。《永樂大典》卷5204《太原志》云:「賀魯城,在(壽陽)縣西北三十里,春秋晉大夫趙簡子所築也。」(299 頁)

8・大於城。《元和志》太原府文水縣:「大於城,在縣西南十一里。本劉元海築,令兄延年鎮之。胡語長兄爲大於,因以爲名。」(372 頁)

9・昔陽城。《元和志》太原府樂平縣:「昔陽故城,一名夕陽城,在縣東五十里。……七國時,趙戍於此。」(376 頁)

〔註52〕王存,《元豐九域志》,北京:中華書局,1984 年,169 頁。
〔註53〕馬蓉等,《永樂大典方志輯佚》,北京:中華書局,2004 年,293 頁。

關隘：

　　1‧馬嶺關。《永樂大典》卷 5202《太原志》云：「馬嶺關，在太谷縣東南七十里。通邢州路。《五代史》梁伐太原，洺州刺史張歸厚自馬嶺入，即此關也。」（277 頁）

　　2‧天門關。《新唐書‧地理志》太原府陽曲縣有天門關。（1004 頁）《永樂大典》卷 5203《太原志》云：「天門關，在陽曲縣西北六十里。」（277 頁）

　　3‧白馬關。《元和志》太原府盂縣：「白馬山，在縣東北六十里。……山上有白馬關，後魏所築。」（375 頁）

　　4‧井陘關。《元和志》太原府廣陽縣：「井陘故關，在縣東北八十里。……今按井陘亦名土門。」（373 頁）

　　5‧葦澤關。《元和志》廣陽縣：「葦澤故關，在縣東北八十里。」（374 頁）《魏書‧地形志上》樂平郡：「石艾（即唐廣陽縣）有葦澤關。」〔註54〕按此處有董卓壘，嚴耕望先生以為葦澤關即因壘建關，與董卓壘應為一處〔註55〕。

　　6‧赤塘關。《新唐書‧地理志》云：「陽曲縣有赤塘關。」（1004 頁）《永樂大典》卷 5203《太原志》云：「赤塘關，在陽曲縣北九十里，忻州西道也。……舊經云，昔有田父劉赤塘曾隱居於此，故名之。」（277 頁）

汾州

城堡：

　　1‧京陵城。《元和郡縣圖志》汾州平遙縣：「京陵故城，在縣東七里。」（380 頁）《讀史方輿紀要》引《城冢記》：周宣王北伐玁狁時所築。

　　2‧板橋城。《太平寰宇記》汾州介休縣：「板橋城。《郡國志》云：『劉淵擊劉琨於此。』」光緒《山西通志》卷 54 古迹考：「板橋城，在介休縣西北十八里韓板村。」

　　3‧賈胡堡。《元和志》汾州靈石縣：「賈胡堡，在縣南三十五里。義寧元年，義師次於霍邑，隋將宋金剛拒不得進，屯軍此堡。」（379 頁）

　　4‧八門城。《元和志》汾州西河縣：「八門城，在縣北十五里，劉元海遣將喬嵩攻西河，築營自固，營有八門，因名。」（378 頁）

〔註54〕魏收，《魏書》，北京：中華書局，1974 年，2648 頁。

〔註55〕嚴耕望，《唐代交通圖考》上海：上海古籍出版社，2007 年，第五冊 1444頁。

5‧六壁城。《水經注》卷六文水條：「（勝水）出西狐岐之山，東徑六壁城南，魏朝舊置六壁於其下，防離石諸胡，因為大鎮。」（597 頁）《讀史方輿紀要》汾州府孝義縣：「六壁城，縣西南十五里。」

6‧團城。《元和志》汾州孝義縣：「團城，在縣西北十八里，後魏築以防稽胡，其城紆曲，故名團城。」（378 頁）

關隘：

1‧長寧關。《新唐書‧地理志》云汾州靈石縣有長寧關。（1004 頁）

2‧冷泉關。《八瓊室金石補證》卷 74 有《冷泉關河東節度王宰題記》，正書，在靈石。〔註 56〕中有「駐旆關亭，吟睇移影」語。石在靈石冷泉關故題冠以關名。冷泉關在雀鼠谷北端，臨近汾水。乾隆《大清一統志》卷 116 霍州「有冷泉關，在靈石縣北五十五里」。

3‧陰地關。《新唐書‧地理志》汾州：「靈石，西南有陰地關。」（1004 頁）圓仁《入唐求法巡禮行記》卷三云：「齋後，……到靈石縣。過縣，傍汾河南行廿里，到陰地關。」（圓仁《入唐求法巡禮行記》137 頁）陰地關位於雀鼠谷的南口。

4‧汾水關。《通典》卷 179 汾州：靈石縣有汾水關。（4736 頁）圓仁《入唐求法巡禮行記》卷三：「過關（陰地關）南行十里到桃柳店，……南行十里到長寧驛，汾水關。」（137 頁）嚴耕望先生據此疑汾水關與長寧驛乃一關二名〔註 57〕。

5‧板谷關。（雍正）《山西通志》卷十關隘：板谷關（孝義）縣西二十八里獨擔村，漢文帝時置關戍守。

6‧白壁關。（雍正）《山西通志》卷十關隘：白壁關（孝義縣）西二十里，唐尉遲恭戍守於此。天復二年汴將朱友寧圍太原，周德威追之抵白壁關。

儀州

關隘：

1‧石會關。《讀史方輿紀要》遼州榆社縣：石會關，在縣西北，唐置關於此。會昌三年，河東帥劉沔討澤潞軍於石會。……關，蓋澤潞北走晉陽之經道也。

〔註 56〕陸增祥，《八瓊室金石補證》，北京：文物出版社，1985 年，515 頁。
〔註 57〕嚴耕望，《唐代交通圖考》第一冊，上海：上海古籍出版社，2007 年，118 頁。

2．黃澤關。《新五代史・梁臣・劉鄩傳》：「潛軍出黃澤關襲太原。」〔註58〕
《永樂大典》卷 5245 引《遼州志》云：「黃澤關，在州城（遼州）東南一百二
十里，乃太行絕頂。」（393 頁）

嵐州

城堡：

1．洪谷堡。《新唐書・僖宗紀》乾符五年十二月甲戌，「崔季康、李鈞
及李克用戰於洪谷」。（268 頁）《永樂大典》引《太原志》：「洪谷堡隘，西至
本州（岢嵐）五十里，東通太原府界。」（280 頁）

2．伏戎城。《元和志》嵐州靜樂縣：「伏戎城，在縣西北八十里。」（396
頁）

關隘：

1．樓煩關。《元和志》嵐州靜樂縣：「樓煩關，在縣北一百五十里。」
（397 頁）《隋書・煬帝紀上》：「大業三年，……八月，……癸巳，入樓煩
關。」〔註59〕

2．蔚汾關。《元和志》嵐州合河縣：「蔚汾關，在縣東七十里。」（397
頁）《新唐書・地理志》嵐州合河縣，北有合河關，東有蔚汾關。（1005 頁）

3．合河關。《元和志》合河縣：「合河關，在縣北二十五里。」（397 頁）

憲州

關隘：

1．雁門關。《新唐書・地理志》憲州天池縣，有雁門關。（1005 頁）《太
平寰宇記》憲州天池縣：「雁門關，在州東南六十里，屬天池縣雁門鄉。其關
東臨汾水，西倚高山，接嵐、朔州。」（892 頁）

石州

城堡：

1．盧城。《元和郡縣圖志》石州離石縣：「盧城，在縣東二十里。晉并州
刺史劉琨所築，以攻劉曜。」（399 頁）

2．三角戍。《元和志》石州臨泉縣：「三角戍，在縣北七十三里。」（400
頁）

〔註58〕歐陽修，《新五代史》，北京：中華書局，1974 年，226 頁。
〔註59〕魏徵，《隋書》，北京：中華書局，1973 年，69～71 頁。

關隘：

1．孟門關。《元和志》石州定胡縣：「孟門鎮，在縣西一百步，河東岸。」（399頁）《隋書·地理志中》離石郡，定胡縣，有關官。（852頁）《通典》卷179石州：定胡縣，隋置孟門關，其地險固。（4739頁）

忻州

關隘：

1．石嶺關。《新唐書·地理志》忻州：定襄縣有石嶺關。（1006頁）乾隆《大清一統志》卷97太原府二：「石嶺關，……為並代雲朔要衝，勢甚險固。唐武德三年，突厥窺晉陽，自石嶺以北，皆留軍戍之。至德中置石嶺軍。」

代州

關隘：

1．石門關。《新唐書·地理志》代州崞縣，有石門關。（1006頁）《太平寰宇志》代州崞縣：「石門關在縣西北八十里。」

2．東陘關。《通典》卷179代州：「郡南三十里有東陘關，甚險固。」（4741頁）《新唐書·地理志》代州雁門，有東陘關、西陘關。（1006頁）

3．西陘關。又名雁門關。《元和志》代州雁門縣：「勾注山，一名西陘山，在縣西北三十里。晉咸寧元年《勾注碑》云：『蓋北方之險，有盧龍、飛狐、勾注為之首，天下之阻，所以分別內外也。」（402頁）（乾隆）《大清一統志》卷114代州關隘目引《州志》云：「關舊在雁門山上，東西山岩峭拔，中路盤旋崎嶇，唐於絕頂置關。元時關廢。」

蔚州

關隘：

1．直谷關。《新唐書·地理志》蔚州靈丘縣，有直谷關。（1007頁）《太平寰宇記》蔚州靈丘縣：「直谷關，在縣北七十里。」（1064頁）按唐蔚州屬河東道，兼管轄河東河北各一部分區域，靈丘屬於河東之部分，今屬山西省管轄。

雲州（按雲朔二州完全屬於邊塞，其駐軍單位星羅棋佈，軍寨據點甚多，昔史載不詳，此處以史志明確記載者列之，只有名稱而方位不詳者略）

關隘：

1．牛皮關。《新唐書·地理志》雲州，城東有牛皮關。

潞州

城堡：

1·斷梁城。《元和郡縣志》卷 15 潞州銅鞮縣：「斷梁城，在縣東北三十里，下臨深壑，東西北三面阻澗，廣袤二里，俗謂之斷梁城。」（421 頁）《水經注》卷十濁漳水條：「世謂之斷梁城，即故縣之上虒亭。」（921～922 頁）

2·下虒聚。《漢書·地理志上》上黨郡：「銅鞮，有上虒聚，下虒聚。」（1553 頁）《水經注》卷十濁漳水條：銅鞮水又東南流，逕頃城西，即縣之下虒聚也。（922 頁）《讀史方輿紀要》沁州斷梁城：「斷梁城即銅鞮縣之上虒亭，又東南有傾城，即縣之下虒聚也。」

3·臺壁。《水經注》卷十濁漳水條：「（潞縣）北對故壁臺，漳水逕其南，本潞子所立也，世名之爲臺壁。慕容垂伐慕容永於長子，軍次潞川。永率精兵拒戰，阻河自固，垂陣臺壁，一戰破之，即是處也。」（924～925 頁）雍正《山西通志》卷 58 潞州，「臺壁，黎城縣東十五里。」

4·關與城。《元和志》潞州銅鞮縣：「關與城，在縣西北二十里。」（421 頁）秦趙關與之戰遺址。

關隘：

1·井谷關。《元和志》潞州襄垣縣：「井谷關，在縣東南四十里，置在天井谷內。深邃似井，因以爲名。魏武初遷鄴，於此置關。」（422 頁）中華書局版《元和志》校記謂「井谷」爲「天井」之誤，不確。《新唐書·地理志》潞州條亦云：「襄垣縣，東有井谷故關。」（1008 頁）可知《元和志》關名無誤。

2·壺關。《元和志》潞州黎城縣：「古壺關，在縣東二十五里。《春秋》：齊國夏伐晉，取八邑，有盂口。盂口即壺口也，聲相近，故有二名。」（420 頁）

3·壺關口。《資治通鑑》漢建安十年冬十月：（高幹）舉兵守壺關口。胡三省注引李賢曰：「潞州上黨縣有壺山口，因其險而置關焉。」（2061 頁）

4·昂車關。《新唐書·地理志》潞州武鄉，北有昂車關。（1008 頁）《讀史方輿紀要》沁州武鄉縣：「昂車關，在縣東北七十里。」

5·上黨關。《漢書·地理志》，上黨郡有上黨關。乾隆《大清一統志》卷 103 潞安府關隘：「上黨關，在屯留縣境。」

6·馬牢關。《舊五代史》卷 25《後唐武皇紀》，唐大順元年，汴將李讜急攻澤州，李存孝自潞州援之，李讜收軍而退，李存孝大軍掩至馬牢關，斬首萬餘級。（343 頁）《讀史方輿紀要》卷 43，馬牢關在澤州東南。乾隆《大清一統志》卷 107 澤州府山川：馬牢山在鳳臺縣南二十里。鳳臺即唐代晉城縣，按《元和志》，天井關在晉城縣南四十里太行山上，是則馬牢關處於澤州到天井關路途之中間，在天井關北約二十餘里處〔註60〕。

澤州

城堡：

1·馬邑城。《太平寰宇記》澤州沁水縣：「馬邑城，置在山上，縣東二十里。《史記》白起與趙括相戰於長平之時，築此城養馬。其處險峻，南臨小澗，北拒大川。」（922 頁）

2·王離城。《元和志》澤州沁水縣：「古王離城，在縣東北五十里。秦時王離擊趙所築，四面絕險。」（424 頁）

3·長平故城。《元和志》澤州高平縣：「長平故城，在縣西二十一里。白起破趙四十萬眾於此，盡殺之。」（424 頁）

4·光狼城。《史記·秦本紀》秦莊襄王二十七年，「白起攻趙，取代光狼城」。（213 頁）《史記正義》引《括地志》云：「光狼故城，在澤州高平縣西二十里。」（215 頁）

5·趙郭城。《史記·白起王翦列傳》：「陷趙軍，取二鄣四尉。」《史記正義》引《括地志》云：「趙郭故城，一名都尉城，今名趙東城，在澤州高平縣西二十五里。」（2334 頁）

關隘：

1·天井關。《元和志》澤州晉城縣：「天井故關，一名太行關，在縣南四十五里太行山上。」（423 頁）

2·長平關。《元和志》高平縣：「長平關，在縣北五十一里。」（424 頁）

3·武靳關。《魏書·地形志》高都郡：陽阿縣有武靳關。（2482 頁）（乾隆）《大清一統志》卷 107 澤州府關隘：「武靳關，在鳳臺縣西北。」陽阿、鳳臺，與唐之晉城縣為一地。

以上軍事城堡 48 處，軍事關隘 43 處，遍及河東道十六個州府。

〔註60〕嚴耕望，《唐代交通圖考》第一冊，上海：上海古籍出版社，2007 年，140 頁。

五、軍事戰爭影響下的尚武民風

　　三晉之人，頻繁的經歷戰爭，參與戰爭，生活在軍事氛圍濃厚的生活環境中，養成了尚武陽剛俠義的地域性格。

　　三晉尚武之風，其源甚久。春秋戰國之世，晉兵之勇名震諸侯。胡樸安云：「全晉在春秋世，最為強國。」〔註61〕蘇轍云：「戰國之時秦晉之兵，彎弓而帶劍，馳騁上下，咄嗟叱吒，蜀漢之士，所不能擋也。」〔註62〕其時三晉產生了一批卓越的軍事家，勇悍頑強之先軫，老當益壯之廉頗，威震塞外之李牧，皆一代名將。至漢代，河東北部為漢朝與匈奴征戰之主戰場，戰事頻繁，河東人尚武精神亦發揮得淋漓盡致。衛青、霍去病出身平陽（唐晉州），甥舅從軍，數次率師出擊匈奴，保邊境數十年的平安，建不世奇勳。霍去病「匈奴未滅，何以家為」之豪語成為千古軍人報國之座右銘。如本書第一章所述，在衛霍麾下有許多河東籍的將領，皆成為當代名將，如衛青麾下張次公、李沮、郭昌、荀彘、曹襄皆因戰功至將軍者，衛青麾下為特將者十五人，三晉一地占三分之一；霍去病麾下至將軍者共二人，路博德、趙破奴皆三晉籍貫。又有河東郡楊人郅都鎮守邊塞，被時人譽為「戰克之將，國之爪牙」〔註63〕。其時民風尚武，近於剽悍，《漢書‧地理志下》云：「太原、上黨又多晉公族子孫，以詐力相傾，矜誇功名，報仇過直，嫁取送死奢靡。漢興，號為難治，常擇嚴猛之將，或任殺伐為威。父兄被誅，子弟怨憤，至告訐刺史二千石，或報殺其親屬。鍾、代、石、北，迫近胡寇，民俗懻忮，好氣為奸，不事農商，自全晉時，已患其剽悍，而武靈王又益厲之。故冀州之部，盜賊常為它州劇。」〔註64〕至漢末三國時代，群雄逐鹿，許多著名戰將皆出自三晉。并州以北之呂布、張遼，中部楊之徐晃，南部解州之關羽，皆為千古名將。特別是關羽，唐代以後逐漸演化為武聖，成為三晉尚武精神最主要的代表。南北朝時期，少數民族南下，長期逐鹿河東，匈奴、鮮卑等游牧民族將生鮮的尚武騎射精神帶入原住民的性格之中，而且他們中的大部分已成為河東人民居留下來，作為新的族群成為此地域的一份子。少數民族勇猛之將亦比比皆是，石勒、劉淵等軍事統帥自不必言，北魏代人于栗磾，號為「黑

〔註61〕胡樸安，《中華全國風俗志‧山西》，上海：上海文藝出版社，1988年，41～72頁。

〔註62〕蘇轍，《蜀論》，見《蘇轍集》，北京：中華書局，1990年，1277頁。

〔註63〕班固，《漢書》，北京：中華書局，1962年。

〔註64〕班固，《漢書》，北京：中華書局，1962年，1656頁。

稍將軍」〔註65〕，勇猛絕倫。北齊朔州人斛律光精於騎射，號爲「落雕都督」〔註66〕，爲高歡大將，更以演唱《敕勒川》名曲而聞名後世。《隋書·地理志》云：「太原山川重複，實一都之會，本雖後齊別都，人物殷阜，然不甚機巧。俗與上黨頗同，人性勁悍，習於戎馬。……故自古言勇俠者，皆推幽、并云。」〔註67〕「幽并游俠」成爲後世詩歌中常見的意象。

至唐代，河東道內部各地域尚武之風依然持續不衰。代北，人性勁悍，習於戎馬，「代北之人武」〔註68〕。太原，「并州近狄，俗尚武藝」〔註69〕。河中，「勁銳強兵，盡出於是」〔註70〕，上黨，「人多重農桑，性尤質樸，蓋少輕詐。……其俗剛強，亦風氣然乎」〔註71〕。本土著名的軍事人才，除漢族尉遲恭、薛仁貴，又有許多少數民族將領，稱雄一時，如太原李光顏、李光進兄弟，晚唐李克用、李存孝、李嗣源父子，皆戰爭中的風雲人物。

受尚武精神所影響，三晉之士對於從事軍旅職業，亦持開放寬容的態度。五代時郭威云：「河東山川險固，風俗尚武，土多戰馬，靜則勤稼穡，動則習軍旅。」〔註72〕如大同，「簪弁子弟，服習弓馬，給事鞬帶，以列車騎材官之盛。地近虎山，土著從戎者，十室五六」〔註73〕。故自古軍事人才特盛，據統計，唐五代前河東道著名之軍事人才有248人，且家族化爲其顯著特點，西漢至五代，太原祁縣王氏軍事家11人，太原王氏9人，汾陰薛氏11人，裴氏16人，軍事人才代代相承，至唐代出現像裴度這樣文武兼資的軍事統帥〔註74〕。唐代河東道普通家庭從業之途徑，亦以武職爲多，檢《唐代墓誌彙編》、《續集》，山西地區出土之唐代墓誌，有官稱的81人，文職14人，武職67人，可見一時風氣。

〔註65〕魏收，《魏書》，北京：中華書局，1974年，736頁。

〔註66〕李百藥，《北齊書》，北京：中華書局，1972年，222頁。

〔註67〕魏徵，《隋書》，北京：中華書局，1973年，860頁。

〔註68〕董誥，《全唐文》卷372，北京：中華書局，1983年，3779頁。

〔註69〕杜佑，《通典》，北京：中華書局，1988年，4745頁。

〔註70〕杜佑，《通典》卷179引韓覃語，北京：中華書局，1988年，4726頁。

〔註71〕魏徵，《隋書·地理志》，北京：中華書局，1973年，860頁。

〔註72〕司馬光，《資治通鑑》，北京：中華書局，1996年，9275頁。

〔註73〕山西省大同市地方志編撰委員會，《大同市志》，北京：中華書局，2000年，1847頁。

〔註74〕李愛軍，《飛狐上黨天下脊——山西歷史軍事文化景觀及空間分佈研究》，太原：山西出版集團，山西人民出版社，2009年，101～102頁。

　　河東道密集的軍事戰爭，遍地林立的軍事城堡、關隘，和濃厚的尚武精神，在整個唐代具有非常獨特的文化色彩。貞觀十道中，沒有任何一道如河東道的自然地形由內到外形成一個天然的軍事堡壘，在狹小的空間遺存數量巨大的關隘軍城。其外在的軍事文化景觀和內在的尚武俠風對唐代文學產生了多方面的影響。

第二節　河東道軍事文化景觀的文學抒寫

　　河東道關隘城堡林立，古戰場數量眾多，文人徜徉其間，詩興頻發，軍事文化景觀的書寫就成為河東道詩歌創作的鮮明特色。三晉軍事文化景觀的文學抒寫主要以關隘為主，另有古戰場、瞭望臺之作。共計 38 首，涉及九個關隘，一個古戰場，一個軍事瞭望臺。關隘有蒲津關，天井關，壺關，雁門關，善陽關，東陘關，冷泉關，陰地關，汾水關。古戰場為長平之戰古戰場，軍事瞭望臺為鸛雀樓。詩人所詠，或是對軍事景觀直接的描寫，或是身臨其地的感慨，或是體貼入微的瀇想，在其多樣化的創作中，蘊含了豐富的情感內容。

一、關隘——軍事戰爭的堡壘

　　關隘，在詩人的眼中，首先是險固的軍事要塞。韋莊《天井關》:「太行山上雲深處，誰向雲中築女牆。短綆詎能垂玉甃，繚垣何用學金湯。劖開嵐翠為高壘，截斷雲霞作巨防。守吏不教飛鳥過，赤眉何路到吾鄉。」〔註75〕按天井關，據《元和郡縣志》卷 15 澤州，在晉城縣南四十里太行絕頂之上，古時稱為「天門」。天井關周邊險隘重重，東面有同位於絕頂之橫望隘，東南九十里有群山圍蔽，道路險仄的碗子城，稍遠又有永和隘、柳樹隘等一系列關隘，與天井互為犄角，形成一個交叉的軍事堡壘。其遺址今存，關之東南有三眼泉井深不可測，因以為名。韋莊此詩極言關城之高險。首二句遠望，隱約間在雲霞之上有城頭矮牆閃現，「雲」的意象不避重複，純為形容關城的高遠之勢。頷聯、頸聯表意相對，以普通水井與天井作比，而圍繞「天井」展開。三四句是說，普通汲水的井繩不足以丈量天井城牆之高峻，普通水井低矮的井臺亦不足比堅固的城垣，否定意義而以反問句式出之，正為突出普

〔註75〕齊濤，《韋莊詩詞箋注》，濟南：山東教育出版社，2002 年，264 頁。

通水井的微不足道。物象設置頗爲巧妙,「短綆」、「玉甃」、「繚垣」、「金湯」,緊緊契合「井」字,「玉甃」實指天井關的城牆,「金湯」指關城整體。詩人通過井中汲水的日常事象比擬天井關城的險峻,取喻平實,略帶俏皮。五六句言關城之雄峻,實中帶虛,上句言城之堅,下句言城之高,關山嶽,截雲霞,想像大膽奇幻。城池橫插天際,雲霞斷續,飄渺之物而以「截斷」之舉,使得雲霞獲得一種堅實有形的意象效果。詩歌最後一聯寫天井關的戰略功能,兼今古而言之。韋莊其時因黃巢農民軍入長安而避亂河東,此際正欲南下遠遊江東,同時另一首《壺關道中作》云:「處處兵戈路不通,卻從山北去江東。」據夏承燾《韋莊年譜》,韋莊廣明元年(880)在長安應舉,同年十二月黃巢軍陷長安,韋莊困城中大病。後中和二年(882)春離長安居洛陽〔註76〕。按韋莊離京赴洛陽路線,《年譜》不詳。據天井關、壺關二詩,可知韋莊出長安先入河東,再從河東越太行赴洛陽,其時河東爲李克用所據,尚屬平安。末聯以「赤眉」喻黃巢軍,用典貼切,因西漢末赤眉軍曾經與光武帝劉秀爭奪天井關。東漢建武元年,更始帝劉玄部將田邑爲上黨太守,「及世祖即位,遣宗正劉延攻天井關,與田邑連戰十餘合,延不得進。邑迎母弟妻子,爲延所獲」。後田邑聞更始帝劉玄已敗,始歸降劉秀〔註77〕。建武二年,光武帝派王梁「北守天井關」,赤眉軍朱育等不敢出兵,牽制了赤眉軍的兵力,後王梁以鎮守天井之功拜大司空。韋莊之前的武宗會昌年間,唐軍討伐澤潞節度使劉稹,天井關亦成爲雙方反覆爭奪的戰略要點。先是,河陽節度使王茂元進攻天井關失利,爲天井守將薛茂卿擊破,被俘虜四員將領,火燒十七營柵;後茂卿與另一路討伐軍王宰暗通款曲,佯敗讓出天井關;會昌三年十一月,王宰再次進攻澤州,與叛將劉公直作戰失敗,天井關復爲叛鎮所有〔註78〕。天井之古代史與當代史都在詩人的記憶之中,因戰亂避難,越太行途經天井關,其禦敵保境之功自然在詩中表露出來。易言之,韋莊所吟詠關隘的攻防據守之險固特徵,正是軍事關隘最基本的功能體現。

軍事文化景觀間接蘊含的是歷史戰爭的信息。詩人遊弔古關隘、古戰場,戰爭即成爲詩人直接吟詠的題材。圍繞著河東道東南部的長平之戰古戰場,

〔註76〕夏承燾,《唐宋詞人年譜》,古典文學出版社,1955年,7~9頁。

〔註77〕范曄,《後漢書》,北京:中華書局,1962年,969頁。

〔註78〕歐陽修、宋祁,《新唐書》卷227《藩鎮宣武彰義澤潞》,北京:中華書局,1975年,6016頁。

詩人們專注於憑弔冤死的戰魂；在北部的雁門關，詩人們用樂府的形式表現了戰爭的過程，前者趨向於史，後者偏重於今。兩組詩歌互爲補充，立體地展現了軍事戰爭的當下和過去。

　　長平之戰，唐代詩歌中以泛泛用典居多，如胡曾詠史詩《長平》，亦就事論事，非親到古戰場之作。最直接地描寫長平古戰場的詩歌有，李賀的《長平箭頭歌》、陳子昂《登澤州城北樓宴》、李益《從軍夜次六胡北飲馬磨劍石爲祝殤辭》三首，李益詩是回憶，陳詩是遙望，李賀是親臨。

　　長平之戰遺址，至唐猶存。在澤州高平縣西五里有頭顱山，一名白起臺，秦坑趙卒，收頭顱築爲京觀。長平故城，在高平縣西二十一里，白起坑殺四十萬趙卒於此。據當代學者研究，長平古戰場是一個大的三角形地帶，周回五十公里，斷刃殘鏃時有發現﹝註79﹞。長平之戰爲我國古代歷史上規模最大的一次戰役，雙方參戰兵力在一百萬以上，其戰爭之結果，坑殺四十萬降卒，爲罕見慘絕之舉，「長平」遂成爲冤屈的代名詞。沈佺期身陷獄中，有「屈從由來是方朔，爲申冤氣在長平」（《獄中聞駕幸長安二首之一》）﹝註80﹞，劉長卿查案後云：「豈令冤氣積，千古在長平。」（《按覆後歸睦州贈苗侍御》）﹝註81﹞李白下潯陽獄，向宰相獻詩云：「邯鄲四十萬，同日陷長平。能回造化筆，或冀一人生。」（《繫潯陽，上崔相渙三首》之一）長平之戰，《史記》記載頗詳。秦昭襄王四十七年四月，秦派王齕進攻趙之長平，趙將廉頗築壁壘以待秦，堅壁不出。秦國施反間計，趙國統帥換爲趙括，秦軍暗中換白起爲帥。趙括改變廉頗堅壁相持之戰術，與秦軍正面決戰，秦軍佯敗而走。「趙軍逐勝，追造秦壁。壁堅拒不得入。而秦奇兵二萬五千人絕趙軍後，又一軍五千騎絕趙壁閒，趙軍分而爲二，糧道絕。而秦出輕兵擊之。趙戰不利，因築壁堅守，以待救至」。秦發全國男子年十五以上者，悉至長平，圍困趙軍。「至九月，趙卒不得食四十六日，皆內陰相殺食」。後趙括親自出戰，爲秦軍射殺，四十萬大軍降秦。白起因趙卒反覆，恐爲叛亂，「乃挾詐而盡阬殺之，遺其小者二百四十人歸趙。前後斬首虜四十五萬人。趙人大震」。四十九年正月，白起向秦王進諫說：「今秦雖破長平軍，而秦卒死者過半，國內空。」戰爭帶來的災難對秦趙雙方都是刻骨銘心的。後白起被賜死，亦有悔悟之言：「我固當死。

﹝註79﹞ 靳生禾，《山西古戰場》，太原：山西人民出版社，2001年。
﹝註80﹞ 陶敏、易淑瓊，《沈佺期宋之問集校注》，北京：中華書局，2001年，78頁。
﹝註81﹞ 儲仲君，《劉長卿詩編年箋注》，北京：中華書局，1996年，405頁。

長平之戰，趙卒降者數十萬人，我詐而盡阬之，是足以死。」〔註82〕戰事巨大而悲慘，詩人經行其地，其感慨深重而悠長。

陳子昂登上澤州城北樓，向北遙望長平古戰場。據《元和志》，高平縣在澤州城北八十里，故登北樓北望長平。作詩云：「平生倦遊者，觀化久無窮。復來登此國，臨望與君同。坐見秦兵壘，遙聞趙將雄。武安軍何在，長平事已空。且歌《玄雲曲》，銜酒舞《薰風》。勿使青衿子，嗟爾白頭翁。」〔註83〕詩當作於萬歲通天元年（696），從武攸宜討契丹途經澤州時。然詩人遠望古戰場，並未引起從軍的豪情，而是哲理的沉思。詩歌主旨即次句「觀化」二字。詩人登樓遠眺，所見古壁壘蜿蜒隱約，其中有趙壘，有秦壁，而偏說秦壘，由秦壘而躍至趙將，此處趙將當為廉頗。長平之戰初期，廉頗亦築壘拒秦軍，相持不敗。後趙國中秦之反間，換趙括，趙軍之壘遂無用，而秦軍之壘反以成功，終致趙軍於死地。「坐見秦兵壘，遙聞趙將雄」，兩句之中，含無限戰爭命運的轉化之思。「武安君何在，長平事已空」未緊承上句，而是逆轉一層，即使白起建不世軍功，人事俱已入歷史的塵埃之中，無足羨慕，倒不如眼前飲酒聽歌，以免光陰虛度。此宴飲之樂又與李白的及時行樂不同，「玄雲曲」、「薰風」典故的運用，使得飲酒之歡樂中含有盡人才、致太平的願望。按「玄雲曲」，據《宋書·樂志四》：《玄雲》，言聖皇用人，各盡其材也〔註84〕。「薰風」，據《禮記·樂記》：昔者舜作五弦之琴，以歌《南風》。《孔子家語·辨樂解第三十五》載南風云：「南風之薰兮，可以解吾民之慍兮。南風之時兮，可以阜吾民之財兮。」〔註85〕陳子昂在詩中表達的對歷史發展的透視頗有超脫之概，抒發己志亦平和內斂，含而不露。

李益《從軍夜次六胡北飲馬磨劍石為祝殤辭》，是在為朔方邊塞將士招魂之際，回憶起曾經長平古戰場的切身感受，詩中云：「東征曾弔長平苦，往往晴明獨風雨。年移代去感精魂，空山月暗聞鼙鼓。秦坑趙卒四十萬，未若格鬥傷戎虜。」〔註86〕其時李益在朔方節度使李懷光幕府，弔亡而時兼今古，地跨南北，頗具歷史的縱深感。憶長平共六句，首二句言亡魂之冤苦，主要對被坑殺的四十萬趙卒而言，其冤魂歷千年而不散，致感動天地，萬象晴明

〔註82〕司馬遷，《史記》，北京：中華書局，1959年，2334～2337頁。
〔註83〕彭慶生，《陳子昂詩注》，成都：四川人民出版社，1981年，189～190頁。
〔註84〕〔南朝·梁〕沈約，《宋書》，北京：中華書局，1974年，654頁。
〔註85〕《孔子家語》，北京：中華書局，2009年。
〔註86〕范之麟，《李益詩注》，上海：上海古籍出版社，1984年，45頁。

之時，此處獨風雨哀吟；次二句言戰士的戰鬥精魂，月黑風清之夜，四圍崇山中似有鼙鼓殺伐之聲，訴說著曾經悲壯的戰爭；末二句，以理性之思否定了秦軍的勝利，諸侯之間的角逐爭鬥終究是中原民族內部的衝突，不如一致對外，抵抗外來民族之侵略，方顯真正有價值的民族精神。在這裏，詩人把長平與朔方連接在了一起，在那個時代，抵禦北部游牧民族侵擾的價值自然遠遠重要於中原內部的爭奪。李益弔古思今，既有一貫的感傷情調，又有理性的觀照。前四句對古戰場遺址景象的描寫，可謂山川共感的戰爭之魂。

　　陳子昂感歷史變幻的滄桑，李益思索軍事戰爭的性質，李賀則抒寫對生命本身的哀弔。李賀晚年入澤潞節度使幕府，乘閒訪古，得古箭頭，作《長平箭頭歌》：「漆灰骨末丹水沙，淒淒古血生銅花。白翎金簳雨中盡，直餘三脊殘狼牙。我尋平原乘兩馬，驛東石田蒿塢下。風長日短星蕭蕭，黑旗雲濕懸空夜。左魂右魄啼肌瘦，酪瓶倒盡將羊炙。蟲棲雁病蘆筍紅，迴風送客吹陰火。訪古汍瀾收斷鏃，折鋒赤璺曾刲肉。南陌東城馬上兒，勸我將金換簝竹。」這是一首關於生命的哀歌，對戰場上冤死亡魂的哀悼和戰爭殘害生命的譴責是此詩的兩個基本主題，前者顯而後者隱。全詩分三段，前四寫箭鏃，後四寫現實中的人，中四憑弔亡魂。詩歌劈面即呈現一支古血生花的銅箭頭，然後才轉入詩人的行蹤，所謂先行以淒美的畫面產生強烈的審美印象。「漆灰骨末丹水沙」，王琦注云：「箭頭之上，其色黑處爲漆灰，白處如骨末，紅處如丹砂。蓋因古時征戰，常染人血，積久變成斑點故也。」〔註87〕形容箭頭之古色斑斕自不錯，然「紅處如丹砂」有誤，「丹水沙」即丹水之沙，按《元和志》澤州晉城縣條：「丹水，在縣北十二里司馬山。俗傳秦坑趙卒，流血丹川，故名丹水，斯爲不經也。」蓋丹水歷來傳說爲戰士之血所染成，丹水之沙黏嵌在箭頭斑駁之表面，使得古箭頭顯出自然風雨所侵蝕的蒼莽之色，而不應是「紅處如丹砂」的鑿實描寫。白翎金竿之狼牙箭，如今竿朽鏃存，唯血痕尚在，斑斕如花，見之令人淒然。詩人既得古箭頭，在一個星夜，遂專程前往祭悼亡魂：「風長日短星蕭蕭，黑旗雲濕懸空夜。」長夜風聲蕭蕭，似乎是星斗的哀鳴，黑雲片片，又似戰壘中的旌旗。其形容與李益「空山月暗聞鼙鼓」同一機杼，重在渲染古戰場的戰爭氣氛和戰士之魂。李賀的意象更爲深濃含蓄，李益則具有意義的明晰性。那些亡魂都紛紛到來享受詩人的祭品，「左魂右魄啼肌瘦」，悲戚中含鬼氣，恐怖中寓哀憐，屬於李賀典型詩風。

〔註87〕《李賀詩歌集注》，上海：上海古籍出版社，1978 年，299 頁。

更進一步，就連那些生長在這片土地上的生物，也都感染了戰爭的病懨，「蠱
棲雁病蘆筍紅」。在生氣死寂的古戰場，詩人敬奠亡靈，「酪瓶倒盡將羊炙」，
有虛寫的意味，讓人聯想到長平之戰時被圍困趙軍人相食的慘況。夜風拂衣，
陰火爛爛，面對此景，詩人潸然淚下。至詩歌的第三部分，又突然接入箭鏃
的描寫，「訪古汍瀾收斷鏃，折鋒赤璺曾剜肉」。在詩歌的開頭，古箭頭只是
一件歷經風雨侵蝕的戰爭遺物，而此處的斷鏃卻成爲殺人的利器。前面重在
藝術的展示，此處重在沉痛的揭示，雖同爲一物的描寫，置於兩處而毫不紊
亂，情理之間獲得了表達的平衡。最後兩句，馬上兒勸語，深含反諷之意，
又與詩人汍瀾之情形成強烈對比。方扶南《李長吉詩集評注》云：「結末二句，
非欲從其勸，乃正笑其勸也。」〔註88〕雖指出反語之運用，而語意所指不確。
姚文燮《昌谷集注》云：「鋒頭雖折，而腐肉猶封，對此能不爲之寒心？乃馬
上健兒毫無狐兔之悲，反勸我買竹爲竿。總之，天運人心，一歸好殺，良可
浩歎也！」〔註89〕「腐肉猶封」雖近妄，其評總體接近詩旨。而最後一句的
反諷力度較之前句更加的含蓄深透，在「簝竹」與箭竹的潛在對比中顯現出
來。按「簝」，許慎《說文解字》竹部簝：「宗廟盛肉竹器也。」〔註90〕《周
禮・地官・牛人》：「凡祭祀，共其牛牲之互，與其盆簝，以待事。」鄭玄注
引鄭司農云：「盆所以盛血，簝，受肉籠也。」〔註91〕簝是祭祀死去生命的專
用器皿，馬上兒卻勸詩人以金換簝，作箭竿以爲殺人之工具，詩人的批判是
至爲沉痛的，聽馬上兒之言，長平之戰的悲劇還將上演。就整首詩而言，採
取一個漸進的節奏，古色斑斕的箭鏃，血色猶存；戰場遺址上憑弔亡魂，陰
慘悲苦之氣氛，令詩人潸然淚下；最後詩旨上陞至沉痛的批判，由往古回歸
現實，世人對生命的漠視歷千年而未變。《昌谷集注》云：「唐室開元以後，
寇盜藩鎮叛亂殺伐，迄無寧日，天下戶口四分減二，死亡略盡。賀過長平，
得古箭頭而作此歌，弔國殤也。」〔註92〕此言甚是，李賀身處時代的氛圍中，
其對生命的憑弔自有感同身受之體驗在。同是李賀，途經雁門，又寫下直接
表現悲壯戰爭的詩篇。

〔註88〕《李賀詩歌集注》，上海：上海古籍出版社，1978年，531頁。

〔註89〕《李賀詩歌集注》，上海：上海古籍出版社，1978年，475頁。

〔註90〕〔東漢〕許慎著，段玉裁注，《說文解字注》，北京：中華書局，2013年，632
頁。

〔註91〕孔穎達，《周禮注疏》，上海：上海古籍出版社，2010年，457頁。

〔註92〕《李賀詩歌集注》，上海：上海古籍出版社，1978年，474頁。

關隘與戰爭緊密相連。唐代河東道北部邊塞戰爭尤其頻繁，唐詩人的印象中，雁門關常常成為邊塞戰爭的代名詞。如「笳喧雁門北，陣翼龍城南」（盧照鄰《戰城南》），「西分雁門騎，北逐樓煩王」（陶翰《贈鄭員外》），「荒塞峰煙百道馳，雁門風色暗旌旗」（陳去疾《送韓將軍之雁門》）。李賀、張祜、莊南傑的三首同題樂府《雁門太守行》，則具體地展現了雁門關戰爭的豐富內容，詮釋了戰爭的多層次內涵。

按河東道雁門關有二，一在憲州天池縣，一在代州雁門縣。唐詩中所指為代州之雁門關。《元和志》代州雁門縣：「勾注山，一名西陘山，在縣西北三十里。」乾隆《大清一統志》代州關隘目引《州志》云：「關舊在雁門山上，東西山岩峭拔，中路盤旋崎嶇，唐於絕頂置關。」雁門關最早稱「勾注塞」，《呂氏春秋》云：「天下九塞，勾注其一。」《輿圖志》云：「天下九塞，雁門為首。」雁門關至今殘留古磚聯尚有「九塞尊崇第一關」之語。雁門關在歷史中的最早記載中即充滿了軍事擴張的血腥與無情。戰國時代，趙國國君趙襄子欲吞併代國，嫁其姊於代王。公元前 473 年，趙襄子設陰謀，與代王相會於勾注塞，酒席間，廚師以金斗擊殺代王，代王妻遂摩笄自殺〔註 93〕。可見雁門關的設置在唐前已有千餘年的歷史。雁門關所處地理位置，為山西高原與蒙古高原的分界地帶，是歷史上農業文明與游牧文明衝突融合的核心區之一。其關城地勢「重巒疊嶂，霞舉雲飛。兩山對峙，其形如門」〔註 94〕。唐前發生在雁門關的著名戰事有十數次以上。戰國時趙國李牧鎮守雁門，於公元前 244 年反擊匈奴，備戰車一千三百乘，戰馬一萬三千匹，勇士五萬人，箭手十萬人，大破匈奴，殺十餘萬騎〔註 95〕。北魏皇始元年（396）八月，拓跋珪帥大軍四十餘萬，大舉伐燕，「南出馬邑，逾於勾注，旌旗駱驛二千餘里」〔註 96〕。大業十一年，隋煬帝巡幸北塞，在雁門關被突厥始畢可汗十餘萬騎圍困於城中，狼狽萬狀。史云：「突厥急攻雁門，矢及御前，上大懼，抱趙王杲而泣，目盡腫。」後詔天下募兵馳援，李世民用疑兵之計，突厥始解圍而去〔註 97〕。至唐初，雁門戰事依舊頻繁，武德元年至九年，突厥入寇 80 次，

〔註 93〕 見《戰國策》卷 29《燕策一》，范祥雍，《戰國策箋證》，上海：上海古籍出版社，2006 年，1663 頁。
〔註 94〕 顧炎武，《天下郡國利病書》山西一，上海：上海古籍出版社，2011 年。
〔註 95〕 司馬遷，《史記》，北京：中華書局，1959 年，2450 頁。
〔註 96〕 魏收，《魏書》，北京：中華書局，1974 年，27 頁。
〔註 97〕 司馬光，《資治通鑒》，北京：中華書局，1996 年，5699 頁。

河東道占 33 次〔註98〕，其主要路線即從雁門關南下。其中武德五年頡利可汗「十五萬騎入雁門」，人馬填塞河東道山谷之間，震動唐廷〔註99〕。終唐之世，雁門關一直是唐王朝屏拒北部游牧民族入侵的重要屏障，無怪乎詩人們選古題樂府《雁門太守行》為描寫戰爭的篇章。

按《雁門太守行》，樂府古題，《相和歌》瑟調三十八曲之一。原題敘述洛陽令王渙之德政，自梁簡文帝蕭綱始用此古題詠邊塞戰爭。李賀三人用此題創作，是借題玄想，還是親歷雁門有感而作，尚需說明。李賀曾入河東三年。據朱自清《李賀年譜》、錢仲聯《李賀年譜會箋》，李賀元和九年秋至潞州幕府依友人張徹三年，之後歸鄉去世。李賀潞州行蹤資料匱乏，朱、錢二譜皆未有詳說。又有學者梁超然據無可詩《送李長吉之住東井》，疑「東井」為「東陘」之誤，因東陘為代州雁門縣東南方向又一關隘，遂由此推斷李賀曾經遠至代州，其說牽強。然李賀有詩《平城下》，詩中有句云：「塞長連白空，遙見漢旗紅。青帳吹短笛，煙霧濕畫龍。日晚在城上，依稀望城下。風吹枯蓬起，城中嘶瘦馬。」唐河東道儀州有平城縣，非邊境之地。王琦注云：「此所云平城，乃古之平城，非唐時之平城也。」〔註100〕姚文燮云「平城即振武，今雲中雁門是也」〔註101〕。二說雖小有差異，指為河東道北部邊塞則同。詩中所寫為實景，此平城為雲州城無疑。是則李賀在潞州時亦曾遠遊邊塞，至雲中必經過雁門，《雁門太守行》應是途經雁門有感而作。

張祜在河東道行蹤，見本書第三章第二節相關考略。長慶元年至二年間曾在太原幕府，有獻詩給節度使裴度、李聽以求入幕，又有《冬日并州道中寄荊門旅舍》詩，中有「卻為恩深歸未得，許隨車騎勒燕然」之句，可知已在幕府中任職。張祜既在河東幕，赴雁門亦屬尋常，其詩作亦有親身體驗在。

莊南傑，生平無考，據《唐才子傳》，與賈島同時，曾從賈島學詩，工樂府，詩體模倣李賀。可以推測，莊南傑《雁門太守行》應為追摩李賀而作。

茲三篇詩作同列如下，在比較中分析其異同。

李賀：黑雲壓城城欲摧，甲光向日金鱗開。角聲滿天秋色裏，塞上燕脂凝夜紫。半卷紅旗臨易水，霜重鼓寒聲不起。報君黃金臺上意，提攜玉龍為君死。

〔註98〕 王永興，《唐代前期軍事史略論稿》，北京：崑崙出版社，2003 年，223～230 頁。
〔註99〕 司馬光，《資治通鑒》，北京：中華書局，1996 年，5954～5955 頁。
〔註100〕《李賀詩歌集注》，上海：上海古籍出版社，1978 年，264 頁。
〔註101〕《李賀詩歌集注》，上海：上海古籍出版社，1978 年，466 頁。

　　張祐：城頭月沒霜如水，趑趄踏沙人似鬼。燈前拭淚試香裘，長引一聲
殘漏子。駝囊瀉酒酒一杯，前頭滴血心不回。閨中年少妻莫哀，魚金虎竹天
上來，雁門山邊骨成灰。

　　莊南傑：旌旗閃閃搖天末，長笛橫吹虜塵闊。跨下嘶風白練獰，腰間切
玉青蛇活。擊革撚金燧牛尾，犬羊兵敗如山死。九泉寂寞葬秋蟲，濕雲荒草
啼秋思。

　　三首詩同寫戰爭，而各有不同。李、莊二詩直接表現戰鬥的經過，李賀
側寫，莊南傑正寫。張祐則專在表現戰前戰士的心理世界。

　　張祐之詩描摹戰士戰前的心理過程，極爲細膩真實。前二句形容邊城夜景，
非親到者不能爲，敵人乘夜而來，行如鬼魅，此爲外景之描寫。三四句寫室內
戰士與妻子離別的情景，新作寒裘燈前試，和淚聲催殘漏子，夫妻生離死別之
狀，令人難堪。五六句寫痛飲壯行之酒和視死如歸之氣概，與大妻分別的柔情
成鮮明對照。末三句寫戰士對妻子的安慰語，軍令如山，軍功可致，已有無數
男兒喋血沙場，非我一人也。無奈之中寄託安慰，慰人亦自慰，情致細膩。張
祐未寫正面戰場，抓住戰前一刻，描畫了戰士複雜的心靈活動，把戰爭的殘酷
放在夫妻溫情的背景下表現，其視角不同於一般的平庸之作。戰士此去，生死
未卜。莊南傑敘寫了戰爭的勝利，李賀則重在表現悲壯的失敗。

　　莊南傑詩歌的表達順序模倣李賀，敵人前來——戰鬥進行——大獲全
勝。一、二句渲染戰場上敵人到來時的整體氣氛，三、四寫戰將個體，五、
六寫戰事的進展和結局，七、八句寫戰場上的亡魂。這是一場與少數民族之
間的戰役，寫得壯闊有力，斬截利落。惟詩中佳句劣句參差出現，不能渾然。
前四句形容戰前敵我雙方之態勢，如在目前；五六句言戰事的進程粗劣直露，
聲大無威。末二句承「犬羊兵敗如山死」，寫戰後的亡魂，與前所寫勝利殊不
協調。模倣李賀，非成功之作。

　　李賀之作爲名篇。其詩歌所表達內容，如杜詔所言：「此詩言城危勢亟，擐
甲不休，至於哀角橫秋，夕陽塞紫，滿目悲涼，猶卷旆前徵，有進無退。雖士氣
已竭，鼓聲不揚，而一劍尙存，死不負國。皆極寫忠誠慷慨。」〔註102〕李賀此
詩主要在展現戰爭中失敗英雄的悲壯氣概。前二句言敵軍之來勢，而以虛筆出
之，「黑雲壓城城欲摧，甲光向日金鱗開」。其爲佳句無疑，而其表達方法歷來爭

〔註102〕杜紫綸、杜詔穀，《中晚唐詩叩彈集》卷四李賀條，北京市中國書店影印採山
　　　　亭藏版本，1984年。

訟不休，主因在黑雲與晴日之氣象矛盾。宋代王安石最先質疑，謂：「是兒言不相副也。方黑雲如此，安得向日之甲光乎？」〔註103〕明楊慎反駁王安石不知詩，軍隊圍城，必有怪雲變氣出現，並以親身經歷爲證云：「予在滇，直安鳳之變，居圍城中，見日暈兩重，黑雲如蛟在其側，始信賀之詩善狀物也。」〔註104〕王安石所言固失，楊慎之說亦膠固，二人皆在事理有無之間理解詩句。實際上，李賀方法，近似現代主義的意象並置，只追求表達的藝術效果，而不顧及客觀事理之邏輯性。在唐代，王維畫即有「雪裏芭蕉」之獨創，亦爲後世爭訟不休。此突破傳統思維的創作方法，均爲個人無意識的自發運用，李賀以個人的藝術經驗開拓新的藝術路徑，始終未成爲主流。源於中國人的思維之中，鑿實的史學思維至爲堅固，對於藝術亦然，故魯迅小說出而眾人疑懼。李賀此處不說烏雲而是黑雲，正是爲與金甲耀目的強光對比中，突出畫面的強烈色彩感，此爲李賀慣技，運用相當成熟，確實能直接撼動接受者的想像力。三四句寫戰事的進行，而從側面渲染，聲色兼之。號角之聲在蕭瑟的秋空中此起彼伏，由白晝持續到夜晚。夜色蒼茫中，唯有紫塞橫亙於戰場，戰士之血凝結如胭脂。陸時雍說「『燕支』二字難下」〔註105〕，甚是。此處可謂李賀詩中大膽之奇筆，戰士之血與美人胭脂重置，如此，英雄與美人，戰爭與和平的種種意蘊就自然擴散出來，意味是深長的。五六句，「易水」用荊軻典，「聲不起」用漢代李陵典，非常貼切，把失敗境遇下戰事一去不復還的氣概含蓄地揭示出來，具有歷史的厚重感。末二句，周珽謂「雄渾尤不減初盛風格」（《唐詩選脈會通評林》）〔註106〕。李賀此作，既是一幅色彩濃重的陣戰圖，亦是一曲悽愴悲慨的戰士之歌。

二、關隘——人生情感的驛站

詩人們圍繞著關隘戰場，書寫著戰爭的正面與背面，其刀光劍影、人喊馬嘶之拼殺正是關隘的原始本性。然而，關隘的功能是衍化的，多重的，他

〔註103〕王得臣，《麈史》，載《宋元筆記小說大觀》本，上海：上海古籍出版社，2000年，1348頁。

〔註104〕楊慎，《升菴詩話》卷十，丁福保，《歷代詩話續編》，北京：中華書局，1983年，841～842頁。

〔註105〕《唐詩選脈會通評林》引自陳伯海主編，《唐詩彙評》，浙江教育出版社，1995年，1946頁。

〔註106〕《唐詩選脈會通評林》引自陳伯海主編，《唐詩彙評》，杭州：浙江教育出版社，1995年，1946頁。

在客觀上是地理的分界線，是旅途往來的節點。所謂「關」，是人生旅途的驛站。在驛站短暫的停留，詩人們或咀嚼思鄉情緒，或悲歡人生境遇，或吟賞流連於勝景，他們的文字，是人生旅途的一個個情感符號。

在河東道與關內道交界的蒲津關，詩人們即集中展現了關隘作為人生旅途的多重情感意涵。蒲津關，古稱臨晉關、絕河關。《史記‧曹相國世家》云：「以中尉從漢王出臨晉關」。《史記正義》注云「即蒲津關也，在臨晉縣」〔註107〕。《史記‧淮陰侯列傳》：「魏王豹謁歸視親疾，至國，即絕河關。」《史記索隱》云：「今蒲津關。」又名蒲阪關，位於蒲州河東縣西四里黃河岸邊，與關內道之同州隔河相對。《通典》卷 179 蒲州河東縣條：「蒲津關，後魏大統四年，造浮橋；九年，築城為防。大唐開元十二年，河兩岸開東西門，各造鐵牛四，其牛下並鐵柱連腹，入地丈餘；並前後鐵柱十六。」蒲津浮橋為一時盛觀，張說有《蒲津橋贊》紀其宏偉工程。蒲津關在割據時代軍事地位頗高，為關中與河東最主要通道。然至唐統一時代，地近京畿，軍事性質減弱，成為兩個地理單元之間標誌性的分界點，小為旅人往來的必經之處和休憩之所。蒲關又有蒲津橋勝景，會昌四年又有河中節度使留後任晦於黃河中小洲之上構築亭閣，蒲關成為文人流連遊賞之佳處。在此雄關巨鎮，詩人們或抒思鄉之愁，或寫歸鄉之喜，或訴奔波之苦，或表青雲之志，或讚勝景之美，豐富著關隘的人生內涵。

（一）思鄉——關隘的家國情懷

詩人們遊歷河東，途經關隘，鄉愁成為表達最多的一個情感主題。李商隱夜宿冷泉關，臨近寒食起思鄉之念：「驛途仍近節，旅宿倍思家」〔註108〕。武元衡遠至東陘關，「三邊岩上見，雙淚望鄉垂」（《度東陘嶺》）。許棠登上雁門關起鄉愁：「高關閒獨望，望久轉愁人。」（《雁門關野望》）許渾淩晨從天井關出發云：「湘潭歸夢遠，燕趙客程勞。」（《曉發天井》）詩人們的思鄉情緒彌漫在山水雲樹之中，再也不見戰爭的殺伐酷烈。

鄉愁的表現以蒲津關創作最多而豐富。詩人岑參幼年時（開元八年至十八年）隨父在河東道晉州生活過很長時間，天寶四五載間，他重遊故地，遊賞之餘，思歸念起，便束裝西渡蒲津關，卻值關門鎖閉，只得暫宿旅店，作詩敘說歸鄉之思云：「關門鎖歸客，一夜夢還家。月落河上曉，遙聞秦樹鴉。

〔註107〕司馬遷，《史記》，北京：中華書局，1959 年，2025～2026 頁。
〔註108〕劉學鍇、余恕誠，《李商隱詩歌集解》，北京：中華書局，1988 年，509 頁。

長安二月歸正好，杜陵樹邊純是花。」因夜夢還家，清晨即早早醒來，等待開關啓程。二月正是還鄉的好時節，杜陵正遍佈待賞的春花。蒲關一過，路入秦川，詩人又迫不及待給故友寄詩通知歸鄉的消息：「秦山數點似青黛，渭上一條如白練。京師故人不可見，寄將兩眼看飛燕。」（《宿蒲關東店憶杜陵別業》）〔註109〕一二句見喜悅之心情，三四句表急欲相見之情。

相對於普通士人，帝王的歸鄉則顯示出與蒲津關相稱的雄壯氣派。開元十一年，唐玄宗巡幸北都，至春末經蒲津關歸長安，作詩《早度蒲津關》以抒情，張說、張九齡，徐安貞、宋璟諸臣和之，屬於駐足關隘的一次唱和。此次唱和諸作兼寫關防之盛與歸鄉的氣派。蒲津關形勝：「防拒連山險，長橋壓水平」（宋璟《蒲津迎駕》），「仙掌臨秦甸，虹橋闢晉關」（徐安貞《奉和聖製早渡蒲津關》），「河津會日月，天仗役風雷」（張九齡《奉和聖製早渡蒲津關》）。歸鄉的氣象，喜悅中帶皇家雍容華貴之質，「龍負王舟渡，人占仙氣來」（張九齡），「洛上黃雲送，關中紫氣迎」（宋璟），「長安回望日，宸御六龍還」（徐安貞）。諸作之中，李隆基之作最爲優秀，詩云：「鐘鼓嚴更曙，山河野望通。鳴鑾下蒲阪，飛斾入秦中。地險關逾壯，天平鎮尚雄。春來津樹合，月落戍樓空。馬色分朝景，雞聲逐曉風。所希常道泰，非復候繻同。」關河之險，歸鄉之志，晨途之景，交融而出，雄壯氣勢中含清妍之色。朱熹評其詩云：「多少飄逸氣概！便有帝王底氣焰。」〔註110〕此詩足以當之。

與李隆基之作歸鄉與形勝結合不同，唐彥謙的《蒲津河亭》則將思鄉懷古之情糅合在一起，鄉愁表達得韻味悠長。「宿雨清秋霽景澄，廣亭高樹向晨興。煙橫博望乘槎水，日上文王避雨陵。孤棹夷猶期獨往，曲闌愁絕每長憑。思鄉懷古多傷別，況此哀吟意不勝。」詩歌前四寫景，後四寫情。其景致，秋高氣爽四字足以概之。後四句感情之抒寫層層疊疊，得羈旅之況味。《貫華堂選批唐才子詩》評此詩云：「五，孤舟獨往，言思鄉，一宜往也，懷古，二宜往也，傷別，三又宜往也。若得乘此清秋，果然遂往，此真夷猶之至也。六，曲欄長憑，言思鄉於此憑也，懷古於此憑也，傷別又於此憑也。可惜如許清秋，每日長憑，豈非愁絕之至也。末又加『況此哀吟』，此便是思鄉、懷古、傷別外，自尋出第四件苦事矣。」〔註111〕語雖繁複，所評切當。

〔註109〕岑參詩皆參據劉開揚，《岑參詩集編年箋注》，成都：巴蜀書社，1995年。
〔註110〕《朱子語類》卷140《論文》下，北京：中華書局，1986年，3325頁。
〔註111〕金聖歎，《貫華堂選批唐才子詩》，南京：江蘇古籍出版社，1986年，429頁。

（二）失意與希望——關隘的仕途之感

　　唐代詩人遍遊盛世江山，相當一部分是為著尋師訪友，應舉入幕。仕宦之通達是縈繞在旅途中詩人心頭的一份人生祈願，而現實總是無情，詩人們窮者多達者少，其關隘詩中的那種失意感憤，有著動人的力量。晚唐詩人李山甫，咸通年間，頻頻往來於河東與長安之間應舉，累舉進士不第，鬱鬱不得志，常常是狂歌痛飲，拔劍斫地。廣明元年至中和三年之間，曾經居住在太原，陳尚君先生疑其家本在河東。來往於長安與河東之間，蒲津關是必經之地，來來去去，依舊是仕途的偃蹇，詩人作詩抒懷云：「國東王氣凝蒲關，樓臺帖出晴空間。紫煙橫捧大舜廟，黃河直打中條山。地鎖咽喉千古壯，風傳歌吹萬家聞。來來去去身依舊，未及潘年鬢已斑。」（《蒲關西道中作》）詩歌前六寫景，後二寫人。此詩寫景雖較為粗放，然雄壯的氣勢帶有盛唐之風。凝重高聳的關樓，澎湃奔流之黃河，與橫屏的中條山，千古的舜帝之廟，互相依偎，空中不時傳來奏樂歌唱之聲，是閒裕之家的日常娛樂。這裏所表現的情調與晚唐氣象頗不協調，而詩人意不在此，前六句所寫，全為後二句做準備；「來來去去身依舊，未及潘年鬢已斑。」未到而立，鬢已斑白，奔波於仕途之上，多少次經過蒲關，如今依然白身未仕，良可浩歎。詩歌前面雄壯的、富於盛氣的景象對詩人的心理形成了一種強大的迫壓。蒲關之形勝，千古未衰，雄固如昔，我之人生命運，亦絲毫未得到改變，只有奔波寥落，此壯闊之景非疲憊之心所能承受，更何況他人安樂尊榮的樂曲縈繞在耳邊，情不能堪。全詩無哀哭之調，詩人舉重若輕，似乎在不經意間流露出人生的一絲慨歎，然此歎卻與前面之景象有著內在的相通。

　　蒲關並非只有旅人仕途失意的輕吟，亦充滿等待中的自信與希望。中唐政治家呂溫過蒲津，作詩明志：「息駕非窮途，未濟豈迷津。獨立大河上，北風來吹人。雪霜自茲始，草木當更新。嚴冬不肅殺，何以見陽春。」（《孟冬蒲津關河亭作》）這是唯一一首寫冬日蒲津關的詩作，其表達的人生哲理充滿了理性的智慧。此詩自喻喻人兼而有之，表達了在窮途逆境中等待時機尋求發展的強烈自信。暫過蒲關，只是人生旅途中的驛站，暫作休息，將繼續前行。獨立大河之上，接受北風的淩厲吹割，心中自有人生的方向。詩歌後四句揭示了事物發展的辯證關係，也正是前四句自信昂揚精神的理性依據。《載酒園詩話又編》評後四句云：「語自佳，然敢做敢為，勃勃喜事之態，亦見言下。」〔註112〕賀裳此處語帶貶意，

〔註112〕郭紹虞主編，《清詩話續編》，富壽蓀校點，上海：上海古籍出版社，1983年，

而所云意蘊確切。按呂溫，河東人，爲中唐時代著名的政治改革家，曾與柳宗元一起參與永貞革新。後因政治鬥爭的原因被貶道州、衡州刺史，而毫不自怨自艾，在刺史任上充分展現了傑出的政治才幹，惜未盡志而中道夭折。元稹評他「望有經綸釣，虔收宰相刀」〔註113〕。(《哭呂衡州六首》之一)「獨立大河上，北風來吹人」，尤其能展示一位具有遠大政治抱負的政治家形象。劉禹錫作《唐故衡州刺史呂君集紀》敘呂溫志向云:「每與其徒講疑考要，皇王富強之術、臣子忠孝之道，出入上下百千年間，詆訶角逐，疊發連注。得一善，輒盱衡擊節，揚袂頓足，信容得色，舞於眉端。以爲按是言，循是理，合乎心而氣將之，昭昭然若揭日月而行，孰能關其勢而爭夫光者乎?嗚呼!言可信而時異，道甚長而命窄，精氣爲物，其有所歸乎?」〔註114〕明乎此，呂溫蒲津關之詩就具有了更爲具體深厚的底蘊。

(三)流連吟賞──關隘勝景之遊

詩人過蒲關，皆看景寫景，然行色匆匆，終不能從容賞玩，沉醉流連。會昌四年，河中節度留後任畹於蒲津關旁邊河洲中修建亭閣，使得晚唐文人們多了一處賞會之佳處。李商隱、溫庭筠、薛能各於河亭創作了七律，專一描繪了蒲關周圍的無限勝景。詩作如下:

李商隱《奉同諸公題河中任中丞新創河亭四韻之作》:

> 萬里誰能訪十洲?新亭雲構壓中流。河鮫縱玩難爲室，海蜃遙驚恥化樓。左右名山窮遠目，東西大道鎖輕舟。獨留巧思傳千古，長與蒲津作勝遊。〔註115〕

溫庭筠《河中陪帥遊亭》:

> 倚闌愁立獨徘徊，欲賦慚非宋玉才。滿座山光搖劍戟，繞城波色動樓臺。鳥飛天外斜陽盡，人過橋心倒影來。添得五湖多少恨，柳花飄蕩似寒梅。〔註116〕

薛能《題河中亭子》:

> 河擘雙流島在中，島中亭上正南空。蒲根舊浸臨關道，沙色遙

---

345 頁。

〔註113〕楊軍，《元稹集編年箋注》，西安:三秦出版社，2002 年，417 頁。

〔註114〕陶敏、陶紅雨，《劉禹錫全集編年校注》，長沙:嶽麓書社，2003 年，1059 頁。

〔註115〕劉學鍇、余恕誠，《李商隱詩歌集解》，北京:中華書局，1988 年，456 頁。

〔註116〕劉學鍇，《溫庭筠全集校注》，北京:中華書局，2007 年，719 頁。

飛傍苑風。晴見樹卑知嶽大，晚聞車亂覺橋通。無窮勝事應須宿，
霜白蒹葭月在東。

　　三首詩，李詩重在寫亭閣，溫詩重在寫黃河，薛詩重在大河兩側之遠景。
李商隱形容亭閣之美，為虛擬之筆，以鮫人宮室、海市蜃樓作比，有仙氣迷
離之象。同寫河中小島，商隱是「萬里誰能訪十洲」，屬於神話的關聯，薛能
則是「河擘雙流島在中」，直快明朗。李商隱括寫宏觀之景象：「左右名山窮
遠目，東西大道鎖輕舟。」具有觀覽的宏闊視野；薛能則具體而言：「蒲根舊
浸臨關道，沙色遙飛傍苑風。晴見樹卑知嶽大，晚聞車亂覺橋通。」蒲關與
同州沙苑隔河相對，河水蕩漾，山風吹拂。白日裏觀景，西嶽華山之上樹影
星星點點，晚間則是車水馬龍，行人絡繹不絕的過橋景象。詩歌結末，李、
薛二詩皆表達了長留賞景之願，李詩結句平庸，薛能「霜白蒹葭月在東」以
景語作結而含有從容閒適之情。溫庭筠之詩寫黃河，精華在中間兩聯，專注
於河中倒影，山光水色，動感十足。鳥飛天外，橋上行人，落照黃昏，山間
黛色，都在河水之中隱現交織，繪成一幅黃河倒影圖。

三、關隘——歷史的記憶者

　　關隘城堡等軍事設施，堅固永久，在很長的歷史時期都布滿山河的角角
落落，靜靜地注視著歷史的變遷。他不僅承載著歷史的記憶，而且往往寄寓
著一個王朝的心史。

（一）陰地關——當代史的記憶與反思

　　陰地關，地處河東道中部河東節度使汾州靈石縣境，位於雀鼠谷南端，
屬於河東道南北分界的重要關口，為公私行旅往來的必經之地。蕭珙《河東
節度高壁鎮新建通濟橋記》云陰地關往來行旅「駟騎星馳，華軒雲湊，往返
駢闐者，皆中朝名士，悉息駕於雁歸亭，未嘗不題藻句，紀年代也」〔註117〕。
大曆四年，代宗遣李涵持節送崇徽公主下嫁回紇，途經陰地關，公主掌托石
壁，苔痕留存。後來詩人李山甫、雍陶途經此地，皆吟詠其事。按《五代詩
話》引《廣川書跋》云：「初，僕固懷恩之叛，其女沒入宮。大曆四年，回紇
請婚，因封為崇徽公主，降可汗。道汾州，以手掌托石壁，遂有手痕。今靈
石有崇徽公主手痕碑。李山甫詩云：一拓纖痕……。」〔註118〕據《新舊唐書》

〔註117〕董誥，《唐文續拾》卷六，見《全唐文》，北京：中華書局，1983年，11242頁。
〔註118〕王士禎，《五代詩話》，戴鴻森校點，北京：人民文學出版社，1989年，74頁。

及《資治通鑒》，公主入回紇確在大曆四年。其手痕詩碑，趙明誠《金石錄》亦有記載，知宋時尚存。《金石錄》卷八云：「《唐崇徽公主手痕詩》，李山甫等正書。」〔註119〕末署石刻時間為大曆四年，誤。按李山甫為晚唐人，咸通中累舉進士不第，距大曆四年已屆百年之久；又山甫詩中有「一拓纖痕更不收，翠微蒼蘚幾經秋」之句，知非當時所作。蓋趙明誠以公主入蕃時間定為石刻日期，屬主觀臆測。崇徽公主事在中唐似無甚影響，現存詩二首皆晚唐時作，雍陶大和八年（832）進士，亦晚唐人。石刻當立於晚唐。

雍陶詩歌為淡淡的憑弔，詩歌《陰地關見入蕃公主石上手迹》云：「漢家公主昔和蕃，石上今餘手迹存。風雨幾年侵不滅，分明纖指印苔痕。」「幾年」為虛數，自公主入回紇至雍陶時代，幾十年過去了，手痕依舊，引發了詩人的懷古情緒。李山甫作詩兩首，七言律絕各一。表達了對唐王朝因國勢衰微而以公主和番的不滿、譏刺和對弱女子悲苦命運的同情。律詩《陰地關崇徽公主手迹》云：「一拓纖痕更不收，翠微蒼蘚幾經秋。誰陳帝子和番策，我是男兒為國羞。寒雨洗來香已盡，澹煙籠著恨長留。可憐汾水知人意，旁與吞聲未忍休。」絕句《代崇徽公主意》云：「金釵墜地鬢堆雲，自別朝陽帝豈聞。遣妾一身安社稷，不知何處用將軍。」七律專詠手痕，七絕代言。七絕詩意顯豁，前二句寫離別之痛，後二句為大膽的質問。七律所表達的感情甚為豐滿，首二句點題，「更」字有力，表感情的決絕和離別的深苦。三四是詩人的質問。後四句為一層，幽香雖盡，遺恨長留，汾水通情，吞聲嗚咽，女性之深哀悲苦與大自然融為一體，歷世長存，傾動人心。和蕃的恥辱和女性命運的不能自主，並非新鮮主題，前此歷代詩人多有詠歎。然李山甫唐代人詠唐代史實，其中詩人感受著的絕非一人一事，而是中晚唐彌漫著的一種共同的時代心理氛圍。

清代吳騫即認為李山甫之詩並非憑弔崇徽公主，而是借崇徽公主事以諷刺唐代屢以帝女和親之舉。其理由是，崇徽公主本叛臣僕固懷恩之小女，「罪人之女，例當輸入織室，代宗特沛殊恩，而封為公主，在崇徽當感激國恩，而朝廷亦未足以為羞也。嘗謂二作若移詠烏孫公主及明妃乃合。蓋唐屢以帝女和親，故山甫借崇徽事以託諷耳」〔註120〕。吳騫之論過於鑿實，封建文人

〔註119〕趙明誠，《金石錄校證》，金文明校證，桂林：廣西師範大學出版社，2005 年，139 頁。

〔註120〕吳騫，《拜經樓詩話》卷二，載丁福保編，《清詩話》，上海：上海古籍出版社，1978 年，44 頁。

囿於禮法，曲解山甫詩旨，謂不當同情崇徽，對於歷史事件中的悲劇女性缺乏一種普遍的同情心，酷虐之甚。然謂吟詠諷刺唐代屢屢和親之策，則頗中題旨。

按之歷史，僕固懷恩先後有二女嫁回紇和親。《新唐書・回鶻上》：「大曆三年，光親可敦卒，帝遣右散騎常侍蕭昕持節弔祠。明年，以懷恩幼女為崇徽公主繼室，兵部侍郎李涵持節冊拜可敦，賜繒綵二萬。」〔註121〕按光親可敦，即崇徽公主之姊，嫁毗伽闕可汗次子登里可汗。《資治通鑑》卷222：「初，毗伽闕可汗為登里求婚，肅宗以僕固懷恩女妻之。」後毗伽闕可汗死，長子葉護先已被殺，乃立其少子登里可汗，其妻為可敦。寶應元年，肅宗封登里為英義可汗，可敦為光親可敦。可知姊妹二人同嫁一夫。僕固懷恩雖屬於鐵勒部，但自貞觀末歸順唐廷以來已經逐漸漢化，其子女皆生活漢地，其接受之文化習俗已經與游牧民族有所不同。特別是崇徽公主，從小生長在宮中，《資治通鑑》卷224大曆四年條：「初，僕固懷恩死，上憐其有功，置其女宮中，養以為女。」從尊榮之大唐宮廷遠嫁回紇，風習不同，其苦可知。而吳騫竟以公主之封為無上之榮，真不通人情之至。

在崇徽公主和親先後，唐廷亦屢以公主和親。索諸歷史，可以真切感受到李山甫詩歌的時代意義。在崇徽公主之前，登里可汗之父毗伽闕可汗亦娶肅宗親生女為妻。據《舊唐書・回紇傳》，「（乾元元年）秋七月丁亥，詔以幼女封為寧國公主出降。」嫁毗伽闕可汗，「肅宗送寧國公主至咸陽磁門驛，公主泣而言曰：『國家事重，死且無恨。』上流涕而還」〔註122〕。公主出嫁第二年毗伽闕可汗即去世，按照回紇習俗，「其牙官、都督等欲以寧國公主殉葬。公主曰：『我中國法，壻死，即持喪，朝夕哭臨，三年行服。今回紇娶婦，須慕中國禮。若今依本國法，何須萬里結婚。』然公主亦依回紇法，剺面大哭，竟以無子得歸」〔註123〕。寧國公主雖不幸，然僥倖以無子得歸。與寧國公主同時陪嫁的宗室榮王之女，則因已生二子，不得歸故土，回紇號為小寧國公主，歷配英武、英義二可汗。後其所生二子在政治鬥爭中被天親可汗所殺，公主悲痛去世。此真為女性命運之痛史。

崇徽公主之後，唐德宗時又以咸安公主下降回紇。其時，德宗頗不情願，

〔註121〕歐陽修、宋祁，《新唐書》，北京：中華書局，1975年，6120頁。

〔註122〕劉昫，《舊唐書》，北京：中華書局，1975年，5200頁。

〔註123〕劉昫，《舊唐書》，北京：中華書局，1975年，5202頁。

與宰相李泌有一段對話，可見當代人的心理。貞元三年，回紇請和親，「使使者獻方物，請和親。帝蓄前恚未平，謂宰相李泌曰：『和親待子孫圖之，朕不能已。』泌曰：『陛下豈以陝州故憾乎？』帝曰：『然。朕方天卜多難，未能報，且毋議和。』泌曰：『辱少華等乃牟羽可汗也，知陛下即位必償怨，乃謀先苦邊，然兵未出，爲今可汗所殺矣。今可汗初立，遣使來告，垂髮不翦，待天子命。而張光晟殺突董等。雖幽止使人，然卒完歸，則爲無罪矣。』帝曰：『卿言則然，顧朕不可負少華等，奈何？』泌曰：『臣謂陛下不負少華，少華負陛下。且北虜君長身赴難，陛下在藩，春秋未壯，而輕度河入其營，所謂冒豺虎之場也。爲少華等計，當先定會見禮，臣猶危之，奈何子然赴哉？臣昔爲先帝行軍司馬，方葉護來，先帝祗使宴於府。及議征討，則不見也。葉護邀臣至營，帝不許，使好謂曰：『主當勞客，客返勞主邪？』東收京師，約曰：『土地、人眾歸我，玉帛、子女予回紇。』戰勝，葉護欲大掠，代宗下馬拜之，回紇乃東向洛。臣猶恨以元帥拜葉護於馬前，爲左右過，然先帝曰：『王仁孝，足辦朕事。』下詔慰勉。葉護乃牟羽諸父也，牟羽之來，陛下以元子不拜於帳下，而可汗不敢少有失於陛下，則陛下未嘗屈矣。先帝拜葉護，全京城，陛下乃不拜可汗，固伸威於虜，何恨焉？然計香積、陝州事，以屈己爲是乎？伸威爲是乎？藉令少華等以陛下見可汗，閉壁五日，與陛下張飲，天下豈不寒心哉？而天助威神，使豺狼馴服，牟羽母捧陛下以貂裘，叱左右促命騎，躬送出營。此少華等負陛下也。』」〔註124〕德宗最終同意咸安公主下降回紇。按君臣之間的對話涉及德宗早年的一段屈辱史。文中牟羽可汗即崇徽公主姊妹之夫登里可汗，曾於寶應元年進中原助代宗討伐史朝義，屯兵陝州時，與時爲雍王的德宗李适發生了激烈的衝突。史載：「（寶應元年），雍王适至陝州，回紇可汗屯於河北，适與僚屬從數十騎往見之。可汗責适不拜舞，藥子昂對以禮不當然。回紇將軍車鼻曰：『唐天子與可汗約爲兄弟，可汗於雍王，叔父也，何得不拜舞？』子昂曰：『雍王，天子長子，今爲元帥。安有中國儲君向外國可汗拜舞乎！且兩宮在殯，不應舞蹈。』力爭久之，車鼻遂引子昂、魏琚、韋少華、李進各鞭一百，以适年少未諳事，遣歸營。琚、少華一夕而死。」〔註125〕其時德宗年二十一，已爲成年，此爲民族之間一奇恥大辱，德宗即帝位後尚刻骨銘心。文中宰相李泌之勸解純

〔註124〕歐陽修、宋祁，《新唐書》，北京：中華書局，1975年，6122～6123頁。
〔註125〕司馬光，《資治通鑒》，北京：中華書局，1996年，7133頁。

屬於政治家的詭辯，至謂曾經死難的的臣子有負皇帝，而不云皇帝不惟不能雪恥，且以和親行之。李山甫「誰陳帝子和番策，我是男兒爲國羞」，於此得一恰當之注腳。蓋王朝實已衰微，和蕃乃政治外交之一途，於政治角度言之無可厚非；然於生活在曾經盛極一時的大唐土地上的人民感情上，則爲民族恥辱。李山甫所表達者，正是一個時代普遍之心理，永久地鑴刻在河東道陰地關的石碑之上。

（二）鸛雀樓——王朝興衰的心靈史

鸛雀樓爲中國四大歷史名樓之一，其得名之緣由，據光緒《永濟縣志》卷三載：「時有鸛雀棲其上，遂名。」樓始建於北周，李翰《河中鸛鵲樓集序》云：「後周大冢宰宇文護軍鎮河外之地，築爲層樓。迥標碧空，影倒洪流，二百餘載，獨立乎中州。」〔註 126〕按宇文護鎮河東，據《周書》卷十一《晉蕩公護傳》，西魏「（大統）十二年（546），加驃騎大將軍、開府儀同三司，進封中山公，增邑四百戶。十五年，出鎮河東，遷大將軍。與于謹征江陵，護率輕騎爲先鋒……及師還，……拜小司空」〔註 127〕。又據《資治通鑒》卷 165 梁紀二十一，承聖三年（554）條：「十月，乙巳，魏遣柱國常山公于謹、中山公宇文護、大將軍楊忠將兵五萬入寇。」〔註 128〕是則宇文護鎮河東時間爲公元 549 年至 554 年，修建鸛雀樓的時間在此數年間。其建樓最初之目的，據研究，應爲軍事瞭望之用〔註 129〕。鸛雀樓之形制，據沈括《夢溪筆談》載：「河中府，鸛雀樓三層，前瞻中條，下瞰大河。」至唐貞元九年又重修，據趙明誠《金石錄》卷九：「《唐新鸛雀樓記》，陳翃撰。正書，無姓名。貞元九年十一月。」〔註 130〕

鸛雀樓初建雖爲軍事用途，但至後世逐漸演化爲一登高遠眺的勝地，亦成爲詩人們吟遊賦詩的佳處。李翰《河中鸛鵲樓集序》記其中的一次文人盛會云：「以其佳氣在下，代爲勝境。四方雋秀有登者，悠然遠心，如思龍門，若望崑崙。河南尹趙公，受帝新命，宣風三晉，右賢好事，遊人若

（註 126）董誥，《全唐文》，北京：中華書局，1983 年，4379 頁。

〔註 126〕董誥，《全唐文》，北京：中華書局，1983 年，4379 頁。
〔註 127〕〔唐〕令狐德棻，《周書》，北京：中華書局，1971 年，166 頁。
〔註 128〕司馬光，《資治通鑒》，北京：中華書局，1996 年，5116 頁。
〔註 129〕儲仲君，《天下名樓任神遊——讀一組唐人鸛雀樓詩》，《名作欣賞》，1993 年第 2 期。
〔註 130〕趙明誠著，金文明校證，《金石錄校證》，桂林：廣西師範大學出版社，157 頁。

歸。小子承連帥之眷，列在下客。八月天高，獲登茲樓，乃復俯視舜城，傍窺秦塞。紫氣度關而西入，黃河觸華而東匯，龍據虎視，下臨八州。前輩暢諸，題詩上層，名播前後，山川景象，備於一言。上客有前美原尉宇文邈、前櫟陽郡鄭鯤，文行光達，名重當時。吳興姚係、長樂馮曾、清河崔邠，鴻筆佳什，聲聞遠方。將刷羽青天，追飛太清，相與言詩，以繼暢生之作。命予紀事，書於前軒。」〔註131〕文中河南尹趙公為趙惠伯。據《舊唐書·德宗紀上》，建中二年正月丁亥，「以河南尹趙惠伯為河中尹、河中晉絳慈隰都防禦觀察使」〔註132〕。同年十月，趙惠伯坐楊炎事，「貶費州多田尉，尋亦殺之」〔註133〕。又《資治通鑑》卷 227 建中二年條：「冬，十月……惠伯自河中尹貶費州多田尉；尋亦殺之。」〔註134〕則趙惠伯前後任職河中尹八個月，此次盛會即在建中二年八月間，參加盛會者共六位文人，其詩作未能留存下來。

今存鸛雀樓詩共九首，創作時間貫穿盛唐至晚唐。九首詩歌，映像著不同歷史時期的不同情緒，詩歌所凝結的是一部關於唐王朝盛衰的文士心靈史。其中盛唐之作兩首，王之渙和暢諸《登鸛雀樓》，中唐三首，李益《同崔邠登鸛雀樓》、耿湋《登鸛雀樓》和殷堯藩《和趙相公登鸛雀樓》，晚唐四首，馬戴《鸛雀樓晴望》、司馬札《登河中鸛雀樓》、張喬《題河中鸛雀樓》和吳融《登鸛雀樓》。以下以時代為序進入詩人們的內心世界。

1·盛唐——昂揚自信的讚歌

盛唐時代兩首《登鸛雀樓》，可謂鸛雀樓詩中雙璧，而又同遭遇文學傳播之奇特命運。

王之渙之《登鸛雀樓》，作者迄今未有定論。唐芮挺章《國秀集》選錄此詩，題為《登樓》，作者為「處士朱斌」〔註135〕。至宋代，司馬光、沈括則認為王之渙作。《文公續詩話》云：「唐之中葉，文章特盛，其姓名湮沒不傳於世者甚眾。如河中府鸛雀樓有王之渙、暢諸（一云暢當）詩，暢詩曰：『迥臨飛鳥上，高謝世人間。天勢圍平野，河流入斷山。』王詩曰：『白日依山盡，

〔註131〕董誥，《全唐文》，北京：中華書局，1983 年，4379～4380 頁。

〔註132〕劉昫，《舊唐書》，北京：中華書局，1975 年，328 頁。

〔註133〕劉昫，《舊唐書》，北京：中華書局，1975 年，3425～3426 頁。

〔註134〕司馬光，《資治通鑑》，北京：中華書局，1996 年，7309 頁。

〔註135〕芮挺章，《國秀集》，《唐人選唐詩》本，北京：崑崙出版社，2006 年，163 頁。

黃河徹海流。欲窮千里目，更上一層樓。』二人者，皆當時賢士所不數，如後人擅詩名者，豈能及之哉！」〔註136〕沈括《夢溪筆談》云鸛雀樓「唐人留詩甚多，唯李益、王之渙、暢諸最能狀其景。」又南宋范成大《吳興志》卷22人物條引唐代張著《翰林盛事》云朱佐日所作。文中云：「朱佐日，郡人。兩登制科，三爲御史。子承慶，年十六，登秀才科，代濟其美，天后嘗吟詩曰：『白日依山盡，黃河徹海流。欲窮千里目，更上一層樓。向是誰做？』李嶠對曰：『御史朱佐日詩也。』辭采百匹，轉侍御史。」朱斌、朱佐日、王之渙，作者紛紜。周生春認爲此詩非王之渙作，作者爲朱佐日。理由有三條：一，就風格而論，與王詩不符；二，就文獻記載而言，最早見於《文苑英華》，而《文苑英華》錯訛極多，難以據信；三，司馬光、沈括諸人記載王之渙姓名有之美、文奐、文奧之異，極有可能取自《文苑英華》，亦不足據信。他又認爲《國秀集》和《翰林盛事》爲唐人所著，時代最近，自可定爲朱佐日。進而據引《說文解字》、《論語》、《尚書》等典籍，牽合朱斌與朱佐日爲一人，佐日爲朱斌之字〔註137〕。程希超則認爲范成大所引之記載與歷史事實存在三條矛盾，一，秀才科唐代並未開考；二，《國秀集》言處士朱斌，范引又爲御史；三，《國秀集》所選詩歌從開元初至天寶三載，朱佐日在武則天時代，時間不合。另外《國秀集》，《新舊唐書》皆無著錄，今所見爲明刊宋刻本，朱斌之記載亦未可信。惟作者爲王之渙，司馬光、沈括似皆親睹鸛雀樓題詩，故作者應爲王之渙〔註138〕。按以上兩種意見，其論證互有得失。首先，把朱斌與朱佐日繫爲一人，周生春雖引儒家經典，有強合之嫌疑，程希超因襲其說。朱斌和朱佐日，文獻所載的身份和時代差異甚大，不應牽合爲一人。朱佐日之說，疑點最多。除程文所舉之外，尚有一重要證據，即張著《翰林盛事》之記載的歷史可信度並不高。其書久佚，俞林波《唐人張著〈翰林盛事〉輯考》輯錄該書六條佚文，兩條頗爲簡略，四條較爲詳細，在四條較爲詳細的記載中，即有兩條存在明顯的歷史事實錯誤。第一爲「田遊巖」條，《太平

〔註136〕何文煥，《歷代詩話》，北京：中華書局，1981年，278頁。

〔註137〕周生春，《王之渙作〈登鸛雀樓〉詩辯正》，《浙江大學學報》，1993年3月，史佳，《〈登鸛雀樓〉作者質疑》亦持基本相同觀點。

〔註138〕程希超，《〈登鸛雀樓〉詩作者考實》，《唐都學刊》，1995年第2期，今人富壽蓀亦持相同觀點，見《唐詩別裁》卷十九校記，上海：上海古籍出版社，1979年，649頁。

廣記》卷 202 引，文云：「唐田遊巖初以儒學累徵不起，侍其母隱嵩山。甘露中，中宗幸中嶽，因訪其居，遊巖出拜。詔命中書侍郎薛元超入問其母，御題其門曰：『隱士田遊巖宅。』徵拜弘文學士。」〔註 139〕《淵鑒類函‧地部‧嵩高山二》所載基本相同，唯「甘露」爲「調露」，「中宗」爲「高宗」，《太平廣記》誤。其中徵拜弘文學士與《舊唐書‧田遊巖傳》所載異。《舊唐書》卷 202《隱逸傳‧田遊巖》：「授崇文館學士。」〔註 140〕《新唐書》本傳同。按弘文館屬門下省，崇文館隸屬於太子宮，據《舊唐書‧職官志二》：弘文館，故事，五品以上稱學士〔註 141〕。田遊巖由隱士徵拜，無驟授弘文學士之理。又據《舊唐書》本傳載田遊巖仕履有云：「文明中，進授朝散大夫，拜太子洗馬。」太子洗馬爲東宮官屬，且崇文館爲東宮之機構，唐崇文學士多爲東宮官兼之，如劉知幾，「累遷太子左庶子，兼崇文館學士」〔註 142〕，王琚，「奏授詹事府司直，內供奉兼崇文學士」〔註 143〕，崔融，「累補宮門丞，兼直崇文館學士」〔註 144〕。由此則可知，田遊巖徵召應授崇文館學士爲確，張著當代人，於官制應熟知，而錯訛如此。第二條錯誤爲崔湜任宰相事。《太平廣記》卷 494 引《翰林盛事》云：「唐崔湜，弱冠進士登科，不十年，掌貢舉，遷兵部。父挹，亦嘗爲禮部，至是父子累日同省爲侍郎。後三登宰輔，年始三十六。崔之初執政也，方二十七，容止端雅，文詞清麗。嘗暮出端門，下天津橋，馬上自吟：『春遊上林苑，花滿洛陽城。』張說時爲工部侍郎，望之杳然而歎曰：『此句可效，此位可得，其年不可及也。』」〔註 145〕吳曾《能改齋漫錄》據此以訂《新唐書》之誤，云：「第以執政時年三十八，則失之，蓋湜之賦詩時，是始爲執政，年方二十七耳，故張說歎慕之。」〔註 146〕，失之粗率。按《新唐書》本傳謂崔湜三十八歲始任宰相，與《翰林盛事》之二十七歲相差甚大。《新唐書》卷 99《崔湜傳》：「湜執政時，年三十八，嘗暮出端門，緩轡諷詩。張說見之，歎曰：『文與位固可致，其年不可及也。』」〔註 147〕

〔註 139〕李昉，《太平廣記》，北京：中華書局，1962 年，1526 頁。
〔註 140〕劉昫，《舊唐書》，北京：中華書局，1975 年，5117 頁。
〔註 141〕劉昫，《舊唐書》，北京：中華書局，1975 年，1848 頁。
〔註 142〕劉昫，《舊唐書》，北京：中華書局，1975 年，3171 頁。
〔註 143〕劉昫，《舊唐書》，北京：中華書局，1975 年，3250 頁。
〔註 144〕劉昫，《舊唐書》，北京：中華書局，1975 年，2996 頁。
〔註 145〕李昉，《太平廣記》，北京：中華書局，1962 年，4054 頁。
〔註 146〕吳曾，《能改齋漫錄》，上海：上海古籍出版社，1979 年，321 頁。
〔註 147〕歐陽修，《新唐書》，北京：中華書局，1975 年，3923 頁。

據《新舊唐書》本傳，崔湜於先天二年賜死，年四十三，上推生年爲咸亨二年（671）。其初任宰相的時間，據《舊唐書·中宗睿宗紀》，在景龍三年二月（709），時爲三十九歲，與《新唐書》所載相近。張著言年二十七，則尚在武則天時代，考諸文獻，崔湜未曾在武則天統治時期出任宰相，張著記載有誤。另就崔湜此故事，《翰林盛事》本文內部亦矛盾重重。其一，文中云：「弱冠舉進士，不十年，掌貢舉。」崔湜知貢舉時間，《登科記考》卷四據《唐摭言》卷一定爲長安四年（704），《唐摭言》卷一：「長安四年，崔湜下四十一人，李溫玉稱蘇州鄉貢。」〔註148〕如依張文計算，「弱冠」爲二十，不十年，且計八年，則長安四年崔湜掌貢舉時，年已二十八。至景龍三年爲相時，年已三十三，與本文載二十七矛盾。其二，文中云初執政二十七，三爲執政年始三十六，則前後三次任宰相的時間跨度爲十年。據《舊唐書·中宗睿宗紀》，崔湜先後於景龍三年（709）、唐隆元年（710）、景雲二年（711）二任宰相，713 年即被賜死，無十年之說。按張著出生於小說世家，其祖父張鷟爲唐初著名傳奇作家，其弟張薦著有《靈怪集》，薦孫張讀撰《宣室志》。故張著《翰林盛事》搜奇記異，不追求史的準確性，亦不足爲怪。其八條佚文，即有兩條嚴重錯誤，再輔之以時代矛盾，其載朱佐日作鸛雀樓之說不足據信。另據《唐代墓誌彙編》載《大唐故信都郡武強縣尉朱府君墓誌》有朱佐日，墓誌缺損，佐日應爲其字，名不詳。墓誌云其天寶十三載七月去世，年四十九。年三十以國子進士及第〔註149〕。此人生於 706 年，735 年舉進士，與朱斌的處士身份不合；時在開元，與張著《翰林盛事》記載不合。當爲另一同名者。

　　朱斌與朱佐日之間無必然的聯繫，目前無堅實證據的前提下，應屬二人爲宜。《國秀集》所載朱斌之說應最爲可信，因同書卷下亦錄王之渙詩三首，芮挺章當代人當不會誤記。且處士朱斌湮沒無聞，無竊奪王之渙之嫌疑。按朱斌史無記載，唯《唐代墓誌彙編》卷上，記載一朱斌，年代仕履皆不合。《大唐故吏部常選隴西李府君吳興朱夫人墓誌銘並序》云：「父斌，并州陽曲簿。」〔註150〕夫人卒於開元二十六年十月，年五十九。此朱斌非處士，且遠至初唐時代，與《國秀集》記載不合。

〔註148〕《唐摭言校注》，〔五代〕王定保著，姜漢椿校注，上海社會科學院出版社，2003 年，17 頁。
〔註149〕周紹良主編，《唐代墓誌彙編》，上海：上海古籍出版社，1992 年，1708 頁。
〔註150〕周紹良主編，《唐代墓誌彙編》，上海：上海古籍出版社，1992 年，1486 頁。

　　王之渙的作者身份，可信度低於朱斌。但自司馬光、沈括之後，王之渙作爲《登鸛雀樓》的作者，已在文學接受史中成爲不爭的事實。蓋朱斌與王之渙的作者認同，一爲歷史的眞實，一爲心理的眞實。王之渙在當代負盛名，朱斌無聞，且之渙河東人，擅長絕句，風格豪邁昂揚，與《登鸛雀樓》創作地點和風格相應，宜爲接受者普遍認同。以文學傳播之意義言之，朱斌，生母也；王之渙，養母也，二人共同創造了此首千古絕唱。對於王之渙而言，他與這首詩是一種共生共倚之關係。

　　暢諸《登鸛雀樓》亦屬於創作與接受共同孕育的名篇。詩之作者，歷來記載有所不同。《文公續詩話》、《夢溪筆談》、《墨客揮塵》皆謂暢諸作，《唐詩紀事》、《文苑英華》、《全唐詩》記爲暢當之作。李翰《河中鸛雀樓集序》中有「前輩暢諸，題詩上層，名播前後」語，王重民據敦煌寫本，此詩作者爲暢諸，則以暢諸爲是。又《唐詩紀事》又附會暢諸爲暢當之弟，誤。據《元和姓纂》，暢諸爲汝州人，又據《文苑英華》載暢諸《律生失度制》，知其開元九年應書判拔萃科，爲盛唐詩人。暢當爲中唐時人，籍貫河東，貞元十四年尙在世〔註151〕。

　　暢諸此首詩一直以五言絕句的形式流傳，至現代，王重民從敦煌寫本中發現暢諸原詩應爲一首五律，全詩如下：「城樓多峻極，列酌恣登攀。迴林飛鳥上，高樹代人間。天勢圍平野，河流入斷山。今年菊花事，並是送君還。」歷來傳誦的五絕即是截取中間兩聯，第二聯下句稍有不同，爲「高出世塵間」。兩詩相較，自是五絕爲勝，後世讀者遂截取中間四句以爲精粹之篇。此一涉及文學眞實與歷史眞實的問題，研究詩人之創作藝術水平，自當依據原始作品，如就反映時代氣象而言，絕句足以當之。本篇之研究，尊重文學的眞實，遵從文學接受史的選擇，以五絕爲準。

　　王、暢二詩如下：

　　　　王之渙：白日依山盡，黃河入海流。欲窮千里目，更上一層樓。

　　　　暢諸：迴林飛鳥上，高出世塵間。天勢圍平野，河流入斷山。

　　二詩同寫盛唐，各盡其致。《唐詩箋注》云：王詩上二句實，下二句虛，暢詩反之，然功力悉敵。王詩妙在實，暢詩妙在虛〔註152〕。說得頗爲玄妙，卻爲探旨之論。兩詩的人和景在顛倒互換中產生的審美效果是不同的。王詩

〔註151〕以上參傅璇琮主編《唐才子傳校箋》卷四暢當條，北京：中華書局，2002年。
〔註152〕陳伯海主編，《唐詩彙評》，杭州：浙江教育出版社，1995年，1499頁。

雖前實後虛，而通首充滿動感，兩對自然流走。同時又透露著詩人心理上一個漸進的過程，前二句所寫雄偉宏闊之勢，已足以撼動人心，而復欲「更上一層」，其景象之容量更難以想像。俞陛雲《詩境淺說續編》云「後二句復餘勁穿箚」〔註153〕，信然。寫黃昏，寫落日，而具有吞吐八荒之氣概，詩人的自信成為全詩的基調，詩歌所告訴人們的是一個時代飽滿的自信力和健舉的性格。暢當之詩，前二句，詩人已在最高處，具一種睥睨一切的狂傲之氣，如果說王之渙詩句「更上一層樓」在《易》卦的五位，暢詩開首已在上位，上位即意味著靜止，餘勁不足，詩歌在結構上於此稍有瑕疵。但詩歌後二句藝術表現方面卻更上一層，「天勢圍平野，河流入斷山。」崇山與流水之間產生一種衝突對抗之逆勢，山河景象彷彿具有了生命的搏擊力量，與王詩「白日依山盡，黃河入海流」之協調圓潤之美迥異。王詩景象闊遠兼之，具有明確的方位感，山西海東，佈局清晰；暢詩則唯顯闊大，天空籠罩大地，河流沖決而出，模糊了時間和方位的指向性。詩人所取正是他立在高處遠眺俯視形成的整體感受，較之王詩更具有粗獷陽剛之氣質。王、暢兩首同題詩傳達出的時代信息是：盛唐之人，具剛健昂揚之氣概，在盛世中張揚著近乎狂傲的人生自信力；盛唐之山水，具雄偉壯大的氣象，顯示出頑強精進的自然生命力量。

2·中唐──失意感傷的季節

　　走向中唐，三位詩人在鸛雀樓留下了登臨之作。

　　殷堯藩《和趙相公登鸛雀樓》似乎尚殘餘一點盛唐的氣息，然終究是門面語，不見充沛的底氣。詩云：「危樓高架泬寥天，上相閒登立彩斿。樹色到京三百里，河流歸漢幾千年。晴峰聳日當周道，秋谷垂花滿舜田。雲路何人見高志，最看西面赤闌前。」詩題中之趙相公，即趙宗儒，元和九年至十二年為河東節度使。《舊唐書·憲宗紀》下：元和九年七月，「乙未，以御史大夫趙宗儒檢校尚書右僕射，兼河中尹、河中晉絳等州節度使。」〔註154〕《舊唐書·趙宗儒傳》云：「（元和）十一年七月，入為兵部尚書。」〔註155〕殷堯藩元和九年登進士第，中舉後入河中幕〔註156〕。此詩為應制之作，詩人之性情隱沒不彰，首聯、尾聯都寫趙相公，純為幕僚之口吻；唯中間兩聯寫山河

〔註153〕俞陛雲，《詩境淺說》，北京出版社，2003年，133頁。
〔註154〕劉昫，《舊唐書》，北京：中華書局，1975年，450頁。
〔註155〕劉昫，《舊唐書》，北京：中華書局，1975年，4362頁。
〔註156〕傅璇琮，《唐才子傳校箋》卷六，北京：中華書局，2002年。

氣象，但已經缺乏勁健雄渾之力量。《唐體膚詮》評此詩「不難於空闊，而難於深細。一句是橫看，一句是豎看，與少陵『江山有巴蜀，棟宇自齊梁』同法」〔註157〕。胡震亨評云「茂碩而婉」〔註158〕，有初盛唐遺風。然而究竟是深細，是婉，茂碩而缺乏力度。

耿湋《登鸛雀樓》，較之殷堯藩，則陷入深深的失意情緒之中。詩云：「久客心常醉，高樓日漸低。黃河經海內，華嶽鎮關西。去遠千帆小，來遲獨鳥迷。終年不得意，空覺負東溪。」耿湋寶應二年（763）登進士第，後歷任盩厔尉、左拾遺、大理司法等職〔註159〕，此詩云「久客」，當作於登第之前。整首詩反覆傳達的就是他那失意迷茫的情緒。詩歌開首即托出一顆朦朧迷茫之心，詩人久在客中，昏昏似醉，「高樓日漸低」，連落日亦顯得空乏無力，與「白日依山盡」相較，氣局狹小之至。雖有黃河東流，太華巍巍，亦無法逗起詩人一絲的雄心。他目中所見是「去遠千帆小，來遲獨鳥迷」。千帆競發，何等聲勢，而去了，變小了；鳥兒歸來，卻找不到歸途的方向。千帆競發屬遼遠之事，鳥兒迷歸如羈旅之心。盛唐已漸漸遠去，衰落時代中的人們充滿了迷茫的困惑。耿湋此詩所寫一己迷離悠長之情緒，無助失意之情感，如一曲《二泉映月》，感染著河山花鳥，亦扯動讀者的心。

李益《同崔邠登鸛雀樓》，把時代的憂傷表達得更加厚重豐富。詩云：「鸛雀樓西百尺檣，汀洲雲樹共茫茫。漢家簫鼓空流水，魏國山河半夕陽。事去千年猶恨速，愁來一日即爲長。風煙並起思歸望，遠目非春亦自傷。」〔註160〕詩題中之崔邠，曾參與建中二年趙惠伯組織的鸛雀樓詩會，同年秋，李益入朔方節度使李懷光幕〔註161〕，途經河中，崔邠陪同登樓賦詩。這首詩沈括許爲與王之渙、暢諸之作並列之名篇。詩人於旅途中登樓所見，非輪廓分明之山河，而是雲水茫茫，混成一片。「百尺檣」，暗示身處此茫茫景象之中，詩人而外尚有無數的旅人，共感其間，則詩人之情感非一己之情感，與耿湋之書抒寫不同。次聯「漢家簫鼓空流水，魏國山河半夕陽」，將歷史感打入山水之中。流水依然，漢武之雄風不再；山河永固，武侯之霸業不存。《史記·孫子吳起列傳》云：「（魏）武侯浮西河而下，中流，顧而謂吳起曰：

〔註157〕陳伯海主編，《唐詩彙評》，杭州：浙江教育出版社，1995年，2248頁。
〔註158〕陳伯海主編，《唐詩彙評》，杭州：浙江教育出版社，1995年，2248頁。
〔註159〕傅璇琮，《唐才子傳校箋》卷四，北京：中華書局，2002年。
〔註160〕范之麟，《李益詩注》，上海：上海古籍出版社，1984年，74頁。
〔註161〕傅璇琮，《唐才子傳校箋》，北京：中華書局，2002年。

『美哉乎山河之固，此魏國之寶也。』」〔註162〕「空」是盛世已去的遺憾，「半」是王朝漸衰的表徵，寫漢寫魏，實在是寫唐。五六句順勢加重了對山河歷史的感歎力度，繁榮強盛的美好時代轉眼即逝，當代的愁緒卻總也揮之不去。李益出生在盛唐，卻未能生活在盛唐，此優遊情結是他生命的特徵，見此夕陽中的山水而越發沉重。《山滿樓箋注唐詩七言律》評此詩云：「倏而魏，倏而漢，又倏而至於今，千年猶恨速，亦事之無可如何者也。欲往不可，欲歸不能，欲不歸不往又無所之，一口即為長，此真善於言愁者矣。」〔註163〕漸漸衰敗的時代，詩人找不到生命的方向，更勿論「更上一層樓」的豪邁與希望。人們沉浸在失望的哀愁之中，咀嚼著時代的命運。

3・晚唐——幻滅之際的沉思

自王之渙起，唐人於鸛雀樓似乎有一種夕陽情結，晚唐尤甚。現存九首鸛雀樓詩，七首寫夕陽之景，盛唐一首，中唐二首，晚唐三首。王之渙詩中之夕陽景象不見衰颯而顯壯麗，時代使然。中晚唐的詩人們再也不可能從夕陽中尋找生命的大飛揚，剩下的只有無盡的感傷與無奈。

晚唐四首鸛雀樓詩，五律、七律各兩首。詩人們黃昏登樓，所感所思，猶如迴光返照，映像出時代的種種情緒。

詩人馬戴登樓，尚能表達出一種勉強的淩雲之志。《鸛雀樓晴望》詩云：「堯女樓西望，人懷太古時。海波通禹鑿，山木閉虞祠。鳥道殘虹掛，龍潭返照移。行雲如可馭，萬里赴心期。」中唐的鸛雀樓，詩人們回溯歷史至先秦兩漢，馬戴此詩更為久遠。顧頡剛曾謂層累的歷史，時代越後虛構的古史越老，情感是否也有這樣的規律呢？正如老年人偏愛回憶幼年時光，馬戴回顧鸛雀樓所在山河之往古，至古史傳說時代的堯舜禹時期，遠古的理想國在晚唐的詩人感覺中，定是輝煌耀目，而轉眼即空幻。所以詩歌的調子是悲涼的，娥皇女英的苦苦等待，山林阻隔的舜祠，暗示著一種無法相通的現實，既是歷史的，也是心靈的。「鳥道」二句，正是晚唐的真實寫照；詩歌結末表達的人生志向「行雲如可馭，萬里赴心期」是如此勉強。實際是行雲不可馭，故前途事實上是渺茫難期。

張喬登樓更進入天涯無處歸的絕望之境。詩云：「高樓懷古動悲歌，鸛雀今無野燕過。樹隔五陵秋色早，水連三晉夕陽多。漁人遺火成寒燒，牧笛

〔註162〕司馬遷，《史記》，北京：中華書局，1959年，2166頁。
〔註163〕陳伯海主編，《唐詩彙評》，杭州：浙江教育出版社，1995年，1479頁

吹風起夜波。十載重來值搖落，天涯歸計欲如何。」張喬於咸通中參加京兆府解試，廣明元年黃巢軍佔領長安以後，南歸隱居九華山十年左右〔註164〕。此詩中有「十載重來」語，應是黃巢軍劫難過後詩人重返北方而作。全詩前三聯展現的荒涼景象，使人感受到山河已經破碎。淒清的鸛雀樓只有詩人獨自，連野燕也不肯棲留。望不見的是秋色中漢代帝王的陵墓，水中夕陽片片，落日之光包圍著孤獨的鸛雀樓。漁人起火，風傳笛聲，更增黃昏的寂寞。十年前在兵亂中離去隱居，今日重來欲尋找人生的出路，卻值搖落的季節，衰殘的國運，歸與不歸都是無望的抉擇。

　　面對行將衰亡的時代，司馬札則以理性之筆調傳達出一份無可奈何的豁達。他在《登河中鸛雀樓》後四句云：「興亡留白日，今古共紅塵。鸛雀飛何處，城隅草自春。」今古興衰都化作滾滾紅塵而去，興亦不必喜，衰亦不必悲。只有太陽照舊升起落下，小草枯了又綠，大自然如此永恒，而當年高樓的鸛雀早已化作雲煙。總是感覺著，身處晚唐的詩人在睿智的審視中含著一絲酸澀的心理。

　　張喬、司馬札們望前程，思歸路，作曠達，都還對生活的時代有著些微的希望與留戀，吳融則在歷經劫難之後徹底放棄了仕途的希望，決定雲遊隱居。其《登鸛雀樓》云：「鳥在林梢腳底看，夕陽無際戍煙殘。凍開河水奔渾急，雪洗條山錯落寒。始為一名拋故國，近因多難怕長安。祖鞭掉折徒為爾，贏得雲溪負釣竿。」詩人蹭蹬科場二十餘年，龍紀元年始登進士第，後為翰林學士，天復元年（901）十一月，朱全忠欲進兵長安，京師震動，昭宗西行鳳翔，吳融未及相從，遂客閿鄉。此詩當為此次避亂時所作，再過三年唐王朝就滅亡了。經過科舉考試的長期煎熬進入仕途的吳融深切感受到國家行將崩潰的信息。前四句一派荒寒殘亂氣象，渾濁的黃河水奔騰而下，夕陽中戍煙慘淡，雪後的中條山增加了孤寒氣氛。當初詩人為求取功名遠離故土，終究還是徒勞，不如歸去隱居吧。現實中的詩人則並未能徹底忘情仕途，天復三年昭宗還京後，又召吳融為翰林學士承旨，不久即去世。吳融的詩歌和他的現實生命皆書寫了一代王朝的結束。

　　鸛雀樓臨黃河，傍中條，近長安，宜登高。詩人們來往長安河東之間，遊賞登覽，感慨賦詩，時代變遷，詩風迥異。於是，最早的軍事瞭望臺成為一個王朝興衰的見證。

〔註164〕傅璇琮，《唐才子傳校箋》，北京：中華書局，2002年。